OS PRÓPRIOS DEUSES

ISAAC ASIMOV

OS PRÓPRIOS DEUSES

TRADUÇÃO
Silvia Mourão

ALEPH

OS PRÓPRIOS DEUSES

TÍTULO ORIGINAL:
The Gods Themselves

COPIDESQUE:
Mônica Reis

REVISÃO:
Hebe Ester Lucas

CAPA:
Luciano Drehmer

MONTAGEM DE CAPA:
Pedro Fracchetta

PROJETO GRÁFICO E DIAGRAMAÇÃO:
Desenho Editorial

DIREÇÃO EXECUTIVA:
Betty Fromer

DIREÇÃO EDITORIAL:
Adriano Fromer Piazzi

DIREÇÃO DE CONTEÚDO:
Luciana Fracchetta

EDITORIAL:
Daniel Lameira
Andréa Bergamaschi
Débora Dutra Vieira
Luiza Araujo

COMUNICAÇÃO:
Nathália Bergocce
Júlia Forbes

COMERCIAL:
Giovani das Graças
Lidiana Pessoa
Roberta Saraiva
Gustavo Mendonça
Pâmela Ferreira

FINANCEIRO:
Roberta Martins
Sandro Hannes

COPYRIGHT © ISAAC ASIMOV, 1972
COPYRIGHT © EDITORA ALEPH, 2010
(EDIÇÃO EM LÍNGUA PORTUGUESA PARA O BRASIL)

TODOS OS DIREITOS RESERVADOS.
PROIBIDA A REPRODUÇÃO, NO TODO OU EM PARTE, ATRAVÉS DE QUAISQUER MEIOS.

EDITORA ALEPH
Rua Tabapuã, 81, cj. 134
04533-010 – São Paulo – SP – Brasil
Tel.: [55 11] 3743-3202
www.editoraaleph.com.br

DADOS INTERNACIONAIS DE CATALOGAÇÃO NA PUBLICAÇÃO (CIP) DE ACORDO COM ISBD

A832p   Asimov, Isaac
Os próprios deuses / Isaac Asimov ; traduzido por Silvia Mourão. - 2. ed. - São Paulo, SP : Editora Aleph, 2021.
368 p. ; 14cm x 21cm.

Tradução de: The Gods Themselves
ISBN: 978-65-86064-43-8

1. Literatura americana. 2. Ficção científica.
I. Mourão, Silvia. II. Título.

2021-283

CDD 813.0876
CDU 821.111(73)-3

ELABORADO POR ODILIO HILARIO MOREIRA JUNIOR - CRB-8/9949

ÍNDICE PARA CATÁLOGO SISTEMÁTICO:
1. Literatura americana : ficção científica 813.0876
2. Literatura americana : ficção científica 821.111(73)-3

NOTA À EDIÇÃO BRASILEIRA

Escrito originalmente em 1972, este verdadeiro clássico de Isaac Asimov não é inédito em língua portuguesa. O livro foi publicado no Brasil como *O Despertar dos Deuses*, e *O Planeta dos Deuses* em Portugal.

Para esta edição, a Editora Aleph apresenta uma nova tradução e, no intuito de manter-se mais fiel ao título original em inglês, *The Gods Themselves*, optou por traduzi-lo como *Os Próprios Deuses*.

A expressão é parte de uma citação extraída da peça *A Donzela de Orleans*, do escritor alemão Friedrich Schiller – "contra a estupidez os próprios deuses lutam em vão" –, na qual o autor se inspirou não apenas para intitular seu livro, como também para nomear as três partes nas quais ele é dividido.

À humanidade e à esperança de que possamos, um dia, vencer a guerra contra a insensatez.

SUMÁRIO

Parte I	Contra a estupidez...	11
Parte II	...os próprios deuses...	93
Parte III	...lutam em vão?	217

CONTRA A ESTUPIDEZ...

6.*

– Não foi nada bom! – disse Lamont, contundente. – Não cheguei a nada. – Ele estava com uma expressão mal-humorada, que combinava com seus olhos fundos e a discreta assimetria de seu queixo comprido. Em seus melhores momentos, transpirava mau humor, e este não era um de seus melhores momentos. Sua segunda entrevista formal com Hallam tinha sido um fiasco ainda maior do que a primeira.

– Não seja dramático – comentou Myron Bronowski, placidamente. – Você não esperava que fosse bom. Me disse isso, inclusive. – Ele estava atirando amendoins para cima e apanhando com a boca de lábios carnudos, em pleno ar. Jamais errava. Não era um sujeito muito alto, nem muito magro.

– O que não torna a situação agradável. Mas você tem razão, não importa. Há outras coisas que posso e pretendo fazer e, além disso, confio em você. Se pelo menos você conseguisse encontrar...

---

* A história começa no capítulo 6. Isto não é um erro. Tenho meus próprios motivos para que seja assim. Portanto, apenas prossiga com a leitura e bom proveito. [N. do A.]

– Nem termine, Pete. Já ouvi isso antes. Eu só preciso decifrar o pensamento de uma inteligência não humana.

– De uma inteligência *melhor* do que a humana. Essas criaturas do para-universo *estão* tentando se fazer compreender.

– Pode até ser – suspirou Bronowski –, mas estão tentando chegar nisso por meio da *minha* inteligência, que eu às vezes penso que é melhor do que a humana, mas não muito. De vez em quando, alta madrugada, fico deitado, acordado, imaginando se inteligências diferentes podem mesmo se comunicar. Ou, se meu dia foi especialmente difícil, fico pensando se "inteligências diferentes" é uma expressão que faz algum sentido.

– Faz – interpôs Lamont, com ar selvagem, enquanto suas mãos se cerravam, arredondando-se visivelmente dentro dos bolsos do avental. – Estamos falando de Hallam e de mim. Daquele falso herói, o dr. Frederick Hallam e de mim. Somos inteligências diferentes porque, quando falo com ele, ele não entende. A cara idiota que ele tem fica ainda mais vermelha, os olhos saltam e fica surdo. Diria que o cérebro dele para de funcionar. Entretanto, faltam provas da existência de algum funcionamento mental que fosse interrompido.

– Mas que jeito de falar do Pai da Bomba de Elétrons – murmurou Bronowski.

– É isso. Esse que *dizem* ser o Pai da Bomba de Elétrons. Criança bastarda, se é que realmente chegou mesmo a haver algum parto. A contribuição dele foi mínima, em termos de substância. Eu *sei*.

– Eu também sei. Você me contou isso muitas vezes. – Bronowski atirou outro amendoim no ar. E não errou.

Tinha acontecido trinta anos antes. Frederick Hallam era um radioquímico, com a tinta ainda fresca em sua tese de doutorado e sem o menor indício de ser alguém capaz de abalar o mundo.

O que começou mesmo a abalar o mundo foi o fato de um frasco empoeirado de reagente – rotulado "metal de tungstênio" – constar em sua mesa. Nem era dele. Ele nunca o havia usado. Era herança de um passado longínquo, quando outro ocupante daquelas instalações tinha necessitado de tungstênio por algum motivo, esquecido há muito tempo. Na realidade, aquilo nem era mais tungstênio. Consistia agora em pequenas pelotinhas de algo que se encontrava amplamente oxidado, uma camada cinzenta e empoeirada de óxido. Inútil para qualquer um.

Então, um dia (bom, exatamente em 3 de outubro de 2070), Hallam entrou no laboratório, começou a trabalhar, parou um pouco antes das dez da manhã, olhou estarrecido para aquele frasco e o suspendeu no ar. Continuava tão empoeirado quanto antes, com o mesmo rótulo quase ilegível, quando ele exclamou: "Mas que droga! Quem foi o *maldito* que mexeu nisto aqui?".

Esse, pelo menos, foi o relato de Denison, que lá do outro lado tinha escutado o comentário e o repetira a Lamont, uma geração depois. A história oficial da descoberta, tal como foi registrada nos livros, não inclui os termos exatos que Hallam usou. Fica a impressão de que ele fora um químico de olhar arguto, alerta a mudanças, instantaneamente capaz de elaborar deduções de alta perspicácia.

Só que não tinha sido bem assim. Hallam não tinha necessidade de usar tungstênio. Para ele, essa substância era desprovida de valor, e qualquer interferência que pudesse ter sofrido não teria a menor importância no seu caso. No entanto, Hallam detestava que fuçassem na sua mesa (assim como tantas outras pessoas) e desconfiava que alguém sentisse uma vontade incontrolável de mexer nas suas coisas só para tentar atrapalhar o seu trabalho.

Naquela oportunidade, ninguém admitiu ter a menor ligação com o assunto. Benjamin Allan Denison, que ouvira a exclamação original, ocupava uma sala do outro lado do corredor, e as duas portas estavam abertas. Quando ergueu os olhos, deparou-se com a fisionomia acusadora de Hallam.

Ele não tinha uma afeição especial por Hallam (como, aliás, ninguém realmente tinha) e dormira bastante mal na noite anterior. Por acaso, conforme se recordou depois, ficou até satisfeito de topar com alguém em quem poderia despejar todo o seu mau humor naquele dia; Hallam era o alvo perfeito.

Quando Hallam segurou o frasco bem diante do seu nariz, Denison recuou, num inequívoco movimento de repulsa.

– Mas por que é que eu iria me interessar pelo seu tungstênio? – exigiu saber. – E por que *alguém* iria querer saber disso? Se você olhar bem, verá que esse frasco não é aberto há vinte anos. E, se não o tivesse agarrado com as suas patas, poderia ver que ninguém encostou a mão nele.

Hallam foi lentamente ficando rubro de raiva. Em voz contida, respondeu:

– Ouça bem, Denison. Alguém trocou o conteúdo disto aqui. Não é mais tungstênio.

Denison soltou um pequeno, mas indisfarçável, suspiro de desdém:

– E como é que *você* pode saber? – questionou Denison.

Desse tipo de coisa – aborrecimentos triviais, agressões gratuitas – é feita a História.

Por todos os motivos, essa foi a coisa mais infeliz que ele poderia ter dito.

O histórico escolar de Denison, tão recente quanto o de Hallam, era muito mais impressionante, e ele era o jovem gênio do departamento. Hallam sabia disso, e, o que era pior, Denison também, e não fazia o menor segredo a respeito. Aquela sarcástica, quase retórica, indagação, "E como é que *você* pode saber?", enfatizando nitidamente o *você*, serviu amplamente de motivação para tudo o que ocorreu em seguida. Se não tivesse ouvido isso, Hallam nunca teria se transformado no maior e mais respeitado cientista da História, para repetir as palavras exatas que Denison usou depois, numa entrevista com Lamont.

Oficialmente, Hallam chegara naquela manhã decisiva, reparara que as empoeiradas bolinhas cinzentas tinham sumido – não tinha sobrado nem o pó nas superfícies internas do frasco – e que, em seu lugar, aparecera um metal claro com o tom cinzento do ferro. Naturalmente ele foi investigar…

Vamos, porém, deixar de lado a versão oficial. Foi Denison. Se ele só tivesse se limitado a dizer "não" ou dado de ombros, provavelmente Hallam teria ido falar com mais algumas pessoas e, depois, cansado desse evento enigmático, teria deixado o frasco de lado e permitido que a tragédia subsequente (dependendo de quanto tempo mais demorasse a descoberta final) direcionasse o futuro. De todo modo, não teria sido Hallam o responsável por insuflar o turbilhão até as alturas.

Engolindo em seco aquele "E como é que *você* pode saber?", atravessado na sua garganta, Hallam conseguiu apenas retrucar em voz cortante, "Eu vou lhe *mostrar* que sei".

E, depois disso, nada mais pôde impedi-lo de se tornar radical. A análise do metal naquele antigo recipiente passou a ser sua prioridade número um, e seu objetivo na vida se tornou varrer daquele nariz afilado na cara de Denison a expressão de desdém, desfazer em seus lábios finos e pálidos o viés de zombaria.

Denison nunca esqueceu aquele momento, pois foi seu próprio comentário atravessado que levou Hallam ao Prêmio Nobel, enquanto ele mesmo caía no mais completo esquecimento.

Ele não tinha como saber, então (e, se tivesse sabido, nem teria se incomodado), que, sendo dotado de uma obstinação inacreditável, fruto da clássica necessidade fóbica dos medíocres de salvaguardar o próprio orgulho, Hallam iria naquela época se tornar o alvo dos holofotes em maior medida, mais do que todo o natural brilhantismo de Denison pudesse conseguir um dia.

Hallam entrou direto e imediatamente em ação. Pegou o metal e foi para o departamento de espectrografia de massa. Como químico em radiações, essa foi uma iniciativa natural. Ele conhecia os técnicos daquele departamento, tinha trabalhado com eles, e era um sujeito insistente. Na realidade, tão insistente que conseguiu colocar sua pesquisa à frente de outros projetos maiores e mais significativos.

Depois de um tempo, o técnico disse:

– Bom, não é tungstênio.

O rosto largo e desprovido de senso de humor de Hallam produziu a caricatura de um sorriso contrafeito.

– Muito bem. Diremos isso ao geniozinho do senhor Denison. Quero um relatório e...

– Espere um pouco, dr. Hallam. Estou dizendo que não é tungstênio, mas isso não quer dizer que eu saiba o que é.

– Como assim, não sabe o que é?

– Quero dizer que os resultados são ridículos. – O técnico pensou um pouco. – Na realidade, são impossíveis. A razão entre carga e massa está toda errada.

– Toda errada? De que jeito?

– Alta demais. Não pode ser, só isso.

– Bom, então – continuou Hallam, e qualquer que tenha sido o motivo que o estivesse inspirando, seu comentário seguinte colocou-o, merecidamente (embora alguns possam questionar), no caminho do Prêmio Nobel –, obtenha a frequência da emissão característica de raios x e descubra qual é essa carga. Não adianta só ficar aí sentado, dizendo que uma coisa é impossível.

Poucos dias depois, um técnico aparvalhado entrou na sala de Hallam.

Hallam nem registrou o transtorno visível no rosto do rapaz – nunca tinha sido um sujeito muito sensível – e começou a perguntar:

– Você descobriu… – quando lançou um olhar também preocupado na direção de Denison, sentado à mesa em seu gabinete, antes de fechar a porta da sala.

– Você encontrou a carga nuclear?

– Encontrei, mas está errada.

– Então tá, Tracy. Repita o procedimento.

– Já repeti quase vinte vezes. Está errada.

– Se você chegou numa medida, então ela vale. Não questione os fatos.

Tracy esfregou a orelha e disse:

– Eu tenho de questionar, doutor. Se eu levar essas medidas a sério, então o que você me deu é plutônio 186.

– Plutônio 186? *Plutônio* 186?

– A carga é + 94. A massa é 186.

– Mas isso é impossível. Não existe esse isótopo. Não pode ser.

– É o que estou dizendo para o senhor. Mas as medidas são essas.

– Só que uma situação dessas tira mais ou menos cinquenta nêutrons do núcleo. Não é viável ter plutônio 186. Não é possível espremer 94 prótons num só núcleo, com somente 92 nêutrons, e esperar que ele se sustente mesmo que seja por um trilionésimo de um trilionésimo de segundo.

— É justamente isso o que estou dizendo, doutor — enfatizou Tracy, pacientemente.

Hallam então parou para pensar. O que faltava era tungstênio, e um de seus isótopos, o tungstênio 186, era estável. O tungstênio 186 tinha 74 prótons e 112 nêutrons no núcleo. Será que alguma coisa tinha transformado 20 nêutrons em 20 prótons? Isso, sem dúvida, não seria possível.

— Algum sinal de radioatividade? — quis saber Hallam, tentando se agarrar a alguma coisa para sair desse labirinto.

— Pensei nisso — respondeu o técnico. — Está estável. Absolutamente estável.

— Bom, então, não pode ser plutônio 186.

— É o que estou dizendo, doutor.

Desanimado, Hallam disse:

— Tá. Me dá essa coisa.

Sozinho novamente, sentou-se e ficou olhando para o frasco, sem entender nada. O próximo isótopo mais estável de plutônio era o plutônio 240, em que 146 nêutrons seriam necessários para manter reunidos os 94 prótons, com alguma aparência de parcial estabilidade.

O que ele poderia fazer, agora, estava além do seu alcance e lamentava ter iniciado tudo aquilo. Afinal, tinha um trabalho de verdade em andamento, e esta coisa — este mistério — não tinha nada a ver com ele. Tracy tinha cometido algum erro idiota, ou o espectrômetro de massa estava funcionando errado, ou...

Bom, e agora? Esqueça essa história!

Exceto que Hallam não era capaz disso. Mais cedo ou mais tarde, Denison era bem capaz de vir até ele e, com aquele insuportável meio sorriso besta, perguntar o que tinha acontecido com o tungstênio. E o que Hallam diria então? Talvez: "Não é tungstênio, eu já tinha dito que não era".

Seguramente, Denison perguntaria em seguida: "Ah, e é o quê, então?". E nada que se pudesse imaginar faria Hallam se expor ao tipo de escárnio que certamente viria em seguida, se afirmasse que era plutônio 186. Ele precisava descobrir o que era aquilo, e tinha de fazer isso sozinho. Evidentemente, não podia confiar em ninguém.

Assim, mais ou menos duas semanas depois, ele entrou no laboratório de Tracy numa condição que podia muito bem ser descrita como um estado de fúria inteiramente descontrolada.

— Ei, você não tinha me dito que esta coisa não é radioativa?

— Que coisa? — resmungou automaticamente Tracy, antes de se lembrar.

— Aquilo que você chamou de plutônio 186 — explicou Hallam.

— Ah, bom, *estava* estável.

— Tão estável quanto o seu equilíbrio emocional! Se você acha que isto não é radioativo, melhor que fosse trabalhar num depósito de material de construção.

Tracy franziu a testa.

— Tá bom, doutor. Me dê isso aí e vamos testar. — Depois de algum tempo, disse: — Mas que coisa! É radioativo! Não muito, mas é. Não sei como não percebi antes.

— E até que ponto posso confiar naquela besteirada que você disse de isto ser plutônio 186? — perguntou Hallam.

Agora, aquele enigma tinha se apossado de Hallam. O mistério tinha se tornado uma coisa tão exasperante, que passava a ser uma afronta pessoal. O maldito, que havia trocado os recipientes ou o conteúdo deles, devia ter feito a mesma coisa de novo, ou ter colocado algum outro metal, com o propósito definido de obrigá-lo a fazer papel de bobo. De todo modo, ele estava pronto a mover mundos e fundos para solucionar a questão, se fosse obrigado a isso – e se pudesse.

Contava com a sua teimosia e com uma intensidade que não poderia ser facilmente ignorada. Assim, marchou diretamente até a sala de G. C. Kantrowitsch, que estava então no último ano de sua notável carreira acadêmica. Era difícil conseguir que Kantrowitsch ajudasse, mas, assim que entrava num projeto, rapidamente se apaixonava pelo assunto.

Dois dias depois, naturalmente, ele entrou como um pé de vento na sala de Hallam, empolgadíssimo.
– Por acaso você manipulou isto aqui com as mãos?
– Só um pouco – respondeu Hallam.
– Bom, então, não faça mais isso. Se tiver mais desta substância, não pegue. Está emitindo pósitrons.
– Hã?
– Os pósitrons mais energéticos que já vi... E seus números sobre o teor de radioatividade estão muito baixos.
– Muito baixos?
– Claramente. E o que me incomoda é que todas as mensurações que eu faço são sempre um pouquinho maiores do que a anterior.

(continuação)

Bronowski encontrou uma maçã no vasto bolso de seu paletó, deu uma boa mordida e interrogou Lamont:

– Ótimo. Você se encontrou com Hallam e foi despachado, como era de se esperar. E agora?

– Ainda não sei muito bem. Mas seja o que for, vou fazer com que caia de traseiro no chão. Eu já o vi uma vez, você sabe; há muitos anos, logo que cheguei aqui. Quando ainda achava que ele era um grande sujeito. Um grande sujeito... ele é o maior vilão da história da ciência. Ele reescreveu a história da Bomba, entende, reescreveu-a aqui – Lamont deu tapinhas num dos lados da cabeça. – Ele acredita na própria fantasia e luta por ela com uma fúria ensandecida. Não passa de um pigmeu com um só talento: a capacidade de convencer os outros de que é um gigante.

Lamont ergueu os olhos para mirar o rosto largo e plácido de Bronowski, que parecia estar muito entretido com a conversa toda, e soltou uma risadinha forçada.

– Ora, *isso* não adianta nada e, de todo modo, já contei-lhe a história toda antes.

– Muitas vezes... – concordou Bronowski.

– Mas, realmente, me aborrece que o mundo inteiro...

Peter Lamont tinha 2 anos de idade no momento em que Hallam topou pela primeira vez com seu tungstênio modificado. Quando completou 25 anos, entrou na Estação da Bomba I, com a tinta ainda fresca em sua própria tese de doutorado, e aceitou um cargo simultâneo na faculdade de Física da universidade.

Para o rapaz que Lamont era, isso representava uma conquista e tanto. A Estação da Bomba I não tinha o mesmo brilho das estações posteriores, mas era a vovó de todas elas, de toda a cadeia que agora circundava o planeta, muito embora toda essa tecnologia não tivesse mais de uma década de existência. Nenhum significativo avanço tecnológico anterior fora capaz de se impor de maneira tão veloz e abrangente; e por que não, afinal? A Bomba significava energia de graça, ilimitada, livre de problemas. Era o Papai Noel, a lâmpada de Aladim para o mundo todo.

Lamont tinha assumido o posto para poder trabalhar com problemas da mais alta ordem de abstração teórica e, apesar disso, percebeu que se interessava pela espantosa história do desenvolvimento da Bomba de Elétrons. Essa narrativa nunca fora escrita por completo por alguém que verdadeiramente compreendesse seus princípios teóricos (na proporção em que pudessem ser compreendidos) e que também fosse dotado da habilidade de traduzir sua complexidade para o público leigo. Claro que o próprio Hallam redigira alguns artigos para veículos de divulgação popular, mas esses textos não compunham uma história consistente, bem argumentada – justamente a contribuição que Lamont desejava oferecer.

Baseou-se nos artigos de Hallam como ponto de partida e em outras reminiscências já publicadas – os documentos oficiais, por assim dizer – para chegar ao momento do comentário de Hallam que tinha abalado o mundo: a Grande Descoberta, como se costumava dizer (invariavelmente em letras maiúsculas).

Mais tarde, claro, depois de Lamont ter tido sua desilusão, ele começou a pesquisar mais fundo e, enfim, percebeu-se questionando se a grande afirmação de Hallam tinha de fato sido dele mesmo. Suas famosas palavras haviam sido proferidas num seminário que marcou o verdadeiro início da Bomba de Elétrons. Todavia, como depois ficou evidente, era extraordinariamente difícil obter os detalhes daquele seminário e praticamente impossível conseguir as gravações dos debates.

Depois de algum tempo, Lamont começou a desconfiar que a precariedade das pegadas deixadas por aquele seminário nas areias do tempo não era inteiramente acidental. Valendo-se de sua sagacidade para reunir diversos aspectos, começou a parecer que havia uma chance razoável de John F. X. McFarland ter dito algo muito parecido com a crucial declaração que Hallam fizera – e antes dele.

Lamont foi ao encontro de McFarland, que não era citado em nenhum documento oficial, e estava trabalhando numa pesquisa sobre a atmosfera superior, especificamente, o vento solar. Não se tratava de um posto de alto escalão, mas tinha alguns privilégios e uma ligação mais do que secundária com os efeitos da Bomba. McFarland havia, claro, evitado passar pelo mesmo destino de ostracismo que derrubara Denison.

Mostrou-se suficientemente cortês com Lamont e disposto a conversar sobre qualquer tópico, exceto os acontecimentos daquele seminário. Disso ele simplesmente não se lembrava.

Lamont insistiu, citando as evidências que havia coletado.

McFarland pegou um cachimbo, encheu-o de fumo e, depois, inspecionou com exagerada concentração.

– Não quero me lembrar porque não importa. Realmente não importa. Suponha que eu alegue ter dito algo. Ninguém acreditaria. Eu faria papel de idiota, de megalomaníaco.

– E Hallam providenciaria a sua aposentadoria? – interrogou Lamont.

– Não estou dizendo isso, mas não vejo como tal fato me ajudaria em alguma coisa. Que diferença poderia fazer, afinal?

– A diferença da verdade histórica! – insistiu Lamont.

– Ora, bobagem... A verdade histórica é que Hallam nunca cede. Empurrou todo mundo para essa pesquisa, quisessem ou não. Sem ele, aquele tungstênio teria enfim explodido, provocando sabe-se lá quantas mortes. Talvez nunca mais houvesse outra amostra e nunca teríamos chegado à Bomba. Hallam merece o crédito por isso, mesmo que não mereça esse crédito, e se isso não tem sentido, não posso fazer nada, porque a História não faz sentido.

Lamont não estava satisfeito com isso, mas tinha de engolir e pronto, uma vez que McFarland simplesmente não ia acrescentar mais nada.

Verdade histórica!

Um elemento da verdade histórica que parecia indubitável era a radioatividade que tinha tornado célebre o "tungstênio de Hallam" (a substância começou a ser assim chamada por uma questão de costume). Não fazia diferença se era tungstênio ou não; se havia ou não sido adulterado; e, inclusive, se era ou não era um isótopo impossível. Todos os questionamentos foram postos de lado diante do espanto por essa coisa, algo que exibia uma intensidade radiativa progressivamente maior sob circunstâncias que excluíam a existência de qualquer espécie de quebra radioativa então conhecida, fosse qual fosse o número de passos até esse efeito.

Depois de algum tempo, Kantrowitsch disse, meio entre dentes:

– Deveríamos espalhar isso por aí. Se continuarmos guardando esses volumes da matéria, ela vai evaporar, explodir, ou fazer as duas coisas, e então contaminará metade da cidade.

Assim, a matéria foi pulverizada e disseminada, misturada com tungstênio comum, no começo e, depois, quando o próprio tungstênio se tornou radioativo, misturada com grafite, dada sua propensão mais baixa à radiação.

Menos de dois meses depois de Hallam ter notado a alteração no conteúdo daquele frasco, em comunicado ao editor da *Nuclear Reviews*, no qual o nome de Hallam aparecia como coautor, Kantrowitsch anunciava a existência de plutônio 186. A determinação original de Tracy obtinha assim sua validação, mas seu nome não foi mencionado na época nem depois. Com isso, o tungstênio de Hallam adquiriu uma escala épica, enquanto Denison começava a registrar aquelas mudanças que, enfim, terminaram por torná-lo uma não pessoa.

A existência de plutônio 186 era muito ruim. Ter sido estável no princípio e depois ter exibido uma radioatividade curiosamente crescente era muito pior.

Foi organizado um seminário para debater esse problema. Kantrowitsch o presidiu, o que se tornou um fato histórico interessante, já que, pela última vez na história da Bomba de Elétrons, foi realizado um encontro científico de vulto, presidido por alguém que não fosse Hallam. A bem da verdade, Kantrowitsch faleceu cinco meses depois, e a única personalidade com prestígio suficiente para manter Hallam em segundo plano saiu de cena.

Esse seminário foi excepcionalmente infrutífero até Hallam divulgar sua Grande Descoberta. Mas, segundo a versão reconstruída por Lamont, a verdadeira reviravolta ocorreu durante o intervalo para o almoço. Nessa oportunidade, McFarland – que não parece ter feito nenhum comentário, a julgar pelos registros oficiais, embora conste como participante – disse: "Sabe de uma coisa? Acho que precisamos de um pouquinho de fantasia aqui. Vamos supor..."

Ele estava falando com Diderick Van Klemens e fez uma rápida anotação do diálogo em seu diário, usando um tipo particular de estenografia. Muito tempo antes de Lamont ter conseguido recuperar o rastro desse incidente, Van Klemens já tinha morrido e, embora tais anotações tenham convencido o próprio Lamont, ele realmente precisou admitir que elas não constituiriam um relato convincente, a menos que fossem corroboradas com mais evidências. Além disso, não havia como provar que Hallam tivesse escutado esse comentário, mesmo de longe. Lamont estava disposto a apostar uma fortuna que Hallam estava perto o bastante para ouvir as palavras de Van Klemens, mas essa disposição também não representava prova suficiente.

Mesmo supondo que Lamont pudesse prová-lo, para o sofrimento do notório orgulho de Hallam, sua posição de fato não sofreria grandes abalos. Diriam que, para McFarland, aquele comentário não passava de fantasia. Foi Hallam quem aceitou que ali havia alguma coisa a mais. Foi Hallam quem se dispôs a enfrentar o grupo e fazer o anúncio oficial, correndo o risco de ser pessoalmente ridicularizado. McFarland, com certeza, jamais teria sonhado em se apresentar nos registros oficiais como autor de "um pouquinho de fantasia".

Lamont poderia ter contra-argumentado que McFarland era um físico nuclear famoso, com uma reputação em jogo, ao passo que Hallam era um jovem radioquímico, em condição de dizer o que bem entendesse em termos de física nuclear e, como curioso, sair ileso da situação.

Em todo caso, foi isto o que Hallam disse, segundo as transcrições oficiais:

Cavalheiros, não estamos chegando a parte alguma. Portanto, vou fazer uma sugestão, não porque ela necessariamente faça sentido, mas porque representa o menor teor de absurdo de tudo o mais que já ouvi... Temos diante de nós uma substância – o plutônio 186 – que absolutamente não pode existir, quanto mais como uma substância estável... Mesmo que por um fragmento de instante, se é que as leis naturais do universo têm alguma validade. Por conseguinte, uma vez que ela sem dúvida exista como substância estável, para início de conversa, o plutônio 186, então, deve ter existido – pelo menos no começo – em algum lugar e tempo ou sob circunstâncias nas quais as leis naturais do universo eram diferentes destas. De forma nua a crua: a substância que estamos estudando absolutamente não se originou no nosso universo, mas em outro – num universo alternativo –, num universo paralelo. Deem a ele o nome que quiserem.

Assim que chegou aqui – e não finjo saber como fez essa travessia – ainda estava estável, e minha sugestão é que esse fato decorre de essa substância ter vindo imbuída das leis de seu próprio universo. O fato de lentamente ter-se tornado radioativa, e depois cada vez mais radioativa, pode indicar que as leis do nosso universo gradualmente se infiltraram nela... Entendem o que estou querendo dizer.

Saliento que, ao mesmo tempo em que apareceu o plutônio 186, uma amostra composta de vários isótopos estáveis, incluindo tungstênio 186, desapareceu. Afinal de contas, é lógico presumir que é mais simples ocorrer uma troca de massa do que uma transferência unilateral de matéria. No universo paralelo, o tungstênio 186 pode ser tão anômalo quanto o plutônio 186 é aqui. Ele pode começar como uma substância estável e aos poucos ir se tornando cada vez mais radioativo. Pode servir como fonte de energia lá da mesma maneira como o plutônio 186 serve aqui.

Os participantes do seminário devem ter ouvido essas palavras com considerável surpresa e espanto, pois não existe registro de nenhuma interrupção – pelo menos até a frase transcrita acima –, momento em que Hallam pareceu ter feito uma pausa para recuperar o próprio fôlego e talvez cogitar um instante sobre sua temeridade.

Alguém na plateia (possivelmente Antoine-Jerome Lapin, embora a gravação não esteja clara) perguntou se o professor Hallam estava sugerindo que um agente inteligente no para-universo teria deliberadamente feito essa troca a fim de obter uma fonte de energia. A expressão para-universo, aparentemente inspirada como abreviatura de "universo paralelo", passou assim a fazer parte do vocabulário. Essa pergunta contém a primeira citação documentada da nova expressão.

Seguiu-se uma pausa e então Hallam, mais audacioso do que nunca, disse – e este comentário foi o cerne da Grande Descoberta:

> Sim, acredito que sim, e acho que essa fonte de energia não pode ser utilizável a menos que o universo e o para-universo trabalhem juntos, cada qual numa metade de uma Bomba, trazendo energia deles para nós e levando a nossa para eles, tirando proveito das diferenças entre as leis naturais de ambos os ambientes.

Hallam adotou o termo "para-universo" e, nessa altura, apossou-se dele. Além disso, tornou-se o primeiro a empregar a palavra "Bomba" (a partir desse instante sempre usada em maiúscula) em relação a essa questão.

Pelos registros oficiais, existe a tendência de dar a impressão de que a sugestão de Hallam foi imediatamente acatada com entusiasmo, mas não foi assim. Os que se mostraram propensos a pelo menos discutir a ideia se comprometeram a comentar apenas que se tratava de uma especulação interessante. Kantrowitsch, em particular, não disse uma só palavra. Esse foi um detalhe crucial na carreira de Hallam.

Hallam praticamente não tinha condições de avançar sozinho com o estudo das implicações práticas e teóricas de sua própria sugestão. Era preciso uma equipe para dar conta desse trabalho, que então foi montada. Mas nenhum de seus integrantes, até que tivesse se tornado tarde demais, queria se associar abertamente com essa sugestão. Na época em que o sucesso dessa pesquisa se mostrou indubitável, o público já tinha se acostumado a pensar que era o trabalho de Hallam e apenas dele. Aos olhos do mundo, foi Hallam e apenas ele que descobriu a substância e concebeu e divulgou a Grande Descoberta. Portanto, foi Hallam que se tornou o Pai da Bomba de Elétrons.

Assim, em diversos laboratórios, cápsulas de metal de tungstênio foram moldadas em caráter experimental. Uma a cada dez recebia a transferência, e assim se produziam novos lotes de plutônio 186. Outros elementos foram oferecidos como isca, mas foram recusados... Entretanto, sempre que aparecia o plutônio 186, independentemente de quem trouxesse esse lote até a organização central de pesquisa, o público entendia que se tratava de outra quantidade do "tungstênio de Hallam".

Foi Hallam quem, certa vez, fez uma apresentação pública muito bem-sucedida de algumas partes da teoria. Para sua própria surpresa (como ele disse mais tarde), descobriu que tinha facilidade para escrever e sentia prazer em divulgar informações científicas. Além disso, o sucesso tem inércia própria, e o público só aceitava informações sobre a pesquisa que viessem do próprio Hallam e de mais ninguém.

Num artigo, que a partir de então se tornou famoso após ser publicado pelo *North American Sunday Tele-Times Weekly*, ele escreveu:

> Não podemos dizer de quantas maneiras as leis do para-
> -universo são diferentes das nossas, mas podemos supor
> com relativa segurança que a forte interação nuclear, que
> é a força mais potente de que se tem conhecimento em

nosso universo, é ainda mais potente no para-universo, talvez cem vezes mais potente. Isso quer dizer que os prótons são mantidos juntos, contra sua própria atração eletrostática, e que o núcleo precisa de menos nêutrons para produzir estabilidade.

Estável no para-universo, o plutônio 186 contém um excesso de prótons ou escassez de nêutrons, para ser estável no nosso, em que prevalece uma interação nuclear menos efetiva. Assim que está em nosso universo, portanto, o plutônio 186 começa a irradiar pósitrons, liberando energia nesse processo; a cada pósitron que é emitido, um próton dentro do núcleo é convertido em nêutron. Depois de algum tempo, vinte prótons por núcleo foram convertidos em nêutrons, e o plutônio 186 tornou-se tungstênio 186, que é uma substância estável pelas leis do nosso universo. Enquanto isso, foram eliminados vinte pósitrons por núcleo. Estes se combinam com vinte elétrons e os eliminam, liberando ainda mais energia de tal modo que, para cada núcleo de plutônio 186 que nos é enviado, nosso universo perde vinte elétrons.

Enquanto isso, o tungstênio 186, que entra no para-universo, fica instável, pela razão inversa. Segundo as leis do para-universo, ele tem nêutrons demais ou prótons de menos. Os núcleos do tungstênio 186 começam a emitir elétrons, liberando energia consistentemente; a cada elétron emitido, um nêutron se torna um próton até que, no fim, existe novamente o plutônio 186. Para cada núcleo de tungstênio 186 enviado para o para-universo, vinte novos elétrons são-lhe acrescentados.

O ciclo plutônio-tungstênio pode girar interminavelmente para a frente e para trás entre o universo e o para-universo, gerando energia primeiro em um e depois no outro, do que se tem como resultado líquido uma transferência de vinte elétrons do nosso universo para o deles, a cada núcleo reciclado. Os dois lados podem obter energia do que, de fato, é uma Bomba de Elétrons Entre Universos.

Transformar essa conjectura em realidade e instalar fisicamente a Bomba de Elétrons como fonte efetiva de energia foram processos que ocorreram com uma velocidade surpreendente, e cada etapa de sua exitosa realização serviu para conferir ainda mais prestígio a Hallam.

Lamont não tinha motivo algum para duvidar da base desse prestígio, e, imbuído de um relativo sentimento de culto ao herói (de cuja lembrança ele depois se envergonhou e se esforçou, com algum êxito, para abolir de sua memória), solicitou uma oportunidade de realizar uma entrevista demorada com Hallam, a fim de obter mais dados para a história que estava planejando contar.

Hallam pareceu acessível. Em trinta anos, sua posição perante o público tinha alcançado um patamar de tão elevada estima que dava até para pensar como o nariz dele não sangrava. Do ponto de vista físico, havia envelhecido consideravelmente, mas não de forma elegante. Vinha dele uma impressão de peso que chegava mesmo a lhe dar uma aparência circunstancialmente volumosa, e seu rosto tinha traços grosseiros; ele parecia capaz de revesti-los de um certo ar de satisfação intelectual. Ainda enrubescia com rapidez e a natureza facilmente melindrável de sua autoestima era notória.

Hallam fora brevemente informado sobre Lamont antes que este entrasse. Então disse:

– Você é o dr. Peter Lamont e tem feito um bom trabalho,

segundo me contaram, pesquisando a para-teoria. Lembro-me do seu artigo. Sobre a para-fusão, não é isso?

— Sim, senhor.

— Bom, me ajude a lembrar direito. Me conte mais. Informalmente, claro, como se você estivesse conversando com um leigo. Afinal de contas — e então ele deu uma risadinha —, sou mesmo um leigo, em certo sentido. Sou apenas um radioquímico, você sabe. E, também, não sou nenhum grande teórico, a menos que você compute alguns poucos conceitos, de vez em quando.

Lamont entendeu essas palavras, naquela ocasião, como uma declaração sincera e, a bem da verdade, essa acolhida pode não ter sido tão indecentemente condescendente como ele mais tarde insistia em recordar. Mas, como Lamont percebeu depois, ou quis afirmar que fosse, essa era a maneira típica de Hallam assimilar os elementos essenciais do trabalho feito por outros. Daí em diante, ele era capaz de comentar a respeito, de modo superficial, sem ser detalhista demais, ou nada detalhista, é verdade, no que diz respeito a reconhecer os devidos créditos.

Mas Lamont — então bem mais jovem — sentiu-se muito lisonjeado e imediatamente deu trela à volúvel expansividade que todos sentem quando podem explicar as próprias descobertas.

— Não posso afirmar que eu tenha feito muita coisa, dr. Hallam. Deduzir as leis da natureza do para-universo — as para-leis — é uma coisa ardilosa. Temos pouquíssimos dados com os quais trabalhar. Comecei com o pouco que sabíamos e não empreendi nenhuma dedução para a qual não contássemos com evidências. Diante de uma interação nuclear mais potente, parece óbvio que a fusão de pequenos núcleos ocorreria mais prontamente.

— A para-fusão — disse Hallam.

— Sim, senhor. A novidade foi apenas conjecturar quais poderiam ser os detalhes desse processo. A matemática em questão foi um pouco sutil, mas, assim que ocorreram algumas transformações, as dificuldades começaram a desaparecer. Por exemplo, verificamos que o hidreto de lítio pode ser levado a uma fusão catastrófica a temperaturas quatro ordens de magnitude menores lá do que aqui. No nosso universo precisamos ter temperaturas de fissão de Bomba para explodir o hidreto de lítio, enquanto, no para-universo, basta uma simples banana de dinamite, por assim dizer. Muito possivelmente, no para-universo, o hidreto de lítio poderia ser detonado com um fósforo, mas isso não é provável. O senhor sabe que lhes oferecemos hidreto de lítio, pois a energia para a fusão seria natural lá, mas eles nem encostam nisso.

– Sim, estou a par.

– Evidentemente seria arriscado demais para eles; seria como usar nitroglicerina às toneladas nos motores de foguetes, só que pior.

– Muito bem. Além disso, você está escrevendo uma história sobre a Bomba.

– Informal, senhor. Quando o manuscrito estiver pronto, vou pedir para o senhor ler, se me permite, para poder contar com o benefício de seu conhecimento pessoal sobre aqueles acontecimentos. A bem da verdade, já gostaria de aproveitar uma parte desse conhecimento, se o senhor tiver um tempinho.

– Posso arranjar uns minutos. O que é que você quer saber? – Hallam estava sorrindo. Foi exatamente essa a última vez que ele sorriu diante de Lamont.

– O desenvolvimento de uma Bomba prática e eficiente, professor Hallam, ocorreu com uma velocidade extraordinária – começou Lamont. – Assim que o Projeto da Bomba...

– O Projeto da Bomba de Elétrons Entre Universos – corrigiu Hallam, ainda sorridente.

– Sim, naturalmente – disse Lamont, pigarreando. – Eu estava apenas usando o nome popular. Assim que o projeto começou, os detalhes da engenharia foram desenvolvidos com grande rapidez e pouco desperdício de providências.

– Isso é verdade – concordou Hallam, com um leve tom complacente. – As pessoas vêm tentando me dizer que é meu o crédito por uma direção vigorosa e imaginativa, mas não me importaria se você insistisse em corrigir esse detalhe em seu livro. O fato é que tivemos um imenso banco de talentos no projeto, e eu não gostaria que o brilho de tantas contribuições individuais fosse diminuído por exageros atribuídos à minha participação.

Lamont balançou a cabeça um pouco contrariado. Considerou esse aparte irrelevante e disse:

– Não estava querendo dizer isso. Estava pensando na inteligência do outro lado, os para-homens, para usar a expressão popular. Eles começaram tudo. Nós os descobrimos após a primeira transferência de plutônio para tungstênio. Mas eles nos descobriram antes, para poder efetuar essa transferência, trabalhando à base da pura teoria, sem o benefício do indício que nos deram. E há a folha de ferro que eles transmitiram...

O sorriso de Hallam agora havia desaparecido, e para sempre. Estava com a testa franzida e disse, aumentando o tom de voz:

– Os símbolos nunca foram compreendidos. Nada acerca deles...

– As figuras geométricas foram compreendidas, senhor. Eu estudei esse material e está bastante claro que estavam direcionando a geometria da Bomba. A mim parece que...

A cadeira de Hallam deu um solavanco para trás, raspando com raiva o chão, e ele então disse:

– Não vamos de jeito nenhum entrar por essa porta, meu rapaz. Fomos nós que fizemos o trabalho, não eles.

– Sim, mas não é verdade que eles...

– Que eles *o quê?*

Lamont percebeu então a torrente de emoções que tinha provocado, mas não conseguia compreender sua causa. Incerto, prosseguiu:

– Que eles são mais inteligentes do que nós, que fizeram o trabalho de verdade. Existe alguma dúvida a esse respeito, senhor?

Com o rosto escurecido pelo rubor, Hallam ergueu-se.

– Há todas as dúvidas – trovejou. – Não admito misticismos aqui. Já há um excesso disso. Ouça bem, rapaz – continuou Hallam, enquanto avançava sobre o ainda sentado e completamente estarrecido Lamont, sacudindo um dedo grosso em frente do seu nariz –, se sua história vai falar que fomos marionetes nas mãos dos para-homens, ela não será publicada por esta instituição, nem sequer será publicada se eu conseguir impedir. Não vou permitir que a humanidade e sua inteligência sejam depreciadas, e não permitirei que os para-homens sejam alçados ao papel de deuses.

Lamont não podia fazer nada além de partir, aturdido, inteiramente abalado por ter despertado tanta animosidade quando só queria ter contado com boa vontade.

Então percebeu que suas fontes históricas de repente tinham secado. Aqueles que, uma semana antes, tinham se revelado interlocutores loquazes, agora não se lembravam de mais nada e, subitamente, não tinham mais tempo para conceder entrevista.

No início Lamont ficou só irritado, mas, depois, uma raiva surda começou a crescer em seu íntimo. Começou a enxergar o material de que já dispunha por um novo ângulo e passou a espremer e a insistir onde antes havia apenas indagação. Quando topava com Hallam em afazeres dentro do departamento, Hallam franzia a testa e olhava de lado. Por sua vez, Lamont também passou a expressar seu desprezo.

O produto final dessa equação foi Lamont ter constatado que sua carreira principal, como para-teórico, tinha sido abortada. Em lugar dela, voltou-se com ainda mais determinação para sua carreira secundária de historiador da ciência.

(continuação)

– Aquele maldito idiota – Lamont resmungou, envolto em suas reminiscências. – Você precisava estar lá, Mike, para ver como ele entrou em pânico quando sugeri que o outro lado é que tinha sido a força motriz. Quando penso naquela cena fico me perguntando como era possível conhecê-lo, mesmo que superficialmente, e não perceber que ele iria reagir daquela maneira? Olha, fique agradecido por nunca ter tido que trabalhar com Hallam.

– Eu sou grato – Bronowski afirmou com indiferença –, embora em alguns momentos você também não seja nenhum anjinho.

– Não reclame. Com o tipo de trabalho que faz, você não tem problemas.

– E também ninguém se interessa. Quem se importa com o tipo de trabalho que faço, além de mim e mais uns cinco sujeitos no mundo todo? Talvez seis, se você se lembra.

Lamont lembrava.

– É mesmo.

O plácido semblante de Bronowski nunca enganou ninguém que o conhecera, mesmo que só superficialmente. Era um sujeito contundente que ficava obcecado com um problema até achar a solução ou até que o tivesse esmiuçado a ponto de ter certeza de que não havia uma possível solução.

Havia o caso das inscrições etruscas com base nas quais tinha construído sua reputação. Essa tinha sido uma língua viva até o século I d.C., mas o imperialismo cultural dos romanos não havia deixado rastros desse idioma, que desaparecera quase que por completo. As raras inscrições que tinham sobrevivido à carnificina da hostilidade romana – ou à sua indiferença, o que era ainda pior – restavam transcritas em letras gregas para que pudessem ser pronunciadas, e nada mais. O etrusco não parecia ter relação com nenhuma das demais línguas vizinhas; parecia muito arcaico; não parecia nem ter pertencido ao ramo indo-europeu.

Por conseguinte, Bronowski passou para o estudo de outra língua, que parecia não ter ligação com nenhuma das línguas vizinhas, que parecia muito arcaica, que não parecia sequer ser indo-europeia, mas que estava bem viva e era falada numa região não muito afastada de onde os etruscos tinham vivido.

"E a língua basca?", Bronowski se perguntou. E começou a usar o basco como guia. Outros estudiosos tinham tentado essa abordagem antes dele e desistido. Bronowski não.

Era um trabalho duro, pois com a língua basca, extraordinariamente difícil em si mesma, não conseguia nada além de uma ajuda frágil. Conforme prosseguia, Bronowski encontrava cada vez mais motivos para suspeitar de uma ligação cultural entre os primeiros habitantes do norte da Itália e do norte da Espanha. Ele inclusive conseguiu apresentar um forte argumento em defesa da conjectura de que um volumoso contingente de pré-celtas teria ocupado a área ocidental da Europa, falando uma língua da qual o etrusco e o basco eram sobreviventes, quase parentes. Ao longo de dois mil anos, contudo, o basco tinha evoluído e sido contaminado pelo espanhol. Tentar primeiro desvendar sua estrutura na época dos romanos e, depois, relacioná-la com o etrusco, foi um feito intelectual de dificuldade inimaginável, e Bronowski deixou os filólogos do mundo inteiro de queixo caído quando, enfim, concluiu a façanha.

As traduções do etrusco eram em si mesmas monumentos à aridez e não tinham a menor relevância. Em sua maior parte, tratava-se de inscrições funerárias de rotina. Já o fato da tradução, em si, era realmente impressionante e, como depois ficou evidente, teve imensa importância para Lamont.

Mas não a princípio. Para sermos totalmente verdadeiros a esse respeito, as traduções já eram um fato mais ou menos cinco anos antes que Lamont sequer tivesse ouvido falar que tinha existido um povo chamado etrusco. Mas, então, Bronowski veio à universidade para ministrar uma de suas palestras anuais como professor convidado, e Lamont – que normalmente se furtava à obrigação de aparecer, como era dever dos professores da instituição –, dessa vez, compareceu.

Não porque reconhecesse a importância da palestra ou tivesse o menor interesse pelo assunto. Ele foi porque estava saindo com uma aluna de graduação em Línguas Românicas e era isso ou um festival de música a que ele estava tentando a todo custo evitar ter que assistir. Esse vínculo social era tênue, pouquíssimo satisfatório do ponto de vista de Lamont, somente temporário, mas terminou por levá-lo à plateia daquele evento.

Inesperadamente, Lamont acabou gostando bastante da palestra. A remota civilização etrusca penetrou em sua consciência primeiro como um tópico de interesse distante, e o problema de solucionar uma língua, até então não decifrada, revelou-se fascinante para ele. Na juventude, Lamont se divertia decifrando criptogramas, mas havia deixado esse passatempo de lado junto com outras distrações pueris em prol dos criptogramas muito mais complexos apresentados pela natureza, o que terminou por conduzi-lo ao campo da para-teoria.

Todavia, a apresentação de Bronowski levou-o de volta aos tempos juvenis em que lentamente ia compreendendo o que parecia ser um ajuntamento aleatório de símbolos, combinados num nível de dificuldade suficiente para tornar a tarefa ainda mais meritória. Bronowski era um decifrador de criptogramas do mais alto nível, e o que encantou Lamont foi a descrição da consistente adição de camadas de razão diante do desconhecido.

Tudo isso, porém, ainda não teria levado a nada – a tripla coincidência da vinda de Bronowski ao *campus*, o entusiasmo juvenil de Lamont pela criptografia, a pressão social de uma moça por quem sentia atração – se não fosse o fato de que no dia seguinte ele se avistou com Hallam e se tornou sólida e, como depois se comprovou, permanentemente *persona non grata*.

Uma hora após a conclusão de sua entrevista com Hallam, Lamont estava decidido a procurar Bronowski. O assunto imediato era aquele mesmo que lhe parecia óbvio e tanto tinha ofendido Hallam. Como sua atitude lhe causara grave censura, Lamont sentiu-se instigado a revidar – de uma maneira especificamente associada com o motivo da censura. Os para-homens *eram* mais inteligentes do que os homens. Até então, Lamont vinha acreditando nisso de maneira informal, como uma coisa que fosse mais óbvia do que vital. Agora tinha se tornado vital. Era algo que exigia ser provado, e esse fato tinha sido imposto à força a Hallam. Se possível, à margem do circuito oficial e expondo todas as suas mais agudas arestas.

Lamont já se sentia tão distante de seu recente culto ao herói que salivava com a ideia.

Bronowski ainda estava no *campus*, e Lamont, descobrindo seu paradeiro, insistiu em falar com ele.

Bronowski se mostrou suavemente cortês quando por fim Lamont o encurralou.

Atalhando bruscamente a troca de cortesias com o professor convidado, Lamont se apresentou com nítida impaciência e disse:

– Dr. Bronowski, estou encantado por falar com o senhor antes que parta. Espero poder convencê-lo a ficar por aqui mais algum tempo.

– Talvez isso não seja difícil – disse Bronowski. – Ofereceram-me um cargo no corpo docente.

– E o senhor vai aceitar?

– Estou pensando seriamente. Acho que sim.

– O senhor deve. E aceitará, quando tiver ouvido o que tenho a dizer. O que o senhor fará agora, dr. Bronowski, depois de ter solucionado o caso das inscrições etruscas?

– Essa não é a minha única tarefa, meu jovem. (Bronowski deve ser uns cinco anos mais velho que Lamont.) Sou arqueólogo. A cultura etrusca tem mais do que apenas inscrições, e a cultura itálica pré-clássica é mais do que os etruscos.

– Mas, certamente, nada tão empolgante para o senhor, tão desafiador, que as inscrições etruscas...

– Com isso eu concordo.

– Então o senhor estaria receptivo a algo ainda mais empolgante, ainda mais desafiador, um trilhão de vezes mais relevante do que aquelas inscrições?

– O que o senhor tem em mente, dr. Lamont?

– Temos inscrições que não fazem parte de uma cultura morta, nem de nada que seja da Terra, nem deste universo. Temos uma coisa chamada para-símbolos.

– Já ouvi falar disso. A propósito, eu já os vi.

– Certamente, então, dr. Bronowski, o senhor se sentiu instigado a enfrentar esse problema, não é? Teve o desejo de compreender o que dizem?

– Nenhum desejo, dr. Lamont, porque não existe o problema.

Lamont olhou-o atentamente, desconfiado.

– O senhor quer dizer que sabe lê-los?

Bronowski sacudiu a cabeça.

– Você me interpretou mal. Quero dizer que não consigo absolutamente lê-los. Ninguém pode. Não existe referência. No caso das línguas terrestres, por mais que sejam mortas, sempre existe a chance de encontrar alguma língua viva, ou outra língua morta já decifrada, que tenha alguma ligação com aquela, por mais remota que seja. Na ausência disso, existe pelo menos o fato de que toda língua terrestre foi escrita por seres humanos dotados de modos humanos de pensar. Isso serve de ponto de partida, mesmo que fraco. No caso dos para-símbolos nada disso existe, portanto eles constituem um problema claramente sem solução. E a insolubilidade não é um problema.

A muito custo Lamont ficou ouvindo, sem interromper as explicações, mas agora irrompeu com ímpeto:

– O senhor está enganado, dr. Bronowski. Não quero lhe ensinar nada sobre sua profissão, mas o senhor não está a par de alguns fatos que a minha profissão encontrou. Estamos lidando com para-homens dos quais não sabemos quase nada. Não sabemos que aparência têm, como pensam, em que tipo de mundo vivem. Praticamente nada, por mais básico e fundamental que seja. Até aí, o senhor tem razão.

– Mas é somente *quase* nada que vocês sabem, estou certo? – Bronowski não parecia impressionado. Tirou do bolso um pacotinho de figos secos, abriu e começou a comer. Ofereceu a Lamont, que movimentou a cabeça negativamente.

Lamont então disse:

– Certo. Sabemos uma coisa que tem uma importância crucial. Eles são mais inteligentes do que nós. Item um: são capazes de efetuar a troca através da distância entre universos, enquanto nós só podemos desempenhar um papel passivo. – Agora Lamont se deteve para perguntar: – O senhor sabe alguma coisa sobre a Bomba de Elétrons Entre Universos?

– Um pouco – respondeu Bronowski. – O suficiente para acompanhar seu raciocínio, doutor, desde que não entre em detalhes técnicos.

Lamont seguiu em frente sem demora.

– Item dois: eles nos enviaram instruções sobre como montar nossa parte da Bomba. Não pudemos entender essas instruções, mas pudemos decifrar os diagramas o suficiente para perceber todas as pistas necessárias. Item três: de alguma maneira eles podem nos sentir. Pelo menos, podem perceber que estamos deixando tungstênio para eles pegarem, por exemplo. Eles sabem onde está e podem atuar sobre essa substância. Nós não conseguimos fazer nada equivalente. Há outros pontos, mas estes bastam para demonstrar que os para-homens são claramente mais inteligentes do que nós.

– Mas imagino que você seja minoria aqui. Seguramente seus colegas não aceitam isso – disse Bronowski.

– Não aceitam, não. Mas o que o levou a essa conclusão?

– A minha opinião de que você está claramente errado.

– Meus fatos estão corretos. E, como estão, como poderia estar errado?

– O senhor está apenas comprovando que a tecnologia dos para-homens é mais avançada do que a nossa. O que isso tem a ver com inteligência? Veja bem – Bronowski se levantou para despir o paletó e depois voltou a se sentar numa posição semirreclinada, em que a macia rotundidade de seu corpo parecia se descontrair e se acomodar com grande conforto, como se o bem-estar físico o ajudasse a pensar –, há mais ou menos dois séculos e meio, o comandante naval norte-americano Matthew Perry comandou uma flotilha até o porto de Tóquio. Os japoneses, até então isolados, viram-se diante de uma tecnologia consideravelmente mais avançada do que a que conheciam, e decidiram que não era sensato oferecer resistência. Uma nação inteira de milhões de japoneses guerreiros ficou impotente perante uns poucos navios que tinham atravessado os mares. Isso provou que os americanos eram mais inteligentes do que os japoneses ou apenas que a cultura ocidental tinha enveredado por outros rumos? Obviamente a opção certa é a segunda, pois, em meio século, os japoneses já estavam imitando com sucesso a tecnologia ocidental e, em mais meio século, tinham se tornado uma importante potência industrial, a despeito do fato de terem sido radicalmente derrotados numa das guerras desse período.

Lamont ouviu com máxima seriedade e disse:

– Também pensava assim, dr. Bronowski, embora não estivesse a par do ocorrido com os japoneses. Gostaria de ter tempo para ler História. Todavia, essa analogia está errada. Trata-se mais do que superioridade técnica; é uma questão de diferença de graus de inteligência.

– E como você pode ter certeza e não somente supor?

– Dado o mero fato de que *eles* nos enviam instruções. Estavam ansiosos para que nós montássemos nossa parte da Bomba; eles *tinham* de nos levar a isso. Fisicamente, não podiam atravessar para cá. Até mesmo suas finas folhas de ferro, nas quais inscreviam suas mensagens (a substância praticamente mais estável em ambos os mundos), foram aos poucos se tornando radioativas demais para se manterem intactas, embora, naturalmente, não antes que tivéssemos preparado cópias permanentes com os nossos próprios materiais. – Ele fez uma pausa para reaver seu fôlego, sentindo-se excessivamente empolgado, ansioso. Não devia ser tão contundente em sua tentativa de convencer. Bronowski olhou-o com curiosidade.

– Muito bem, eles nos enviam mensagens. O que você está tentando deduzir disso?

– Que eles esperam que nós compreendamos. Será que poderiam ser tolos o suficiente para nos enviar mensagens tão intrincadas, bem longas em alguns casos, se soubessem que não as entenderíamos?... Se não fosse pelos diagramas que nos mandaram, não teríamos chegado a parte alguma. Mas, se eles estavam contando que nós entenderíamos, só podia ser porque achavam que qualquer criatura como nós, com uma tecnologia aproximadamente tão evoluída quanto a deles (e isso eles devem ter sido capazes de estimar de alguma maneira – outro ponto a favor da minha teoria), também deveria ser aproximadamente tão inteligente quanto eles e não teria dificuldade em deduzir alguma coisa com base naqueles símbolos.

– Essa também pode ser justamente a ingenuidade deles – disse Bronowski, nada impressionado.

– O senhor está dizendo que eles pensam que só há uma linguagem, falada e escrita, e que alguma outra inteligência em outro universo fala e escreve como eles? Por favor!

– Mesmo que eu concorde com sua interpretação, o que você quer que eu faça? Analisei os para-símbolos. Suponho que todo arqueólogo e filólogo da Terra tenha feito o mesmo. Não vejo o que eu poderia fazer. Tampouco acho que mais alguém saberia. Em mais de vinte anos, não houve nenhum progresso nesse sentido – respondeu Bronowski.

Lamont interpôs, com intensidade:

– A verdade é que, em vinte anos, não houve o desejo de progredir. A Autoridade da Bomba não quer decifrar os símbolos.

– E por que não iria querer?

– Por causa da inconveniente possibilidade de que uma comunicação com os para-homens possa enfim evidenciar que se trata de seres nitidamente mais inteligentes. Porque assim ficaria demonstrado que os seres humanos são os parceiros marionetes na questão da Bomba, para a grande aflição de seu ego. E, especificamente – Lamont tentou depurar o veneno de suas próximas palavras –, porque Hallam perderia o crédito de Pai da Bomba de Elétrons.

– Supondo que a Autoridade da Bomba queria fazer progressos, o que poderia ser feito? Desejar não é realizar, você sabe.

– Eles poderiam conseguir que os para-homens cooperassem. Poderiam enviar mensagens para o para-universo. Isso nunca foi feito, mas poderia acontecer. Uma mensagem numa folha metálica poderia ser colocada sob uma cápsula de tungstênio.

– Oh! Ainda estão em busca de novas amostras de tungstênio mesmo com as Bombas em funcionamento?

– Não, mas eles vão perceber o tungstênio e irão supor que estamos tentando usá-lo para chamar a atenção deles. Poderíamos até mesmo colocar a mensagem na própria lâmina de tungstênio. Se eles receberem a mensagem e deduzirem dela algum significado, mesmo que o menor sentido possível, eles nos enviarão de volta alguma coisa que tenha incorporado essa descoberta. Talvez montem uma tabela de equivalência com as nossas palavras e as deles, ou podem usar uma mistura dos dois vocabulários. Seria uma espécie de avanço alternativo, primeiro da parte deles, depois da nossa, depois da deles e assim por diante, concluiu Lamont.

– Com o lado deles realizando a maior parte do trabalho – acrescentou Bronowski.

– Sim.

Bronowski sacudiu a cabeça.

– Isso nem teria graça, teria? Não me parece atraente.

Lamont olhou para ele com raiva mal contida.

– E por que não? Você não acha que haveria crédito ou fama suficiente para você em tudo isso? O que você é: um especialista em fama? Que tipo de fama conseguiu com as inscrições etruscas, mas que droga... Você sabe mais do que cinco pessoas no mundo todo. Seis, talvez. Diante deles, você é uma celebridade doméstica, um sucesso, e eles detestam você. O que mais? Você fica dando palestras sobre isso para plateias que não passam de umas vinte pessoas e elas se esquecem do seu nome no dia seguinte. É disso que você está atrás?

– Não seja dramático.

– Muito bem. Não serei. Vou procurar outra pessoa. Pode levar mais um pouco de tempo, mas, como você diz, os para-homens farão o grosso do trabalho, de todo jeito. Se não tiver outra maneira, eu mesmo faço isso.

– Você já foi incumbido desse projeto?

– Não, ainda não. E daí? Ou existe alguma outra razão para você não querer se envolver? Problemas disciplinares? Não há leis contra tentar traduzir, e eu sempre posso colocar tungstênio na minha escrivaninha. Não vou preferir reportar eventuais mensagens que eu receba no lugar do tungstênio e, nessa medida, estarei violando o protocolo de pesquisa. Assim que a tradução estiver pronta, quem vai se queixar? Você trabalharia comigo se eu garantisse sua segurança e mantivesse em segredo a sua participação? Você perderia a fama, mas talvez dê mais valor à sua segurança. Ah, que se dane. – Lamont deu de ombros. – Se eu mesmo fizer isso, tenho a vantagem de não ter de me preocupar com a segurança de mais ninguém.

Lamont se pôs em pé para sair. Os dois homens estavam com raiva e se portaram com aquela cortesia defensiva que o corpo assume quando na presença de alguém hostil, embora sem perder a compostura.

– Suponho – disse Lamont – que, pelo menos, você vai considerar esta uma conversa confidencial.

Bronowski também estava em pé...

– Disso você pode estar certo – respondeu friamente, e os dois trocaram um breve aperto de mãos.

Lamont não esperava mais ter notícias de Bronowski. Então começou o processo de se convencer de que seria melhor incumbir-se ele mesmo da tarefa de traduzir os símbolos.

Dois dias depois, entretanto, Bronowski estava no laboratório de Lamont. Em tom brusco explicou:

– Estou indo embora agora, mas voltarei em setembro. Vou assumir o cargo que me ofereceram aqui e, se você ainda estiver interessado até lá, verei o que posso fazer a respeito do problema de tradução que mencionou.

Lamont mal teve tempo para expressar sua surpresa e seus agradecimentos, e Bronowski saiu, marchando, aparentemente mais irado por ter cedido do que por ter resistido anteriormente.

Com o passar do tempo, tornaram-se amigos, e, com o passar de mais tempo, Lamont ficou a par do que tinha levado Bronowski até lá. No dia seguinte à discussão entre eles, Bronowski almoçou no Clube da Faculdade com um grupo de alto escalão da universidade, incluindo, naturalmente, o presidente. Bronowski aproveitou o ensejo para dizer que aceitava a proposta e enviou uma carta formal documentando o fato, dentro do devido prazo, para a satisfação de todos.

O presidente tinha dito:

– Será um grande incentivo para nós contar com o renomado tradutor das Inscrições Itascas em nossa universidade. Estamos honrados.

A má pronúncia naturalmente não tinha sido corrigida, e o sorriso de Bronowski, apesar de contrafeito, na realidade não deixou transparecer nada. Um pouco mais tarde, o chefe do departamento de História Antiga explicou que o presidente era mais um nativo do meio-oeste do que um erudito clássico e, como o Lago Itasca era a nascente do poderoso Mississippi, o lapso de linguagem fora uma coisa natural.

Mas, junto com o desdém de Lamont pela dimensão de sua fama, para Bronowski aquele erro fora uma grosseria.

Quando Lamont ficou enfim a par do episódio, achou engraçado.

– Nem adianta se amofinar mais. Já passei por isso também. Você disse para si mesmo "Juro por Deus que vou fazer alguma coisa que até mesmo *aquele* cabeça de bagre consiga entender".

– Mais ou menos isso – comentou Bronowski.

Um ano de trabalho, no entanto, havia produzido poucos resultados. As mensagens tinham finalmente chegado; outras haviam sido enviadas. Nada.

– Apenas adivinhe! – disse Lamont a Bronowski, com pressa febril. – Qualquer suposição por mais maluca! Vamos arriscar!

– Mas é exatamente isso que venho fazendo, Pete. O que é que está te deixando tão alvoroçado? Fiquei doze anos debruçado sobre as Inscrições Etruscas. Você acha que este trabalho levará menos tempo?

– Pelo amor de Deus, Mike. Não podemos demorar doze anos.

– É? Por que não? Ouça uma coisa, Pete, não pude deixar de notar que você mudou de atitude. Desde o mês passado, mais ou menos, você tem estado impossível. Achei que tinha ficado claro desde o início que este é um trabalho que não pode ser feito com pressa, que precisamos ter paciência. Pensei que você entendesse que, além disso, eu tenho minhas obrigações regulares na universidade. Bom, já perguntei isso várias vezes a você e vou perguntar de novo: por que toda essa pressa, agora?

– Porque estou com pressa – respondeu Lamont, abruptamente. – Porque quero andar logo com isso.

– Parabéns – disse Bronowski, secamente. – Eu também. Só para saber: você não está esperando morrer logo, está? Seu médico disse que você tem um câncer incurável?

– Não, não – grunhiu Lamont.

– Pois, então?

– Deixa pra lá – finalizou Lamont, enquanto se afastava apressado.

Quando convidara Bronowski originalmente para se unir a ele, a preocupação de Lamont era somente a mesquinha teimosia de Hallam diante da sugestão de que os para-homens eram mais inteligentes. Então, era exclusivamente a esse respeito que Lamont estava batalhando para operar alguma mudança de vulto. Não tinha nenhuma outra intenção além dessa – a princípio.

Mas, no decorrer dos meses seguintes, ele passara a vivenciar uma exasperação interminável. Seus pedidos de equipamentos, assistência técnica, horas para o computador, eram sistematicamente adiados. Suas solicitações de verba para viagens, recusadas. Seus apartes nas reuniões interdepartamentais, invariavelmente desconsiderados.

O xeque-mate tinha ocorrido quando Henry Garrison, alguém muito atrás dele em termos de serviços prestados e mais atrasado em termos de perícia profissional, recebeu a indicação para um cargo de consultoria, de alto prestígio, que deveria ter sido dada a Lamont com todo o direito. Foi nessa oportunidade que o ressentimento de Lamont aumentou a ponto de não ser mais suficiente apenas provar que ele estava certo. Ele sentia sede de aniquilar Hallam, de destruí-lo cabalmente.

Esse sentimento era reforçado a cada dia, praticamente a cada hora, pela inconfundível atitude de todos os outros integrantes da Estação da Bomba. A abrasiva personalidade de Lamont também não granjeava simpatizantes, embora ele tivesse uns poucos, mesmo assim.

O próprio Garrison ficou constrangido. Era um rapaz calado, amistoso, que não queria entrar em confusão e que agora estava parado na soleira da porta do laboratório de Lamont com uma expressão que denunciava mais do que uma leve apreensão.

Ele disse:

– Olá, Pete. Posso trocar uma palavrinha com você?

– Quantas quiser – disse Lamont, franzindo a testa e evitando olhá-lo diretamente.

Garrison entrou e se sentou.

– Pete – começou ele –, não posso recusar a indicação, mas quero que você saiba que não fui atrás disso. Foi uma surpresa para mim.

– Tem alguém pedindo para você recusar? Não me importo.

– Pete, é o Hallam. Se eu recusar, vão indicar outra pessoa, não você. O que foi que você aprontou com o velho?

Lamont rodeou o colega.

– Qual é a *sua* opinião sobre Hallam? O que você acha dele como homem?

Garrison foi pego de surpresa. Franziu os lábios e esfregou o nariz.

– Bom... – começou a dizer, mas deixou que o som fosse morrendo.

– Um grande homem? Um cientista brilhante? Um líder inspirador?

– Bem...

– Então eu lhe digo. Aquele sujeito é um falso! Uma fraude! Formou sua reputação e posição e está instalado em cima disso, em pânico. Ele sabe que eu enxergo quem ele é de verdade e é por isso que está contra mim – afirmou Lamont. Garrrison deu uma risadinha curta, sem graça.

– Mas você não chegou nele dizendo...

– Não, não disse nada diretamente para ele – Lamont explicou em voz arrastada. – Um dia vou fazer isso. Mas ele sabe. Sabe que sou a única pessoa que ele não engana, mesmo que eu não abra a boca.

– Mas, Pete, qual o sentido de ir falar com ele sobre isso? Não estou dizendo que eu o considero o maior do mundo, mas qual o motivo de divulgar isso publicamente? Elogie o cara um pouco. A sua carreira está nas mãos dele!

– Está? E estou com a reputação dele nas minhas! Vou denunciá-lo. Vou deixar o cara nu em pelo.

– Como?

– Problema meu! – resmungou Lamont que, naquele instante, não tinha a mínima noção de como conseguir isso.

– Mas isso é ridículo! – explodiu Garrison. – Você não pode ganhar. Ele simplesmente vai arruiná-lo. Mesmo que realmente não seja nenhum Einstein ou Oppenheimer para o mundo, em geral, ele é mais do que qualquer um desses dois. Ele *é* o Pai da Bomba de Elétrons para dois bilhões de criaturas da Terra, e nada que você possa fazer vai afetá-las, enquanto a Bomba de Elétrons for a chave para o paraíso humano. Enquanto isso for verdade, Hallam não pode ser tocado, e você está louco se acha que pode. Mas que inferno, Pete, diga pro cara que ele é o máximo e se humilhe. Não seja outro Denison!

– Escute bem, Henry – retrucou Lamont, subitamente enfurecido –, por que você não vai cuidar da própria vida?

Garrison se ergueu e saiu, sem pronunciar uma palavra. Lamont tinha acabado de conquistar outro inimigo ou, pelo menos, perdido um amigo. Esse foi um bom preço, todavia, como ele depois resolveu, já que um comentário de Garrison tinha feito a bola rolar em outra direção.

Essencialmente, Garrison dissera: "... enquanto a Bomba de Elétrons for a chave para o paraíso humano... Hallam é intocável".

Com essa sentença ecoando em sua mente, pela primeira vez Lamont deslocou sua atenção de Hallam para se concentrar na Bomba de Elétrons.

A Bomba de Elétrons era *mesmo* a chave para o paraíso humano? Ou será que ali – e isso seria o sétimo céu – se escondia alguma armadilha?

Tudo na História tinha tido uma armadilha. Qual era o ardil da Bomba de Elétrons?

Lamont conhecia o suficiente da história da para-teoria para saber que a questão de "um engodo" não passara despercebida. Na primeira vez em que foi explicado que a troca básica geral que acontecia na Bomba de Elétrons envolvia bombear elétrons do universo para o para-universo, não faltou quem indagasse de imediato: "E o que acontecerá depois que todos os elétrons tiverem sido bombeados?".

A resposta veio rápida e fácil. Mantido o maior ritmo razoável de bombeamento que se podia calcular, o suprimento de elétrons duraria, pelo menos, três trilhões de anos – e podia-se presumir que o universo todo, junto com o para-universo, não duraria nem uma pequena fração de todo esse tempo.

A objeção seguinte foi mais sofisticada. Não havia possibilidade de bombear *todos* os elétrons para o outro lado. À medida que isso acontecesse, o para-universo adquiriria uma carga negativa livre e o universo, uma positiva. A cada ano, conforme crescesse essa diferença entre as cargas livres, ficaria mais difícil bombear mais elétrons contra a força da diferença de carga oposta. Naturalmente, então, eram átomos neutros que de fato estavam sendo bombeados, mas a distorção dos elétrons orbitais durante esse processo criava uma carga eficaz que aumentava imensamente com as mudanças radioativas subsequentes.

Se a carga concentrada se mantivesse nos pontos do bombeamento, o efeito dos átomos de órbita distorcida sendo bombeados interromperia o processo inteiro quase que de imediato, mas, evidentemente, era preciso levar em conta a difusão. A carga concentrada se difundia externamente pela Terra, e o efeito do processo de bombeamento tinha sido calculado levando-se isso em consideração.

A carga positiva aumentada da Terra geralmente forçava os ventos solares de carga positiva a evitarem o planeta em distâncias maiores, e a magnetosfera era assim alargada. Graças ao trabalho de McFarland (o real instigador da Grande Descoberta, segundo Lamont), era possível demonstrar que era alcançado um ponto definido de equilíbrio quando os ventos solares varriam para muito longe cada vez mais as camadas acumuladas de partículas positivas que eram repelidas da superfície da Terra e enviadas para regiões progressivamente mais altas da exosfera. A cada aumento de intensidade do bombeamento, a cada Estação de Bombeamento adicional que se construía, a carga positiva livre da Terra aumentava ligeiramente e a magnetosfera crescia alguns quilômetros. Essa, porém, era uma mudança diminuta, e a carga positiva, no final, era varrida para longe pelos ventos solares e difundidas pelas regiões mais remotas do sistema solar.

Mesmo assim – mesmo contando com a mais rápida difusão possível da carga –, chegaria o momento em que a diferença local de cargas entre o universo e o para-universo, nos pontos de bombeamento, aumentaria o suficiente para interromper o processo, e esse momento seria apenas uma pequena fração do tempo que realmente levaria para consumir todos os elétrons. Aproximadamente, um trilionésimo de um trilionésimo de tempo.

Isso ainda significava, porém, que o bombeamento continuaria acontecendo por um trilhão de anos. Somente um *único* trilhão, mas seria suficiente. Bastaria. Um trilhão de anos é muito mais tempo do que o homem durará, ou o sistema solar permanecerá. E se, de alguma maneira, o homem durasse mais (ou alguma criatura que o sucedesse e suplantasse), então, sem dúvida, alguma coisa seria elaborada para corrigir a situação. Em um trilhão de anos muita coisa pode ser feita.

Lamont tinha de concordar com isso.

Mas, então, ele pensou em outra coisa, enveredou por outro fio de ideias que ele se lembrava muito bem de o próprio Hallam ter explorado num de seus artigos escritos para divulgação entre o público. Com razoável aversão, tentou até achar o tal artigo. Era importante verificar o que Hallam dissera, antes de ele mesmo levar a questão adiante.

Em parte, o texto dizia:

> Devido à força gravitacional sempre presente, acabamos associando a expressão 'ladeira abaixo' com aquela espécie de mudança inevitável que podemos empregar para produzir um tipo de energia capaz de ser transformada em trabalho útil. Foi a água escorrendo 'ladeira abaixo' que, nos séculos passados, girou as rodas que, por sua vez, acionavam bombas e geradores. Mas o que acontece depois que toda a água já escorreu?
> O trabalho não pode prosseguir até que a água seja devolvida para o alto da 'ladeira' de novo – e isso dá trabalho. Na verdade, dá mais trabalho forçar a água a subir do que apenas coletá-la, deixando que escorra ladeira abaixo. Trabalhamos com a perda de energia. Felizmente, o Sol realiza o trabalho para nós. Ele evapora os oceanos de tal sorte que o vapor de água sobe até o alto da atmosfera, forma as nuvens e, com o tempo, desce novamente, na forma de água ou neve. Assim, ela encharca o solo em todos os níveis, enche as nascentes e rios e garante que a água escorra para baixo para sempre.
> Mas não é bem 'para sempre'. O Sol pode fazer subir o vapor de água, mas somente porque, num sentido nuclear, ele também está escorrendo para baixo. E escorre para baixo numa velocidade imensamente maior do que qualquer rio terrestre é capaz de escorrer, e, quando o Sol tiver escorrido completamente por sua ladeira, então não existirá mais nada, dentro do nosso conhecimento, capaz de elevá-lo novamente.
> Todas as fontes de energia do nosso universo operam de cima para baixo. Não podemos impedir isso. Tudo vem do alto para baixo, numa única direção, e podemos forçar um movimento temporário de subida, de volta, somente nos beneficiando de alguma ladeira mais íngreme perto de nós. Se quisermos ter energia útil para sempre, precisamos de uma estrada que desça

em ambos os sentidos. Esse é o paradoxo do nosso universo; é um fato inegável que tudo que desce de um lado sobe de volta do outro.

Mas será que precisamos nos confinar apenas ao nosso universo? Pensemos no para-universo. Ele também tem vias de descida numa direção e de subida, em outra. Essas vias, no entanto, não combinam com as nossas. Podemos entrar numa via de descida do para-universo rumo ao nosso universo, mas, quando a tomamos de volta do nosso universo rumo ao para-universo, ela novamente será uma descida, porque esses dois universos seguem leis diferentes.

A Bomba de Elétrons tem a vantagem de ser uma via de descida nos dois sentidos. A Bomba de Elétrons...

Lamont tornou a ler o título daquela matéria: "A via de descida nos dois sentidos". Ele começou a raciocinar. Naturalmente, esse conceito já era do seu conhecimento, assim como suas consequências termodinâmicas. Mas por que não examinar melhor seus pressupostos? Esse sempre é o ponto fraco de qualquer teoria. E se os pressupostos, tidos como certos por definição, estivessem errados? Quais seriam as consequências se alguém partisse de outros pressupostos contraditórios?

Ele começou às cegas, mas, em um mês, estava com aquela sensação que todo cientista identifica: um clique-clique interminável que as peças vão fazendo ao se encaixarem num quebra-cabeça e quando coisas complicadas deixam de ser complicadas. A sensação da Verdade.

Foi a partir desse momento que ele começou a fazer mais pressão em Bronowski.

E um dia, disse:
– Vou ver Hallam de novo.

As sobrancelhas de Bronowski subiram.
– Para quê?
– Para que ele me destrate.

– Sim, Pete, isso tem exatamente a sua cara. Você fica infeliz quando seus problemas diminuem um pouco o burburinho.

– Você não entende. É importante que ele se recuse a me escutar. Não quero que, mais tarde, digam que passei por cima dele. Que ele ignorava...

– Ignorava o quê? A tradução dos para-símbolos? Ainda não existe nenhuma tradução do tipo. Não se precipite, Pete.

– Não, não, isso não. – E, depois disso, não falou mais nada.

Hallam não facilitou a visita de Lamont. Passaram-se algumas semanas antes que ele conseguisse encontrar tempo para atender o jovem. Assim, Lamont tampouco facilitou as coisas para Hallam e entrou marchando no recinto com os pelos totalmente eriçados e vibrando. Hallam esperava por ele com uma expressão congelada no rosto e olhos baços.

Hallam disse, de repente:

– O que é essa tal crise de que você está falando?

– Surgiu uma coisa, senhor – disse Lamont, sem inflexão alguma na voz –, inspirada por um de seus artigos.

– Ah... – E rapidamente acrescentou: – Qual?

– "A via de descida nos dois sentidos". Aquele que o senhor escreveu para a *Teen-age Life*.

– E o que tem?

– Acredito que a Bomba de Elétrons não é uma descida nos dois sentidos, para usar a sua metáfora; acontece que essa expressão não é uma maneira precisa de descrever a Segunda Lei da Termodinâmica.

Hallam enrugou muito a testa.

– O que você está pensando?

– Posso me explicar melhor, senhor, estabelecendo as Equações de Campo para os dois universos e demonstrando uma interação que, até agora, ainda não foi levada em conta; lamentavelmente, em minha opinião.

Com isso, Lamont se encaminhou diretamente para o tixoquadro, falando e digitando rapidamente as equações.

Lamont sabia que Hallam se sentiria humilhado e irritado com essa atitude, pois não conseguia acompanhar os cálculos matemáticos. Lamont contava com isso.

Hallam resmungou:

— Veja bem, meu jovem, não tenho tempo agora para me envolver numa discussão mais ampla sobre qualquer aspecto da para-teoria. Envie-me um relatório completo disso e, por enquanto, caso tenha alguma declaração mais concisa sobre o ponto que pretende esclarecer, apresente-a.

Lamont se afastou do tixoquadro, com uma inequívoca expressão de desdém no rosto e disse:

— Muito bem. A Segunda Lei da Termodinâmica descreve um processo que inevitavelmente amputa os extremos. A água não escorre ladeira abaixo; o que realmente acontece é que os extremos do potencial gravitacional são equalizados. A água será capaz, com igual facilidade, de borbulhar para cima e subir, se ficar represada em nível subterrâneo. Pode-se obter trabalho a partir da justaposição de dois níveis diferentes de temperatura, mas o resultado final é que a temperatura será equalizada num nível intermediário. O corpo quente esfria, e o corpo frio torna-se quente. Tanto o resfriamento como o aquecimento são aspectos iguais da Segunda Lei e, nas circunstâncias adequadas, igualmente espontâneos.

— Não venha me ensinando termodinâmica elementar, meu jovem. O que você quer? Meu tempo é muito curto.

Então Lamont disse, sem mudar a expressão, sem nenhuma pressa:

— O trabalho é obtido pela Bomba de Elétrons por meio de uma equalização dos extremos. Nesse caso, os extremos são as leis físicas dos dois universos. As condições que tornam essas leis possíveis — sejam elas quais forem — estão vazando de um universo ao outro, e o resultado final do processo inteiro será dois universos nos quais as leis da natureza serão idênticas — e intermediárias, se comparadas com a situação atual. Como isso produzirá grandes mudanças, embora não saibamos quais, neste universo, parece-me que se deve considerar seriamente a possibilidade de parar as Bombas e cancelar em caráter permanente toda a operação.

Era nesse ponto que Lamont esperava que Hallam explodisse, proibindo terminantemente que ele desse mais explicações. Hallam agiu exatamente como esperado. Saltou como uma mola de sua cadeira, que virou de lado, chutou-a longe e deu os dois passos que o separavam de Lamont.

Defensivamente, Lamont também empurrou sua cadeira com força para trás e ficou em pé.

– Idiota! – gritou Hallam, quase gaguejando de tanta raiva. – Será que você supõe que as outras pessoas da estação desconhecem a equalização das leis naturais? Você desperdiça o meu tempo para falar de uma coisa que eu já sei desde quando você ainda estava aprendendo a ler? Saia já daqui e, no momento em que quiser me entregar a sua carta de demissão, considere-a aceita.

Lamont saiu, depois de ter alcançado exatamente o resultado pretendido, mas, mesmo assim, estava furioso por ter sido tratado daquele jeito.

(conclusão)

— De todo modo — disse Lamont —, isso deixou o caminho livre. Tentei explicar para ele. Ele não quis ouvir. Então, darei o próximo passo.

— E qual será? — indagou Bronowski.

— Vou falar com o senador Burt.

— Você quer dizer, com o presidente do Comitê de Tecnologia e Meio Ambiente?

— O próprio. Então você já ouviu falar dele?

— Quem não ouviu? Mas para quê, Pete? Que carta você tem na manga que possa interessá-lo? Não será a tradução... Pete, estou lhe perguntando de novo. Em que você está pensando?

— Não posso explicar. Você não conhece para-teoria.

— E o senador Burt, conhece?

— Mais do que você, eu acho. — Bronowski apontou-lhe um dedo.

— Pete, nem vamos brincar com isso. Talvez eu saiba de coisas que você ignore. Não podemos trabalhar juntos se trabalhamos um contra o outro. Ou eu sou um membro desta sociedade de duas pessoas, ou não. Você vai me contar o que está pensando e, em troca, eu vou lhe contar outra coisa. Caso contrário, paramos tudo agora mesmo.

Lamont deu de ombros. – Muito bem, se você faz questão, vou abrir o jogo. Agora que já fui até o Hallam, acho que tudo bem, afinal de contas... A questão é que a Bomba de Elétrons está transferindo uma lei natural. No para-universo, a interação forte é uma centena de vezes mais forte do que aqui, o que significa que a fissão nuclear é muito mais provável aqui do que lá, e a fusão nuclear é muito mais provável lá do que aqui. Se a Bomba de Elétrons continuar ativa por tempo suficiente, será alcançado um estado final de equilíbrio no qual a interação nuclear forte será igualmente forte em ambos os universos, num indicador mais ou menos dez vezes maior do que é aqui agora e um décimo do que é lá, agora.

– Ninguém sabe disso?

– Claro que sim, todos sabem. É uma coisa óbvia desde o começo. Até Hallam sabe disso. Foi justamente isso que deixou o desgraçado tão indignado. Comecei a falar disso com ele, em todos os detalhes, como se eu achasse que ele não soubesse e, então, ele explodiu.

– Mas, que sentido tem tudo isso? Há algum perigo se essa interação se tornar intermediária?

– Claro! O que você acha?

– Não acho nada. Quando ela se tornará intermediária?

– Mantida à velocidade atual, daqui a 10^{30} anos.

– E quanto tempo é isso?

– Tempo suficiente para que um trilhão de trilhão de universos como este surjam, vivam, envelheçam e morram, um depois do outro.

– Ora, Pete, vai pro inferno! Qual o grande problema, então?

– Porque, para chegar nesse cálculo – e Lamont passou a falar lenta e cuidadosamente –, que é o cálculo oficial, foram feitas algumas suposições que me parecem erradas. E se outras suposições forem feitas, que me parecem ser as *corretas*, estamos em risco *agora*.

– Que tipo de risco?

– Suponha que a Terra se torne um jato de gás daqui a mais ou menos cinco minutos. Isso para você é um risco?
– Por causa do bombeamento?
– Por causa do bombeamento.
– E o mundo dos para-homens? Eles também estão correndo perigo?
– Estou certo que sim. Outro tipo de perigo, mas mesmo assim, perigo.

Bronowski ficou em pé e começou a andar de um lado para o outro. Puxava e torcia grandes mechas de seu cabelo castanho, encorpado, longo, arredondado atrás. Então disse:

– Se os para-homens são mais inteligentes do que nós, por que estão com a Bomba em funcionamento? Seguramente eles saberiam antes de nós se houvesse perigo.

– Também pensei nisso – disse Lamont. – Minha suposição é de que eles começaram a Bomba primeiro e, como nós, deram início ao processo pelo aparente bem que proporcionaria, preocupando-se com as consequências só mais tarde.

– Mas agora você diz que sabe quais são as consequências. Será que eles foram mais lerdos do que você?

– Depende de se pesquisaram essas consequências e quando. A Bomba é atraente demais para tentar estragar tudo. Eu mesmo não teria ido atrás disso se não fosse... mas e você, Mike, em que está pensando?

Bronowski interrompeu seus passos, olhou em cheio para Lamont e disse:

– Acho que temos alguma coisa.

Lamont olhou para ele como um selvagem, então deu um pulo e agarrou a manga do avental do colega. – Com os para-símbolos? Fala, Mike!

– Foi enquanto você estava com o Hallam. Naqueles minutos, concretamente falando. Não sabia exatamente o que fazer a respeito, porque não estava certo do que estava se passando lá. E agora...

– E agora...

– Continuo incerto. Uma das folhas deles veio com quatro símbolos...
– E?
– ... do alfabeto latino. E pode-se pronunciar.
– O quê?
– Olha aqui.

Bronowski trouxe a folha como se fosse um mágico em ação. Inscritas em sua superfície, muito diferentes das delicadas e intrincadas espirais e dos lampejos diferenciais anteriores dos para-símbolos, viam-se quatro letras grandes, lembrando a escrita infantil: M-E-D-A.

– O que você imagina que quer dizer? – perguntou Lamont, diretamente.

– Até agora, a única coisa que me ocorreu foi que é uma forma incorreta de dizer M-E-D-O.

– Era por isso que você estava me interrogando daquele jeito? Você achou que alguém do outro lado está sentindo medo?

– Então pensei que poderia ter alguma ligação com sua excitação evidentemente progressiva ao longo do último mês. Francamente, Pete, não gostei nada, nada de ter sido mantido no escuro.

– Certo. Não vamos nos precipitar em conclusões, agora. Quem tem experiência com mensagens fragmentadas é você. Você diria que os para-homens estão começando a sentir medo da Bomba de Elétrons?

– Não necessariamente – disse Bronowski. – Não sei até que ponto eles conseguem captar este universo. Se eles podem perceber o tungstênio que oferecemos para eles, se podem sentir a nossa presença, talvez estejam captando o nosso estado de espírito. Talvez estejam tentando nos tranquilizar. Dizer que não há razão para termos medo.

– Então, por que não disseram M-E-D-A N-Ã-O?

– Porque ainda não conhecem nossa língua o suficiente.

– Hummm. Então não posso levar isso para Burt.

– Eu não levaria. É uma coisa ambígua. A bem da verdade, eu não iria procurá-lo até obter mais alguma coisa do outro lado. Sabe lá o que estão tentando dizer.

– Não, Mike, eu não posso esperar. Eu *sei* que estou certo, e nós não temos tempo.

– OK, mas se você for falar com Burt estará queimando suas pontes. Seus colegas jamais irão perdoá-lo. Você, por acaso, pensou na possibilidade de conversar com os físicos daqui? Você sozinho pode não conseguir pressionar Hallam, mas um grupo todo...

Lamont sacudiu vigorosamente a cabeça.

– De jeito nenhum. Os homens desta estação sobrevivem porque são uns molengas. Nenhum deles vai se colocar contra ele. Tentar reuni-los para juntos fazermos pressão sobre Hallam seria o mesmo que pedir a um prato de espaguete cozido que ficasse em posição de sentido.

O rosto suave de Bronowski pareceu sombrio, embora ele não quisesse externar esse sentimento.

– Talvez você tenha razão.

– Eu sei que sim – finalizou Lamont, igualmente melancólico.

Tinha custado um bom tempo conseguir marcar uma entrevista com o senador, tempo que Lamont lamentava ter perdido, ainda mais porque nenhuma outra letra latina tinha vindo dos para-homens. Nenhuma mensagem, de nenhuma espécie, embora Bronowski tivesse enviado pelo menos uma meia dúzia, cada uma contendo uma combinação cuidadosamente escolhida de para-símbolos que continham tanto M-E-D-A como M-E-D-O.

Lamont não tinha muita certeza da relevância daquela meia dúzia de variações sobre as quais Bronowski alimentara esperanças.

Mas nada tinha acontecido, e agora Lamont estava finalmente indo para a entrevista com Burt.

O senador era idoso, tinha um rosto magro e olhos penetrantes. Era o presidente do Comitê de Tecnologia e Meio Ambiente já há uma geração. Levava a sério seu cargo e o demonstrara muitas vezes. Agora estava ajustando o nó da gravata antiquada que fazia questão de usar (e que tinha se tornado sua marca registrada) enquanto dizia:

– Posso lhe conceder somente meia hora, filho – e olhou para seu relógio de pulso.

Lamont não estava preocupado. Ele esperava envolver o senador Burt o suficiente para fazê-lo esquecer suas limitações de tempo. Ele também nem ia tentar começar do começo; ali, sua intenção era bem diferente da que o havia motivado com relação a Hallam.

– Não vou importuná-lo com coisas de matemática, senador, mas vou supor que o senhor sabe que, por meio do bombeamento, as leis naturais dos dois universos estão se misturando – disse Lamont.

– Agitadas em conjunto – corrigiu o senador, calmamente –, de modo que o equilíbrio ocorrerá em 10^{30} anos. É esse mesmo o número? – As sobrancelhas do senador, até então descontraídas, formaram um arco e depois desceram, conferindo a seu rosto vincado de rugas um ar de surpresa permanente.

– É – disse Lamont –, mas chegaram a esse número supondo que as leis extraterrestres se infiltram em nosso universo e se difundem para fora a partir do ponto de entrada à velocidade da luz. Isso não passa de uma suposição, e acredito que esteja errada.

– Por quê?

– A única taxa medida de mistura está dentro do plutônio 186 enviado para este universo. No começo, essa taxa de mistura é extremamente lenta, possivelmente porque a matéria é densa, e vai aumentando com o tempo. Se o plutônio é misturado com uma matéria menos densa, a taxa de mistura aumenta mais depressa. Com base em algumas mensurações dessa natureza foi calculado que a taxa de permeação aumentaria à velocidade da luz, no vácuo. Custaria algum tempo para que as leis extraterrestres passassem pela nossa atmosfera, bem menos tempo para seguir por meio do topo da atmosfera e, depois, através do espaço, em todas as direções, a 300.000 km/s, diluindo-se como algo inócuo, quase instantaneamente.

Lamont interrompeu sua explicação por um momento, a fim de pensar na melhor maneira de prosseguir, e o senador aproveitou imediatamente essa brecha.

— Mas — convidou, com a urgência de alguém que não está disposto a perder tempo...

— É uma suposição conveniente que aparentemente faz sentido e não parece acarretar a menor dor de cabeça; mas, e se não for a matéria que oferece resistência à permeação pelas leis extraterrestres e sim a trama básica do próprio universo?

— Qual é a trama básica?

— Não posso traduzir isso em palavras. Existe uma expressão matemática que me parece representá-lo, mas não posso trocar isso em palavras. A trama do universo é o que determina as leis da natureza. É a trama básica do nosso universo que torna necessária a conservação da energia. É a trama básica do para-universo que, com uma urdidura diferente da nossa, por assim dizer, torna suas interações nucleares cem vezes mais fortes que as nossas.

— E daí?

— Se for a trama básica que está penetrando, senhor, então a presença de matéria, densa ou não, só pode ter uma influência secundária. A taxa de penetração é maior no vácuo do que na matéria densa, mas não muito maior. A taxa de penetração no espaço exterior pode ser maior em termos terrestres, mas é apenas uma pequena fração da velocidade da luz.

— O que equivale a dizer...

— Que a trama extraterrestre não está se dissipando tão depressa quanto pensamos, mas está, por assim dizer, se empilhando dentro do sistema solar numa concentração muito maior do que estivemos supondo.

— Entendo — disse o senador, com um movimento de cabeça.

— E quanto tempo, portanto, ainda vai demorar para que o espaço dentro do sistema solar seja levado ao ponto de equilíbrio? Menos do que 10^{30} anos, imagino.

— Muito menos, senhor. Menos do que 10^{10}, eu acho. Talvez 50 bilhões de anos, com uma margem de erro de um bilhão, mais ou menos.

— O que não é muito, em comparação, mas o bastante, não é?

Assim, não existe um motivo imediato para alarme, estou certo?

— Mas eu acho que *existe* um motivo imediato para alarme, senhor. Haverá danos muito tempo antes de o equilíbrio ser alcançado. Por causa do bombeamento, a interação nuclear forte está se tornando rápida e consistentemente mais forte em nosso universo, a cada momento.

— Mais forte o bastante para ser medida.

— Talvez não, senhor.

— Nem mesmo depois de vinte anos de bombeamentos?

— Talvez não, senhor.

— Então, por que a preocupação?

— Porque, senhor, a potência da interação nuclear forte depende da velocidade na qual o hidrogênio se funde com o hélio no centro do Sol. Se essa interação fica mais forte, mesmo que imperceptivelmente, a taxa de fusão de hidrogênio no Sol aumentará acentuadamente. O Sol mantém o equilíbrio entre a radiação e a gravitação com grande delicadeza, e perturbar esse equilíbrio a favor da radiação, como temos feito...

— Sim?

— ... provocará uma explosão enorme. Segundo as nossas leis da natureza, é impossível que uma estrela tão pequena quanto o Sol se torne uma supernova. Segundo leis alteradas, talvez não seja mais impossível. Duvido que receberíamos algum tipo de aviso. O Sol acumularia tensão para uma explosão sem precedentes, e oito minutos depois disso, eu, o senhor e a Terra inteira seremos prontamente transformados em vapor, um jato expansivo de vapor.

— E não se pode fazer nada?

— Se for tarde demais para evitar perturbar o equilíbrio, não. Se ainda não for tarde demais, então devemos parar de usar a Bomba.

O senador limpou a garganta. — Antes de eu concordar em receber você, rapaz, pedi informações sobre seu histórico, uma vez que eu não o conhecia pessoalmente. Entre os que consultei estava o dr. Hallam. Você o conhece, não é mesmo?

– Sim, senhor. – Um canto da boca de Lamont tremeu, mas ele manteve a voz inalterada. – Eu o conheço bem.

– Ele me diz – continuou o senador, dando uma olhada num papel que estava sobre sua mesa – que você é um idiota criador de casos, de duvidosa sanidade mental, e exige que eu me recuse a recebê-lo.

Num tom de voz que se esforçava para aparentar calma, Lamont perguntou:

– Essas foram exatamente as palavras dele, senhor?

– Exatamente.

– Então, por que concordou em me atender, senhor?

– Normalmente, quando recebo um relatório dessa natureza, enviado por Hallam, eu não recebo a pessoa. Meu tempo é valioso demais, e Deus sabe que atendo mais idiotas criadores de caso de duvidosa sanidade mental do que vale a pensa pensar, mesmo os que vêm precedidos das mais elevadas recomendações. Nesse caso, todavia, não gostei que Hallam tivesse "exigido". Ninguém exige coisas de um senador, e Hallam já devia saber disso.

– Então o senhor vai me ajudar?

– Ajudar em quê?

– Ora... fazer o bombeamento ser interrompido.

– Ah, isso? De jeito nenhum. Totalmente impossível.

– Por que não? – insistiu Lamont. – O senhor é o presidente do Comitê de Tecnologia e Meio Ambiente e é justamente sua tarefa parar o bombeamento, assim como qualquer outro procedimento tecnológico que ameace causar um dano irreversível ao ambiente. Não pode haver um dano maior nem mais irreversível do que a ameaça representada pelo bombeamento.

– Certamente, certamente. *Se* você tiver razão. Mas minha impressão é que, no fundo, você me contou uma história de ter suposições diferentes das atualmente aceitas. Quem pode garantir que o conjunto das suas suposições está correto?

– Senhor, a estrutura que eu construí explica várias coisas sobre as quais a visão aceita ainda tem dúvidas.

– Bom, então, seus colegas devem aceitar a sua modificação e, nesse caso, você dificilmente teria de me procurar, imagino eu.

– Senhor, meus colegas não vão acreditar. Seus interesses particulares impedem.

– Assim como o seu interesse pessoal impede que você acredite que possa estar errado... Meu jovem, meu poder, no papel, é enorme, mas eu só posso ter êxito nas minhas iniciativas quando o público permite isso. Vou lhe dar uma aula de política prática.

Burt olhou para seu relógio de pulso, reclinou-se e sorriu. Essa oferta não era uma característica sua, mas o editorial do *Terrestrial Post* daquela manhã, descrevendo-o como um "político consumado, o mais habilidoso no Congresso Internacional", e a luminosa satisfação que essas palavras despertaram nele, ainda vibravam em seu íntimo.

– É um erro supor que as pessoas querem o meio ambiente protegido ou suas vidas salvas, e que se sentirão gratas com qualquer idealista que se disponha a lutar por essas causas – disse o senador. – O que o povo deseja é seu próprio conforto. Sabemos disso muito bem, desde a crise ambiental do século 20. Assim que ficou estabelecido que o tabagismo aumentava a incidência de câncer de pulmão, a solução óbvia era parar de fumar, mas o remédio desejado era um cigarro que não estimulasse o câncer. Quando ficou claro que o motor de combustão interna estava poluindo perigosamente a atmosfera, a solução óbvia era abandonar esses motores, e o remédio foi desenvolver motores não poluentes. Por isso, meu jovem, não me peça para parar o bombeamento. A economia e o conforto do planeta inteiro dependem disso. Em vez dessa solução, diga-me como manter o bombeamento em ação, sem explodir o Sol.

– Não há como, senador. Estamos lidando aqui com uma coisa tão básica que não podemos mais brincar com ela. Devemos parar – respondeu Lamont.

– Ah, e sua única sugestão é que retornemos ao estado de coisas que havia antes do bombeamento.

– Devemos fazer isso.

– Nesse caso, você vai precisar de evidências incontestáveis, imediatas, de que está com a razão.

– A melhor evidência – explicou Lamont, asperamente – é fazer o Sol explodir. Imagino que o senhor não queira que eu chegue a tal ponto.

– Talvez não seja necessário. Por que você não conta com o apoio de Hallam?

– Porque ele é um sujeito pequeno que se considera o Pai da Bomba de Elétrons. Como poderá admitir que sua filha vai destruir a Terra?

– Entendo o seu ponto de vista, mas ele ainda é o Pai da Bomba de Elétrons diante do mundo todo, e, nesse caso, somente a palavra dele despertaria o respeito necessário.

Lamont balançou a cabeça.

– Ele nunca vai concordar. Ele preferiria que o Sol explodisse.

O senador então disse:

– Pois force a mão dele. Você tem uma teoria, mas uma teoria sozinha não tem sentido. Seguramente deve haver algum jeito de comprová-la. A taxa de dissolução radioativa do urânio, por exemplo, depende das interações em seu núcleo. Essa taxa tem mudado de acordo com o que preconiza a sua teoria, mas não com a oficialmente aceita?

Mais uma vez, Lamont sacudiu a cabeça.

– A radioatividade comum depende de uma interação nuclear fraca e, infelizmente, os experimentos desse tipo apenas produzem evidências circunstanciais. Quando chegar a produzir evidências suficientes para se tornar inquestionável, será tarde demais.

– Então, o que mais temos?

– Existem interações de píons de uma determinada espécie, capazes de fornecer agora dados inquestionáveis. Melhor ainda, existem combinações *quarks-quarks* que têm recentemente produzido resultados instigantes que estou certo que posso explicar...

— Pois, então, faça isso.

— Sim, mas para conseguir esses dados preciso utilizar o grande síncrotron de prótons que está na Lua, senhor, e a fila para isso é de anos — como pude verificar —, a menos que alguém mexa alguns pauzinhos.

— Quer dizer, eu?

— Sim, o senhor, senador.

— Não, enquanto o dr. Hallam disser coisas a seu respeito, filho. — E o dedo recurvado do senador Burt tamborilou sobre aquela folha de papel em sua mesa. — Não posso me enfiar nessa enrascada.

— Mas a existência do mundo...

— *Prove*.

— Passe por cima de Hallam e eu provo.

— Prove e eu passo por cima de Hallam.

Lamont inspirou fundo.

— Senador! Suponha que existe apenas uma mínima chance de eu estar certo. Será que essa mínima chance não é algo que valha a pena uma luta? Isso significa tudo: a humanidade inteira, o planeta inteiro...

— Você quer que eu entre no bom combate? Bem que eu gostaria. O bom combate sempre tem sua cota de dramaticidade. Todo político decente é masoquista o bastante para sonhar de vez em quando que desce em meio a uma torrente de labaredas enquanto os anjos cantam ao seu redor. Mas, dr. Lamont, para fazer isso é preciso que exista uma chance de luta. É preciso ter algo em nome do que lutar e que possa — apenas *possa* — vencer no final. Se eu o apoiar, não vou conseguir nada contando apenas com a sua palavra contra a desejabilidade infinita do bombeamento. Será que devo exigir de cada homem que desista do seu conforto pessoal e de seu poder aquisitivo, aos quais está acostumado graças à Bomba, só porque um único homem grita "É o fim!", enquanto todos os demais cientistas se voltam contra ele e o reverenciado Hallam o chama de idiota? Não, senhor, eu não vou descer numa carruagem de fogo em nome de *nada*.

– Então apenas me ajude a achar as minhas evidências. O senhor não precisa aparecer em público se teme... – disse Lamont.

– Não tenho medo – disse Burt, bruscamente. – Estou sendo prático, dr. Lamont. E sua meia hora já acabou faz um bom tempo.

Lamont fixou o olhar no vazio, frustrado, mas a expressão no rosto de Burt agora tinha se tornado nitidamente intransigente. Lamont saiu.

O senador Burt não atendeu o próximo visitante de imediato. Passaram-se alguns minutos enquanto olhava inquieto para a porta fechada e ajeitava o nó da gravata. Será que aquele sujeito estava certo? Será que ele teria uma remota chance de ter razão?

Burt teve de admitir que seria uma satisfação tripudiar sobre Hallam e esfregar aquela cara dele na lama e pisar em cima dele até que ele sufocasse – mas isso não ia acontecer. Hallam era intocável. Ele tivera apenas uma desavença com Hallam, mais ou menos dez anos atrás. Ele estava certo, absolutamente certo, e Hallam, totalmente errado, e os acontecimentos desde então apenas serviram para comprová-lo. Mesmo assim, naquela ocasião, Burt fora humilhado e quase perdera sua reeleição por causa disso.

O senador balançou a cabeça num movimento de advertência para si próprio. Ele até poderia arriscar sua reeleição por uma boa causa, mas não podia se arriscar a uma nova humilhação. Mandou entrar o próximo visitante e seu rosto estava calmo e plácido quando se pôs em pé para cumprimentá-lo.

Se, nessa altura dos acontecimentos, Lamont ainda achasse que havia algo a perder, do ponto de vista profissional, ele poderia ter hesitado. Joshua Chen era universalmente repudiado, e qualquer um que se associasse a ele era imediatamente malvisto em quase todos os setores da Situação. Mas Chen era o revolucionário solitário cuja voz singular podia, mesmo assim, sempre ser ouvida porque ele levantava suas bandeiras a um tal ponto de intensidade que a questão se tornava deveras massacrante, ainda mais por ter construído uma organização que era mais unida e coesa do que qualquer equipe política comum do mundo (como mais de um político se dispunha a confirmar).

Ele havia sido um dos fatores determinantes para a velocidade com que a Bomba se incumbira das necessidades energéticas do planeta. As virtudes da Bomba eram claras e óbvias, tão claras quanto a não poluição, e tão óbvias quanto funcionar de graça. Entretanto, poderia ter havido uma luta mais demorada na retaguarda por parte daqueles que queriam a energia nuclear, não porque fosse melhor, mas porque tinha sido sua amiga de infância.

No entanto, quando Chen rufou seus tambores, o mundo escutou com um pouco mais de atenção.

Agora, ele estava sentado, seus maxilares largos e seu rosto redondo evidenciando as três quartas partes de sangue chinês que levava nas veias.

– Quero ver se entendi isso direito. Você só está falando em seu próprio nome? – indagou Chen.

– Sim – respondeu Lamont, secamente. – Hallam não me apoia. De fato, diz que sou louco. Você precisa da aprovação de Hallam para poder se mexer?

Com previsível arrogância, Chen disse que não precisava da aprovação de ninguém. Depois tornou a mergulhar em profundas cogitações. Finalmente, indagou:

– Você diz que os para-homens são muito mais adiantados que nós em termos de tecnologia?

Lamont tinha chegado até aí, quanto a ceder. Evitara dizer que eram mais inteligentes. "Mais avançados em tecnologia" ofenderia menos, e era verdade.

– Isso está claro – acrescentou Lamont –, até porque eles podem nos enviar material através do abismo entre os universos e nós, não.

– Então, por que eles começaram a Bomba se ela é perigosa? Por que continuam com ela em funcionamento?

Lamont estava aprendendo a ceder em mais de um sentido. Ele poderia ter dito que Chen não era o primeiro a fazer a mesma pergunta, mas teria parecido condescendente, talvez impaciente, e preferiu não tomar esse caminho. Então disse:

– Estavam ansiosos para começar com alguma coisa que parecia muito desejável, a princípio, como fonte de energia; assim como nós também estávamos. Agora tenho motivos para pensar que eles estão tão perturbados quanto eu a esse respeito.

– Continua sendo a sua palavra. Você não tem evidências definitivas do que se passa na cabeça deles.

– Não que eu possa apresentar neste momento.

– Então, isso não é o bastante.
– Será que podemos nos permitir arriscar...
– Não é o bastante, professor. Não há evidências. Não construí a minha reputação atirando em alvos a esmo. Meus mísseis atingiram alvos que revelaram verdades porque eu sempre sabia o que estava fazendo.
– Mas, quando eu obtiver as evidências...
– Então eu lhe darei apoio. Se as evidências me parecerem satisfatórias, asseguro que nem Hallam nem o Congresso serão capazes de resistir à maré. Portanto, consiga suas evidências e volte a me procurar.
– Pode ser que, quando isso acontecer, seja tarde demais.
Chen deu de ombros.
– Talvez. Mas é muito mais provável que você acabe descobrindo que estava errado e que não há evidências.
– Eu *não* estou errado.
Lamont respirou fundo e disse, em tom confidencial:
– Sr. Chen, existem provavelmente trilhões e trilhões de planetas desabitados no universo e, entre esses, podem existir bilhões com vida inteligente e tecnologias altamente desenvolvidas. Provavelmente vale o mesmo no para-universo. Deve ser porque, na história dos dois universos, podem ter havido pares de mundos que entraram em contato e começaram o bombeamento. Podem existir dezenas, até mesmo centenas de Bombas espalhadas pelos pontos de contato dos dois universos.
– Pura especulação. Mas, e se for assim?
– Então, pode ser que em dezenas ou centenas de casos a mistura das leis naturais tenha avançado localmente numa proporção suficiente para explodir o Sol de um planeta. Esse efeito pode ter se difundido no exterior. A energia de uma supernova acrescida a leis naturais em mutação pode ter detonado explosões em estrelas vizinhas que, por sua vez, acionam outras explosões. Com o tempo, talvez o núcleo inteiro de uma galáxia ou de um braço de galáxia acabe explodindo.

– Isso tudo não passa de imaginação, entretanto...
– É mesmo? Existem centenas de quasares no universo. Minúsculos corpos do tamanho de vários sistemas solares, mas brilhando com a luz de uma centena de galáxias comuns inteiras.
– Você está me dizendo que os quasares são o que restou de planetas que bombeavam?
– Estou sugerindo isso. Neste século e meio, desde que foram descobertos, os astrônomos *ainda* não conseguiram explicar sua fonte de energia. Nada neste universo explica isso. Nada. Não se conclui, então...
– E o para-universo? Também está cheio de quasares?
– Acho que não. Lá as condições são diferentes. A para-teoria dá a entender que é bastante definitivo que a fusão ocorre com muito mais facilidade lá, de modo que as estrelas devem ser consideravelmente menores do que as nossas, em média. Seria preciso um suprimento muito menor de hidrogênio facilmente sujeito à fusão para produzir a energia que o nosso Sol produz. Um suprimento de igual tamanho do nosso Sol explodiria espontaneamente. Se as nossas leis permearem o para-universo, o hidrogênio se tornará um pouco mais difícil de fundir, e as para-estrelas começarão a esfriar.
– Ora, isso não é de todo ruim – disse Chen. – Eles podem usar o bombeamento para se abastecer da energia necessária. De acordo com suas especulações, eles estão bem.
– Não, na verdade – observou Lamont. Até aquele instante, ele não tinha pensado na para-situação de uma maneira rigorosa. – Quando a nossa ponta explodir, o bombeamento cessará. Eles não podem sustentá-lo sem nós, e isso significa que estarão com uma estrela em processo de resfriamento, sem a energia da Bomba. Podem acabar em pior situação do que nós. Nós seríamos eliminados num instante, de forma indolor, ao passo que a agonia deles seria extensa.
– O senhor é dotado de boa imaginação, professor – disse Chen. – Mas não aceito isso. Não vejo a menor chance de desistir

do bombeamento por outro motivo além de sua imaginação. Você tem conhecimento do que a Bomba representa para a humanidade? Não estou falando somente da energia limpa, gratuita e copiosa. Veja mais além. O que ela significa é que a humanidade não tem mais de trabalhar para viver. Significa que, pela primeira vez na História, a humanidade pode direcionar seu cérebro, coletivamente, para o fim mais importante que é desenvolver o seu potencial. Por exemplo, nem todos os avanços da medicina dos dois últimos séculos e meio conseguiram aumentar significativamente a duração da vida humana para um pouco mais de cem anos. Os gerontologistas vêm nos dizendo a mesma coisa há um bom tempo. Não existe nada, teoricamente, que impeça a imortalidade humana, mas até agora não se tem dado atenção suficiente a isso.

– Imortalidade! Você está falando de ideias impraticáveis, professor – interveio Lamont, com animosidade.

– Talvez o senhor possa julgar melhor ideias impraticáveis – retrucou Chen –, mas eu pretendo cuidar para que se comece a pesquisa sobre a imortalidade humana. Ela não terá início se o bombeamento cessar. Então nos veremos de volta àquela energia dispendiosa, escassa e suja. Os dois bilhões de seres humanos na Terra terão de voltar a trabalhar para viver, e o sonho da imortalidade continuará irrealizável.

– Será assim, de qualquer jeito. Ninguém será imortal. Ninguém conseguirá viver um ciclo de vida normal.

– Ah, mas isso é somente a *sua* teoria.

Lamont ponderou as possibilidades e resolveu que valia a pena apostar.

– Sr. Chen, há alguns instantes eu disse que não estava disposto a explicar meus conhecimentos sobre o estado de espírito dos para-homens. Bom, vou tentar fazer isso. Temos recebido algumas mensagens.

– Sim, mas você pode interpretá-las?

– Recebemos uma palavra em inglês.

Chen franziu levemente a testa. De repente enfiou as mãos nos bolsos, esticou as perninhas curtas à sua frente e se recostou na cadeira.

– E qual foi a palavra em inglês?

– "Medo"! – revelou Lamont, sem achar necessário mencionar a versão com ortografia errada.

– Medo... – repetiu Chen. – E o que você acha que quer dizer?

– Mas não fica claro que estão com medo do fenômeno do bombeamento?

– De jeito nenhum. Se estivessem com medo, teriam parado. Acho que estão com medo, claro, mas com medo de que o nosso lado pare. Você lhes transmitiu a sua intenção e, se pararmos, como quer que façamos, eles também terão de parar. Você mesmo disse que eles não podem continuar sem a nossa parte. É uma proposição de dois termos. Não os culpo por sentirem medo.

Lamont sentou-se calado.

– Vejo que você não tinha refletido sobre isso. Bem, então, iremos pesquisar a imortalidade. Acho que essa será a causa mais popular – insistiu Chen.

– Ah, as causas populares – disse Lamont, lentamente. – Eu não tinha entendido o que o senhor achava importante. Qual a sua idade, Sr. Chen?

Por um instante, Chen piscou rapidamente, então se virou. Saiu da sala, em passos apressados, com os punhos fechados.

Lamont examinou a biografia dele mais tarde. Chen estava com 60 anos e seu pai falecera aos 62. Mas isso não tinha a menor importância.

— Você não parece ter tido muita sorte — disse Bronowski.

Lamont estava sentado em seu laboratório, conferindo o bico dos sapatos e notando despreocupadamente que pareciam mais amassados do que o normal. Sacudiu a cabeça: — Não.

— Até o grande Chen deu para trás?

— Ele não vai mexer uma palha. Também quer evidências. Todos querem evidências. Mas qualquer coisa que você ofereça eles rejeitam. O que eles realmente querem é a maldita Bomba, ou sua reputação, ou um lugar na História. Chen quer imortalidade.

— E você quer o quê, Pete? — indagou Bronowski, com suavidade.

— A segurança da humanidade — disse Lamont. Então olhou para os olhos inquiridores do outro... — Você não acredita em mim?

— Ah, acredito, sim. Mas o que é que você *realmente* quer?

— Bom, então, é o seguinte... — E Lamont acertou a mão espalmada em cheio na mesa à sua frente e disse: — Eu quero ter *razão* e tenho, pois *estou* certo.

— Tem certeza?

— Tenho! E não estou preocupado com nada porque pretendo

vencer. Quando acabei de falar com Chen, sabe, estava quase me desprezando.

– Você?

– Sim, eu. Por que não? Eu ficava matutando: Hallam me breca a cada virada. Enquanto Hallam continuar me refutando, todos terão uma desculpa para não acreditar em mim. Enquanto ele seguir se mostrando esse rochedo no meio da passagem, eu vou fracassar. Por que, então, não tentei ganhar sua confiança? Por que não o amaciei? Por que não o manobrei para que me apoiasse, em vez de provocá-lo até ele me combater de modo sistemático?

– Você acha que poderia ter feito isso?

– Não, nunca. Mas, no meu desespero, pensei... Bem, pensei todo tipo de coisa. Que eu poderia ir à Lua, quem sabe? Claro, quando o fiz ficar contra mim, no princípio, ainda não havia essa questão de um fim para a Terra, mas eu cuidei direitinho de piorar a situação quando esse problema veio à tona. Mas, como você deixou implícito, nada poderia tê-lo feito se voltar contra a Bomba.

– Só que, agora, você não parece estar se desprezando.

– Não. Porque minha conversa com Chen teve lá seus lucros. Mostrou-me que eu estava perdendo tempo.

– É o que parecia.

– Sim, e desnecessariamente. A solução não está aqui, na Terra. Eu disse a Chen que o nosso Sol poderia explodir, mas que o para-sol não, e nem isso serviria para salvar os para-homens, pois, quando o nosso Sol explodir e nossa metade do bombeamento cessar, a deles também vai parar. Eles não podem continuar sem a gente, entendeu?

– Claro que entendi.

– Então, por que não pensar ao contrário? Não podemos continuar sem eles. Nesse caso, quem se importa se vamos parar ou não? Vamos fazer os para-homens pararem.

– Ah! E eles vão fazer isso?

– Eles disseram M-E-D-A. E isso significa que estão receosos. Chen disse que eles tinham medo de nós, medo de que parássemos a Bomba. Eu não acreditei nisso nem por um instante. *Eles* estão com medo. Fiquei ali, quietinho, enquanto Chen dava essa sugestão. Ele pensou que tinha me encurralado. Estava totalmente enganado. Naquele momento, eu só estava pensando que devíamos levar os para-homens a parar. E nós temos de fazer isso. Mike, eu abandono tudo, menos você. Você é a esperança do mundo. Ache um meio de entrar em contato com eles.

Bronowski riu e havia quase a alegria de uma criancinha nesse som.

– Pete – ele disse –, você é um gênio.

– Ah! Enfim você notou.

– Não, sério. Você adivinha o que eu quero dizer antes que eu abra a boca. Venho mandando uma mensagem atrás da outra, usando os símbolos deles de uma maneira que parecesse estar indicando a Bomba, e também usando nossa palavra para transmitir esse significado. E fiz o melhor que pude para reunir todas as informações que venho anotando ao longo de muitos meses a fim de usar os símbolos deles de uma maneira que indicasse desaprovação, e, novamente, usei a palavra em inglês para isso. Não tinha ideia se estava ou não me comunicando, se estava longe disso e, como nunca recebia resposta, estava com poucas esperanças.

– Você não me disse que era isso que estava tentando fazer.

– Bom, essa parte do problema é o meu bebê. Você usou uma boa parte do seu precioso tempo explicando a para-teoria para mim.

– E o que aconteceu, então?

– Ontem enviei exatamente duas palavras, em nossa língua: B-O-M-B-A M-Á.

– E...?

– Esta manhã, finalmente, recebi uma mensagem de volta, simples o bastante e bem direta também. Que dizia: S-I-M B-O-M-B-A M-Á M-Á M-Á. Está aqui, dê uma olhada.

As mãos de Lamont tremiam quando ele segurou a folha.

– Não existe margem de engano, aqui, existe? Isso é uma confirmação, certo?

– Parece-me que sim. Para quem você vai levar isto?

– Para ninguém – disse Lamont, com firmeza. – Não discuto mais, agora. Eles vão me dizer que fabriquei esta mensagem, e não faz sentido então dar murro em ponta de faca. Vamos deixar que os para-homens interrompam a Bomba, e eles vão parar do nosso lado também. Nada do que pudermos fazer unilateralmente a colocará de novo em funcionamento. A Estação inteira vai tentar provar que eu estava certo e que a Bomba é perigosa.

– E por que você acha que isso vai acontecer?

– Porque essa seria a única maneira que eles teriam de não serem destroçados por uma multidão que exigiria a Bomba e que estaria enfurecida por não a ter mais... Você não acha?

– Bom, pode ser, mas tem uma coisa me incomodando...

– E o que é?

– Se os para-homens estão tão convencidos de que a Bomba é perigosa, por que ainda não interromperam seu funcionamento? Há pouco tempo parei para verificar isso e constatei que está indo de vento em popa.

Lamont enrugou a testa.

– Talvez não queiram uma cessação unilateral da atividade. Eles nos consideram seus parceiros e querem um acordo mútuo para parar o bombeamento. Você não acha que poderia ser por isso?

– Poderia. Mas também pode ser que a comunicação seja menos do que perfeita, que eles não entendam muito bem o que significa a palavra M-Á. Com base no que eu lhes disse recorrendo aos símbolos deles, que eu inclusive posso ter distorcido completamente, eles podem pensar que M-Á é aquilo que nós entendemos como B-O-A.

– Ah, não.

– Bom, isso é o que você espera. Mas esperanças não rendem juros.

– Mike, apenas continue enviando mensagens. Use palavras deles, quantas puder, e continue insistindo nas mudanças. Você é o especialista, está em suas mãos. Em pouco tempo eles conhecerão palavras suficientes para dizer uma coisa clara e inequívoca. Então, nós vamos explicar que estamos querendo parar a Bomba.

– Não temos autoridade para uma declaração desse porte.

– É, mas eles não sabem, e, no fim das contas, acabaremos como heróis da humanidade.

– Mesmo que sejamos executados antes?

– Mesmo assim... Está nas suas mãos, Mike. Estou seguro de que agora não levará muito tempo.

10

Mas levou. Passaram-se duas semanas sem que chegassem mensagens e o estresse piorou sensivelmente.

Bronowski evidenciava isso. Sua momentânea despreocupação tinha se evaporado, e ele entrou no laboratório de Lamont num silêncio lúgubre.

Entreolharam-se e, finalmente, Bronowski disse:

– Está em toda parte que você recebeu uma carta de intimação para justificar oficialmente suas posições.

Lamont evidentemente não havia feito a barba naquela manhã. Seu laboratório tinha um ar de abandono, um quê não muito definido de algo sendo desmontado e empacotado. Ele deu de ombros.

– E daí? Não me aborreço por isso. O que me chateia mesmo é a *Physical Reviews* ter recusado o meu artigo.

– Mas você disse que esperava que fizessem isso.

– Sim, mas achava que pelo menos me diriam o motivo. Eles poderiam ter dito que havia falácias, erros e suposições infundadas. Alguma coisa sobre a qual eu pudesse argumentar.

– E eles não falaram nada?

– Nem uma palavra. Abre aspas: O conselho editorial não considerou o artigo adequado para publicação. Fecha aspas. Eles não vão encostar a mão nele... é realmente muito desanimadora essa estupidez universal. Acho que eu não sofreria tanto se o suicídio da humanidade resultasse apenas de pura maldade de coração ou por mera inconsequência. Mas é de uma falta tão desgraçada de dignidade, que estamos a ponto de nos destruir como fruto da mais obtusa e impenetrável estupidez. De que adianta sermos homens se temos de morrer?

– Estupidez – repetiu Bronowski, entre dentes.

– Do que mais chamar isso? E eles querem que eu comprove legalmente por que eu não devo ser demitido pelo inafiançável crime de estar com a razão.

– Todos parecem estar a par de que você foi consultar Chen.

– Sim! – disse Lamont, enterrando os dedos na ponta do nariz e esfregando os olhos, aflito. – Ao que parece consegui deixá-lo aborrecido o suficiente para ele ir atrás de Hallam contando o que não aconteceu, e agora a acusação é que eu venho tentando sabotar o projeto da Bomba por meio de táticas infundadas e indemonstráveis de disseminação de pânico, numa postura inteiramente antiprofissional, o que me torna incompatível para trabalhar na Estação.

– Pete, isso eles podem provar com facilidade.

– Imagino que sim. Não importa.

– E o que você vai fazer?

– Nada – respondeu Lamont, indignado. – Que eles façam o pior que sabem. Eu vou confiar no excesso de procedimentos burocráticos. Cada etapa do processo de demissão vai levar semanas, meses, e enquanto isso você continua trabalhando. Ainda teremos notícias deles, nesse meio-tempo.

Bronowski parecia infeliz.

– Pete, vamos supor que não. Talvez esteja na hora de você repensar isso tudo.

Lamont ergueu os olhos imediatamente.

– Do que você está falando?

– Diga para eles que você estava enganado. Cumpra alguma penitência. Bata o punho no peito. Desista.

– Nunca! Pelo amor de Deus, Mike, estamos num jogo em que a aposta é a existência do mundo todo e de cada ser vivo que nele existe.

– Sim, mas e o que você ganha com isso? Não é casado, não tem filhos. Sei que seu pai já morreu. Você nunca fala de sua mãe ou de irmãos e irmãs. Duvido muito que exista algum outro ser humano na Terra ao qual você seja ligado, emocionalmente. Então siga em frente e que tudo o mais exploda!

– E quanto a você?

– Vou fazer a mesma coisa. Sou divorciado e não tenho filhos. Estou com uma moça de quem gosto, e essa relação vai continuar enquanto for possível. Viva! Aproveite!

– E amanhã?

– Uma coisa de cada vez. Quando a morte vier, será rápida.

– Não consigo viver com essa filosofia... Mike. *Mike!* O que é tudo isso? Você está tentando me dizer que nós não vamos conseguir nos comunicar? Você está desistindo dos para-homens?

Bronowski desviou os olhos e disse:

– Pete, eu acabei recebendo uma resposta ontem à noite. Pensei em esperar até hoje e refletir mais a respeito, mas para quê? É isto aqui.

Os olhos de Lamont eram duas interrogações do tamanho de um prato. Ele pegou a folha e a examinou. Não havia pontuação:

BOMBA NÃO PARAR NÃO PARAR NÓS NÃO PARAR BOMBA NÓS NÃO OUVIR PERIGO NÃO OUVIR NÃO OUVIR VOCÊS PARAR POR FAVOR PARAR VOCÊS PARAR ASSIM NÓS PARAR POR FAVOR VOCÊS PARAR PERIGO PERIGO PERIGO PARAR PARAR VOCÊS PARAR BOMBA.

– Por Deus – murmurou Bronowski –, eles parecem desesperados.

Lamont ainda estava olhando para a mensagem. Mudo.

Bronowski continuou...

— Calculo que em algum lugar do lado de lá exista alguém como você, um para-Lamont. E ele também não consegue fazer o para-Hallam dele parar. E, enquanto estamos suplicando que eles nos salvem, ele está suplicando que nós os salvemos.

— Mas se nós mostrarmos isto... — disse Lamont.

— Dirão que você está mentindo; que isso é uma farsa que você fabricou para tentar salvar seu pesadelo psicótico.

— Talvez eles digam mesmo isso para mim. Mas não dirão para você. Você pode me garantir, Mike. Você testemunhará que recebeu esta mensagem, e como a recebeu.

Bronowski ficou muito vermelho.

— E o que adiantaria? Eles dirão que em alguma parte do para-universo existe um alucinado como você e que esses dois doidos se encontraram e uniram forças. Dirão que essa mensagem prova que as autoridades constituídas do para-universo estão convencidas de que não há perigo.

— Mike, lute comigo até o fim.

— Não adianta nada, Pete. Você mesmo disse: "estupidez!". Esses para-homens podem ser mais avançados do que nós, até mais inteligentes, como você insiste em dizer, mas é óbvio que são tão estúpidos quanto nós, e isso acaba com tudo. Schiller salientou isso e acredito nele.

— Quem?

— Schiller. Um dramaturgo alemão, que viveu há trezentos anos. Numa peça sobre Joana d'Arc, ele disse: "Contra a estupidez os próprios deuses lutam em vão". Não sou deus e não vou mais lutar por isso. Esqueça, Pete, e siga em frente com sua vida. Talvez o mundo dure enquanto ainda estamos vivos, e, se não durar, não há nada que se possa fazer, afinal. Lamento muito, Pete. Você combateu o bom combate, perdeu e eu cheguei ao fim da linha.

Bronowski saiu e Lamont ficou sozinho. Sentou-se numa cadeira, e seus dedos tamborilavam a esmo. Em alguma parte do Sol, os prótons estavam se amontoando com apenas um tiquinho a mais de avidez, e essa avidez estava crescendo a todo momento, até que em algum ponto o delicado equilíbrio seria rompido...

– E ninguém na Terra estará vivo para saber que eu tinha razão – lamentou-se Lamont, piscando muitas vezes para tentar conter as lágrimas.

...OS PRÓPRIOS DEUSES...

Dua não tinha muita dificuldade para deixar os outros. Ela sempre esperava que ocorresse algum problema, mas, por algum motivo, nunca aconteceu nada. Nunca houve um problema de verdade.

– Mas, afinal, por que deveria ocorrer algum problema? – objetou Odeen, com sua costumeira altivez. – Fique quieta. Você sabe que aborrece Tritt.

Odeen nunca mencionava o quanto se aborrecia. Os Racionais não se deixavam aborrecer por ninharias. Mesmo assim, ficava em cima de Tritt com quase a mesma persistência com que Tritt ficava em cima das crianças.

Mas, então, Odeen sempre deixava que Dua fizesse as coisas do seu jeito, se ela fosse persistente o bastante, e então tentava interceder com Tritt. Às vezes, ele até admitia que se sentia orgulhoso da habilidade e da independência dela... "Ele não era um mau esquerdista", ela pensou, com afeto.

Tritt era mais difícil de lidar e tinha um jeito amargo de olhar para Dua quando ela estava... bem, quando estava como queria estar. Mas, enfim, os direitistas eram assim mesmo. Para Dua, Tritt era um direitista, mas um Paternal com as crianças, e este lado sempre vinha em primeiro lugar... O que era bom, porque ela sempre podia contar que uma ou outra das crianças o levariam embora quando a situação se tornasse incômoda.

Ainda assim, Dua não se importava muito com Tritt. Exceto ao derreter, ela costumava ignorá-lo. Odeen era outra coisa. Ele tinha sido muito excitante no começo; sua mera presença fazia com que sua silhueta tremeluzisse e desaparecesse. E o fato de ele ser um Racional tornava-o ainda mais excitante. No início, ela não entendera sua própria reação. Era parte de sua natureza incomum. Ela quase estava se acostumando com sua própria estranheza... quase.

Dua suspirou.

Quando criança, quando ainda pensava que era um ser individual, único, e não parte de uma tríade, ela era muito mais ciente de sua própria estranheza. Os outros faziam com que ela se conscientizasse disso muito mais. Uma coisinha tão pequena quanto a superfície ao entardecer...

Dua gostava muito da superfície ao entardecer. Os outros Emocionais haviam dito que era fria e lúgubre, e tinham estremecido e se aglutinado quando ela a descrevera para eles. Estavam bastante dispostos a emergir na quentura do meio-dia, estender-se e comer, mas era justamente isso que tornava o meio-dia tão monótono. Ela não gostava de se juntar àquele bando de criaturas alvoroçadas.

Naturalmente ela precisava comer, mas preferia muito mais o entardecer, quando havia bem pouca comida, mas tudo era envolto em penumbra, num tom vermelho profundo, e ela ficava sozinha. Claro que ela dizia que era mais fria e mais melancólica do que realmente era quando conversava com os outros, a fim de vê-los se tornar mais contundentes quando imaginavam o frio ou tão contundentes quanto Emocionais seriam capazes de se tornar. Depois de algum tempo, eles murmuravam a respeito de Dua, riam dela e a deixavam em paz.

O pequeno sol se deitava na linha do horizonte, agora, com aquela secreta aspereza que apenas Dua presenciava. Ela se estendeu de lado e encorpou na espessura dorsoventral, absorvendo os vestígios daquela escassa quentura. Mastigou-a com indolência, saboreando o gosto ligeiramente azedo, insubstancial, dos comprimentos de ondas longas. (Dua nunca havia conhecido nenhum outro Emocional que admitisse gostar disso. Mas nunca conseguia explicar por que, para ela, esse sabor estava ligado à liberdade; liberdade em relação aos outros, quando ela podia estar sozinha.)

Inclusive agora, a solidão, o frio e o vermelho muito intenso traziam de volta aqueles velhos tempos de antes da tríade. E, ainda mais, com muita intensidade, seu próprio Paternal, que vinha aos trambolhões atrás dela, receando que fosse se ferir.

Ele sempre se mostrara mais cuidadoso e dedicado, como são os Paternais, às suas criaturinhas do meio, mais do que aos outros dois, como era de costume. Isso a aborrecia e ela sonhava com o dia em que ele a deixaria. Depois de algum tempo, os Paternais acabavam fazendo isso, e, então, ela sentiu falta dele, quando um dia enfim ele se foi.

Seu Paternal tinha vindo para lhe dizer, da maneira mais cuidadosa que podia, apesar da dificuldade que os Paternais sempre experimentavam quando era preciso traduzir seus sentimentos em palavras. Naquele dia, Dua fugiu dele, não por maldade ou porque suspeitasse o que ele iria lhe dizer. Fugiu por pura alegria. No meio do dia, ela enfim tinha conseguido encontrar um lugarzinho especial para se refestelar com o inesperado isolamento, inundada por uma peculiar e ardente sensação que lhe cobrava atividade e movimento. Ela resvalara pelas rochas e deixara que suas bordas cobrissem a superfície das pedras. Isso era uma coisa que Dua já sabia ser totalmente inadequada para qualquer um que não fosse mais um bebê, mas, ainda assim, era ao mesmo tempo muito excitante e tranquilizador.

Finalmente seu Paternal a contivera e ficara à sua frente em pé, silencioso por um longo tempo, com seus olhos cada vez mais densos e menores, como se fosse para reter um pouquinho de luz que se refletia dela, para vê-la o máximo possível, pelo maior tempo que pudesse.

No início, ela só lhe devolveu o olhar, com o pensamento confuso de que, se ele a vira se esfregar contra as pedras, estava com vergonha dela. Mas, como não captou nenhuma aura de vergonha, ela finalmente perguntou, mansamente:

– O que é, papai?

– Bom, Dua, chegou a hora. Eu estava esperando que isso acontecesse. Certamente você também.

– Que hora? – Agora que o momento estava à sua frente, Dua se mostrava teimosa, insistindo em não o reconhecer. Se ela se recusasse a saber, não haveria nada para saber. (Esse era um hábito do qual ela não se desvencilhava facilmente. Odeen disse que todos os Emocionais eram assim, naquele tom de voz altivo que às vezes adotava quando estava especialmente tomado pela importância de ser um Racional.)

O Paternal de Dua prosseguiu:

– Devo seguir adiante. Não estarei mais com você.

Então, ele apenas se aprumou e olhou para ela. Dua não conseguiu dizer nada.

– Você avisará os outros. – afirmou o Paternal de Dua.

– Por quê? – Dua se virou de costas, rebelde, seus contornos cada vez mais vagos, tentando se dissipar. Ela *queria* se dissipar inteira e, naturalmente, não podia. Depois de algum tempo, doeu, houve uma contração e ela se solidificou de novo. Seu Paternal nem se deu ao trabalho de lhe dar uma bronca, dizendo que seria uma vergonha se alguém a visse se esticar tanto.

– *Eles* nem vão ligar – respondeu Dua. Mas, no mesmo instante, ficou penalizada porque seu Paternal se magoaria com aquilo. *Ele* ainda os chamava "esquerdinha" e "direitinha", mas esquerdinha estava todo mergulhado em seus estudos e direitinha só falava em formar uma tríade. Dua era a única dos três que ainda sentia... Bom, ela era a mais nova. Os Emocionais sempre eram, e com eles as coisas eram diferentes.

– Mesmo assim você vai dizer para eles – disse categórico o Paternal de Dua, e ficaram os dois ali, olhando um para o outro.

Ela não queria falar para os outros. Quando todos eram pequenos fora diferente, mas, agora, eles não eram mais unidos. Naqueles tempos, mal se conseguia distinguir um do outro. O irmão da esquerda do irmão da direita da irmã do meio. Eram todos delgados e se entrelaçavam uns nos outros, rolando entre si, indo se esconder nas paredes.

Ninguém se incomodava com isso, quando eram pequenos, nenhum dos adultos. Mas então os irmãos ficaram mais densos, sóbrios e se afastaram. E, quando ela foi se queixar ao Paternal, ele só disse, delicadamente:

– Você já está muito velha para afinar, Dua.

Ela tentou não ouvir aquilo, mas o irmão da esquerda não parava de se distanciar e dizer "Não se aconchegue; estou sem tempo para você". E o irmão da direita começou a ficar muito duro o tempo todo, acabando por se tornar carrancudo e calado. Ela não entendia aquilo muito bem, e o papai não tinha conseguido esclarecer a situação. De vez em quando ele dizia, como se repetisse uma lição aprendida há muito tempo:

– Os esquerdistas são Racionais, Dua. Os direitistas, Paternais. Cada um cresce do próprio jeito.

Ela não gostava do jeito deles. Eles não eram mais crianças, mas ela sim, então ia se juntar ao bando dos outros Emocionais. Todos faziam a mesma reclamação dos seus irmãos. Todos falavam das próximas tríades. Todos se espalhavam ao sol e se alimentavam. Todos cresceram para se tornar cada vez mais quem já eram, e todos os dias diziam as mesmas coisas.

Por isso acabou detestando todos eles e sempre que podia se distanciava sozinha; então eles partiram e a chamaram de "Emo-esquerdista" (Já fazia um bom tempo que não ouvia mais ninguém chamando-a assim, mas Dua nunca pensava nessa palavra sem ouvir de novo claramente as vozinhas agudas e esfiapadas que sustentavam aquele som no ar atrás dela, com uma espécie de persistência idiota só porque sabiam que iria magoá-la.)

Seu Paternal continuava interessado nela, apesar disso, mesmo depois de dar a impressão de que todos os outros riam dela. Mesmo todo desajeitado, ele tentara protegê-la dos demais. Ele a seguia até a superfície, às vezes, apesar de detestar isso, a fim de garantir sua segurança.

Uma vez Dua o atacou, indo falar com um Durão. Era difícil para um Paternal falar com um Durão. Embora ela fosse muito pequena, já tinha percebido isso. Os Durões só falavam com os Racionais.

Dua ficou muito assustada e escapuliu depressinha, mas não antes de ouvir seu Paternal dizer "eu cuido bem dela, senhor Durão".

Será que o Durão tinha indagado sobre ela? Sobre sua estranheza, talvez. Mas seu Paternal não se curvara. Mesmo diante do Durão, tinha manifestado sua preocupação por ela. Dua sentiu um orgulho obscuro.

E agora ele estava partindo e, de repente, toda a independência que Dua tinha buscado perdia sua fina silhueta e se endurecia no áspero vão da solidão. Ela disse:

— Mas por que você tem de seguir adiante?

— Eu *preciso*, queridinha do meio.

Ele precisa. Ela sabia disso. Todos, cedo ou tarde, precisam. Chegaria o dia em que também ela daria um suspiro e diria "Eu preciso".

— Mas como é que você sabe que é a hora de seguir adiante? Se você pode escolher quando, por que não escolhe outra hora e fica mais um pouco?

— Seu pai da esquerda decidiu. A tríade deve fazer o que ele diz.

— *Por que* você precisa fazer o que ele diz? — Dua praticamente não via seu pai da esquerda ou sua mãe do meio. Eles não importavam mais. Só seu pai da direita, seu Paternal, seu papai, que estava ali agachado e achatado rente à superfície. Não era cheio de curvas suaves como um Racional nem desigual e tremeluzente como um Emocional, e ela sempre podia prever o que ele iria dizer. Quase sempre.

Ela estava certa de que ele diria "Não posso explicar para uma pequena Emocional". E foi o que ele disse.

Dua replicou, numa explosão de lástima:

– Vou sentir sua falta. Eu sei que você pensa que eu não presto atenção e que eu não gosto de você porque está sempre me dizendo para não fazer coisas. Mas eu ainda prefiro não gostar de você por me dizer que não faça coisas do que você não estar por perto para me dizer que não devo fazer coisas.

E o papai só continuava ali, parado. A única maneira que ele tinha de enfrentar uma manifestação assim era se aproximando e esticando uma mão. Isso lhe custou um esforço visível, mas ele a manteve estendida, tremendo, e seu contorno era extremamente macio.

– Oh, papai – disse Dua, e sua mão flutuou em torno da dele, de um jeito que fez a mão dele parecer enevoada e pouco luminosa através da substância da mão de Dua. Mas ela tomou o cuidado de não tocá-lo, pois o teria embaraçado demais.

Ele então retraiu a mão, a dela ficou em volta de nada, e disse:

– Lembre-se dos Durões, Dua. Eles vão te ajudar. Eu... estou indo agora.

Então ele se foi e ela nunca mais o viu.

Agora Dua estava ali, sentada e lembrando aquela cena, ao pôr do sol, rebeldemente ciente de que muito em breve Tritt se mostraria bastante petulante por causa de sua ausência e reclamaria com Odeen.

Odeen iria rapidamente lembrá-la de suas obrigações.

Ela não dava a mínima.

1b

Odeen estava parcialmente ciente de que Dua tinha partido para a superfície. Sem realmente pensar muito sobre isso, ele era capaz de avaliar a direção que ela havia tomado e, inclusive, até a distância em que se encontrava, em certa medida. Se tivesse parado para pensar a respeito, teria sentido desprazer, pois essa noção de uma interconsciência estava se dissolvendo há bastante tempo agora e, sem estar realmente certo do motivo para isso, ele também sentia que uma plenitude se acumulava nele como resultado. Era assim que se esperava que as coisas acontecessem. Um sinal do contínuo desenvolvimento do corpo, com a idade.

O senso de interconsciência de Tritt não diminuiu, mas se deslocou cada vez mais na direção das crianças. Essa foi nitidamente uma linha de desenvolvimento útil, mas também o papel de um Paternal era simples, por assim dizer, embora importante. O Racional era muito mais complexo, e Odeen derivou uma árida satisfação desse pensamento.

Naturalmente, Dua era o verdadeiro enigma. Ela era muito diferente de todos os outros Emocionais. Isso intrigava e frustrava Tritt e reduzia ainda mais a sua limitada capacidade de articulação.

Às vezes, também deixava Odeen intrigado e frustrado, mas ele era igualmente ciente da infinita capacidade de Dua de induzir satisfação com a vida e não parecia provável que um fosse independente do outro. A ocasional exasperação que ela causava era um preço pequeno a ser pago pela intensa felicidade.

E talvez o peculiar modo de vida de Dua também fizesse parte do que era preciso ocorrer. Os Durões pareciam interessados nela e, de ordinário, eles só prestavam atenção nos Racionais. Ele tinha orgulho disso: era muito melhor para a tríade que até a Emocional merecesse atenção.

As coisas eram como deviam ser. Isso não se discutia, e era o que ele mais queria sentir, do começo ao fim. Um dia, ele acabaria sabendo quando chegasse o momento de seguir adiante e, então, iria querer fazer isso. Os Durões asseguravam-no disso, como faziam com todos os Racionais, mas também lhe diziam que era a sua própria consciência interior que apontaria esse momento de uma maneira inequívoca, não qualquer aviso vindo de fora.

– Quando *você* disser a si mesmo – Losten explicara a ele, daquela maneira clara e meticulosa com que um Durão sempre fala com um Suave, como se o Durão estivesse se empenhando em ser compreendido – que sabe por que deve seguir adiante, então você fará isso e sua tríade seguirá adiante com você.

– Não posso dizer que desejo seguir adiante agora, senhor Durão. Há muita coisa para aprender – afirmou Odeen.

– Claro que sim, meu caro esquerdista. Você se sente assim porque ainda não está pronto.

Odeen pensou: "Como poderei algum dia me sentir pronto se eu nunca vou sentir que não existe muito a aprender?".

Mas isso ele não disse. Estava, porém, muito seguro de que viria o momento em que ele então acabaria compreendendo.

Olhou-se de cima a baixo, quase esquecendo e expelindo um olho para conseguir fazê-lo – sempre ocorriam alguns impulsos pueris até mesmo no mais adulto dos Racionais. Claro que ele não precisava. Ele era capaz de perceber muito bem, com seu olho solidamente fincado no lugar, e se sentiu satisfatoriamente sólido. Silhueta de belos e bem-definidos contornos, macios e graciosamente arredondados na forma de ovoides conjugados.

Seu corpo não emanava o fulgor estranhamente cativante de Dua, nem a reconfortante corpulência de Tritt. Ele amava os dois, mas não trocaria de corpo com nenhum deles. E, é claro, nem sua mente. Naturalmente nunca diria nada disso, pois não queria ferir os sentimentos deles, mas nunca deixava de agradecer por não ter a limitação de entendimento de Tritt e nem (ainda mais) o entendimento errático de Dua. Ele imaginava que os dois não se importavam, uma vez que não enxergavam nada além.

Mais uma vez, ele se tornou consciente de Dua, mas de uma maneira distante e, de propósito, afastou essa percepção. Naquele instante, não sentia a menor necessidade dela. Não que a quisesse menos; apenas tinha impulsos maiores em outras direções. Fazia parte da crescente maturidade de um Racional derivar uma satisfação cada vez maior do exercício de uma mente com capacidade para se exercitar por si, e com os Durões.

Cada vez mais se acostumava com os Durões. Apegava-se a eles. Odeen também achava que isso estava certo e era adequado, pois ele era um Racional e, num certo sentido, os Durões eram super-Racionais. (Uma vez ele comentara isso com Losten, o mais amistoso dos Durões e – lembrara Odeen – o mais jovem deles. Losten irradiara contentamento, mas não pronunciara palavra. Isso queria dizer que não negava o comentário.)

As mais antigas lembranças de Odeen estavam repletas de Durões. Seu Paternal concentrava cada vez mais sua atenção na última cria, a Emocional bebê. Nada mais natural. Tritt também faria isso, quando viesse a última criança, se ela realmente viesse. (Odeen tinha assimilado esse derradeiro detalhe de Tritt, que o usava constantemente como uma forma de reprovar Dua.)

Com o Paternal tão ocupado quase o tempo todo, Odeen podia dar início à sua educação muito mais cedo. Tanto melhor, estava deixando de ser um bebê e já tinha aprendido muitas coisas, ainda antes de ter conhecido Tritt.

Esse encontro, porém, foi algo que ele jamais esquecera. Podia tanto ter sido ontem quanto há mais de meia-vida. Ele já vira Paternais da sua própria geração, claro. Criaturas jovens que, bem antes de incubarem as crias que as transformariam em Paternais de verdade, evidenciavam poucos sinais de sua futura impassibilidade. Quando criança, ele tinha brincado com seu próprio irmão direitista e mal tinha consciência de haver alguma diferença intelectual entre ambos (embora, rememorando aqueles tempos, ele percebesse que ela já existia).

Ele também sabia, vagamente, qual o papel de um Paternal numa tríade. Mesmo quando criança, já tinha ouvido rumores sobre derreter.

Quando Tritt surgiu, quando Odeen o viu pela primeira vez, tudo mudou. Pela primeira vez na vida, Odeen sentiu uma quentura em seu interior e começou a pensar que existia uma coisa que ele queria e era dissociada do pensamento. Ele era capaz de se lembrar da sensação de vergonha que sentiu com essa percepção.

Claro que Tritt não ficou envergonhado. Os Paternais nunca se envergonhavam das atividades da tríade, e os Emocionais quase nunca se envergonhavam. Somente os Racionais passavam por esse tipo de problema.

– Excesso de pensamentos – um Durão tinha dito quando Odeen foi falar sobre essa questão com ele, o que o deixara muito insatisfeito. *Como* pensar podia ser "excessivo"?

Tritt era jovem quando se conheceram, naturalmente. Ainda era tão infantil que não tinha certeza de ser obtuso, de modo que sua reação ao encontro foi embaraçosamente transparente. Tornou-se quase translúcido nas bordas.

Com alguma hesitação, Odeen disse:
– Não vi você antes, camarada da direita, vi?
– Nunca estive aqui. Me trouxeram para cá – respondeu Tritt.

Os dois sabiam exatamente o que tinha acontecido com eles. Aquele encontro tinha sido arranjado porque alguém (algum Paternal, era o que Odeen achava então, mas depois ficou sabendo que tinha sido obra de um Durão) achou que eles combinavam. E tinha razão.

Claro que não havia ligação intelectual entre os dois. Como poderia haver, se Odeen queria aprender, com uma intensidade que se sobrepunha a tudo que não fosse a existência da própria tríade, e Tritt nem sequer concebia o conceito de aprender? O que Tritt tinha de saber ele sabia, numa dimensão além de aprender ou desaprender.

Pela pura excitação de descobrir que havia o mundo e seu sol, de saber da história e da mecânica da vida, de descobrir que havia um universo, às vezes Odeen (nos primeiros tempos de sua aproximação) se percebia derramando-se sobre Tritt.

Tritt ouvia placidamente, e era óbvio que não entendia nada, embora ficasse contente em ouvir. Já Odeen, sem transmitir coisa nenhuma, sentia-se claramente satisfeito por estar discursando.

Foi Tritt quem deu o primeiro passo, movido por suas necessidades especiais. Odeen estava matraqueando sobre o que tinha aprendido no dia anterior, após a rápida refeição do meio do dia. (A substância mais densa dos dois absorvia o alimento bem depressa, e eles se sentiam satisfeitos com uma simples caminhada ao sol, ao passo que os Emocionais ficavam se refestelando durante horas, todas as vezes, enrodilhando-se e afilando-se como se pudessem alongar de propósito essa tarefa.)

Odeen, que sempre ignorava os Emocionais, estava muito feliz por falar. Tritt, que os contemplava emudecido, dia após dia, mostrava-se agora visivelmente inquieto.

De repente, ele se aproximou de Odeen e formou um apêndice, tão afoito, que se chocou de uma maneira bem desagradável com a forma-sensação do outro. Ele o colocou sobre uma porção do ovoide superior de Odeen, onde um ligeiro fulgor era sempre um sopro convidativo de ar quente como sobremesa. O apêndice de Tritt se afinou com um visível esforço e afundou na superfície da pele de Odeen antes que este partisse em disparada, terrivelmente envergonhado.

Odeen tinha feito uma coisa dessas quando ainda era bebê, claro, mas nunca mais a repetira desde que se tornara adolescente. Ele disse acintosamente:

– Não faça isso, Tritt.

O apêndice de Tritt permaneceu estendido, tateando mais um pouco.

– Eu quero.

Odeen se manteve o mais compacto que pôde, empenhado em endurecer a superfície para impedir o acesso a Tritt.

– Eu *não* quero.

– Por que não? – indagou Tritt, aflito. – Não há nada de errado.

Odeen disse a primeira coisa que lhe veio à mente:

– Dói.

Na realidade, não doía, não fisicamente. Mas os Durões sempre evitavam o toque dos Suaves. Uma interpenetração descuidada os machucaria, pois tinham uma construção diferente da dos Suaves, completamente diferente.

Tritt não se deixou enganar por essa explicação. Seu instinto não teria como iludi-lo a esse respeito. Então disse:

– Não doeu.

– Bom, desse jeito não é certo. Precisamos de um Emocional.

E Tritt só pôde dizer, obstinadamente:

– Seja como for, eu quero.

Isso possivelmente continuaria acontecendo, e Odeen acabaria cedendo. Ele sempre cedia. Era uma coisa certa de acontecer, mesmo com o mais autoconsciente dos Racionais. Dizia uma antiga máxima: ou todos admitem que fizeram isso ou estão mentindo.

Tritt permaneceu no pé dele a cada encontro, depois disso. Se não estendendo um apêndice, então encostando borda com borda. E, finalmente, Odeen, seduzido pelo prazer que isso despertava, começou a ajudar e tentou brilhar. Ele se saía melhor do que Tritt. O pobre Tritt, infinitamente mais ávido, soprava e se esforçava e só era capaz de produzir a luminosidade mais débil, cá e lá, em manchas caóticas.

Já Odeen era capaz de se tornar translúcido em toda a sua superfície e combatia seu próprio constrangimento a fim de se deixar fluir contra Tritt. Ocorria uma penetração que atravessava fundo a pele, e Odeen podia sentir a pulsação da superfície dura de Tritt sob a pele. Era uma satisfação crivada de culpa.

No mais das vezes, Tritt ficava cansado e vagamente zangado depois que tudo tinha acabado.

— Bom, Tritt — disse Odeen —, eu já lhe falei que precisamos de um Emocional para fazer isso direito. Você não pode se zangar com uma coisa que simplesmente *é*.

— Vamos arrumar um Emocional — respondeu Tritt.

Vamos arrumar um Emocional! Os simples impulsos de Tritt nunca lhe permitiam outra coisa que não fosse uma ação direta. Odeen não estava seguro de conseguir explicar as complexidades da vida para o outro.

— Não é tão fácil assim, direitista — começou Odeen, com tato.

Tritt atalhou, secamente:

— Os Durões podem fazer isso. Você é amigo deles. Peça.

Odeen ficou horrorizado.

— Eu *não* posso pedir. — E continuou, recuperando sem querer seu tom professoral: — Ainda não chegou o momento para isso, ou eu certamente saberia. Até que chegue...

Tritt não estava ouvindo.

— *Eu* vou pedir — disse Tritt, categórico.

— *Não* — disse Odeen, horrorizado. — Fique fora disso. Estou dizendo que ainda não está na hora. Tenho minha educação com que me preocupar. É muito fácil ser um Paternal e não ter de saber de nada além de...

No mesmo instante em que disse isso, ele se arrependeu; afinal de contas, era uma mentira. Ele apenas não queria fazer absolutamente nada que pudesse ofender os Durões e atrapalhar seu proveitoso relacionamento com eles. Tritt, contudo, não dava sinais de se importar, e Odeen imaginou que o outro não via sentido ou valor em saber alguma coisa que ele já não soubesse; assim, não consideraria aquele comentário um insulto.

Entretanto, a questão do Emocional toda hora reaparecia. De vez em quando, eles tentavam a interpenetração. Aliás, com o tempo, esse impulso foi ficando mais forte. Nunca era verdadeiramente gratificante, embora fosse prazeroso e, todas as vezes, Tritt exigisse um Emocional. Todas as vezes Odeen mergulhava ainda mais fundo em seus estudos, quase que para se defender desse problema. Às vezes, no entanto, quase se sentia tentado a falar com Losten sobre o caso.

Losten era o Durão que Odeen conhecia melhor. Aquele que mais se interessava por ele pessoalmente. Havia uma mesmice mortal nos Durões porque eles não mudavam. Nunca mudavam. Sua forma era fixa. Onde seus olhos estavam, sempre estavam, e sempre no mesmo lugar em todos eles. Sua pele não era exatamente dura, mas era sempre opaca, nunca brilhava, nunca era vaga, nunca penetrável por nenhuma outra pele de seu próprio tipo. Não tinham um tamanho particularmente maior do que o dos Suaves, mas eram mais pesados. Sua substância era mais densa e eles tinham de tomar cuidado com os tecidos maleáveis dos Suaves.

Uma vez, quando ainda era pequeno, bem pequeno, e seu corpo tinha fluído quase tão livremente quanto o de sua irmã, Odeen fora abordado por um Durão. Nunca ficou sabendo qual deles era, mas depois lhe disseram que todos eles eram curiosos a respeito dos bebês Racionais. Odeen tinha se estendido na direção do Durão, por pura curiosidade. O Durão saltara para trás e, mais tarde, o Paternal de Odeen o havia reprovado por se oferecer ao toque de um Durão.

A reprimenda tinha sido dura o suficiente para que Odeen nunca mais se esquecesse dela. Quando já era mais velho, soube que os átomos dos tecidos dos Durões, muito fortemente coesos, sentiam dor quando os outros forçavam uma penetração. Odeen ficou matutando sobre os Suaves: será que eles também sentiam dor? Outro jovem Racional lhe disse uma vez que tinha tropeçado num Durão e que este tinha se dobrado para a frente, mas que ele mesmo não tinha sentido nada. Odeen achava que isso era só uma forma melodramática de se vangloriar.

Havia outras coisas que ele não podia fazer. Ele gostava de se esfregar contra as paredes da caverna. Experimentava uma sensação cálida e agradável quando se permitia penetrar a rocha. Os bebês sempre faziam isso, mas ficava mais difícil quando iam ganhando idade. Ainda assim, podia se esfregar com toda a espessura de sua pele e gostava disso, mas seu Paternal descobriu que ele fazia isso e o reprimiu. Ele retrucou, dizendo que sua irmã fazia isso o tempo todo. Ele tinha visto.

– É diferente – disse o Paternal. – Ela é uma Emocional.

Em outra oportunidade, quando Odeen estava absorvendo uma gravação – mais velho nessa altura –, ele tinha formado despretensiosamente duas projeções cujas pontas eram tão finas que era capaz de fazer passar uma pela outra. Começou então a fazer isso regularmente, quando ouvia. Havia uma agradável sensação de cócegas que facilitava ouvir e depois o deixava gostosamente sonolento.

E seu Paternal também flagrou Odeen fazendo isso, e o que lhe dissera ainda deixava Odeen desconfortável quando lembrava.

Ninguém realmente falou com ele sobre derreter, naqueles tempos. Abasteceram-no com conhecimentos e educação a respeito de tudo, exceto acerca do que era de fato a tríade. Tritt também nunca fora informado, mas, como era um Paternal, sabia sem que lhe tivessem dito. Naturalmente, quando por fim Dua chegou, tudo ficou claro, muito embora ela parecesse saber menos a esse respeito até do que Odeen.

Mas Dua não viera até eles por causa de alguma coisa que Odeen houvesse feito. Foi Tritt quem trouxe o assunto à baila. Tritt, que costumava recear os Durões e os evitava, sempre mudo.

Tritt, que não tinha a mesma autoconfiança de Odeen a respeito de tudo, menos isso. Tritt, que exclusivamente a esse respeito era insistente. Tritt... Tritt... Tritt...

Odeen suspirou fundo. Tritt estava invadindo os seus pensamentos porque estava chegando. Ele podia senti-lo, áspero, exigente, sempre exigente. Odeen tinha tão pouco tempo para si próprio naqueles dias, justamente quando achava que tinha necessidade de pensar mais que nunca, de colocar todos os seus pensamentos em ordem...

– Sim, Tritt – disse Odeen.

Tritt tinha consciência de sua corpulência. Ele não achava que isso fosse feio. Nem pensava nisso, pronto. Se pensasse, acharia lindo. Seu corpo fora projetado, bem projetado, para um propósito.

– Odeen, onde está Dua? – indagou Tritt.

– Lá fora, em algum lugar – resmungou Odeen, como se não desse a mínima. Era incômodo para Tritt que a tríade fosse tão pouco importante. Dua era muito difícil, e Odeen não ligava.

– Por que você a deixou ir? – perguntou Tritt.

– Como posso impedi-la, Tritt? E qual o problema?

– Você sabe qual é o problema. Temos dois bebês. Precisamos de um terceiro. É muito difícil fazer um pequeno do meio. Dua deve ser bem alimentada para que isso aconteça. Agora ela está perambulando pelo pôr do sol, de novo. Como ela pode se alimentar direito ao pôr do sol?

– Ela não precisa de muito alimento.

– E nós simplesmente não temos um pequenino do meio, Odeen – a voz de Tritt era uma carícia –, como posso amar você, do jeito certo, sem Dua?

— Ora, ora — resmungou Odeen, e Tritt mais uma vez se sentiu atordoado com o evidente constrangimento do outro, diante da mera constatação de um fato.

Tritt disse:

— Lembre-se, fui eu quem primeiro teve Dua.

Mas Odeen se lembrava disso? Odeen alguma vez sequer pensou na tríade e no que ela significava? Às vezes, Tritt se sentia tão frustrado, tão frustrado, que era capaz... realmente ele não sabia bem do quê, mas sabia que se sentia frustrado. Como naqueles tempos, quando ele queria um Emocional e Odeen não mexia uma palha.

Tritt sabia que não tinha a habilidade de usar sentenças longas e elaboradas ao falar. Mas, se os Paternais não falavam, eles pensavam. Pensavam sobre coisas importantes. Odeen sempre falava sobre átomos e energia. Quem se importava com átomos e energia? Tritt pensava na tríade e em bebês.

Uma vez, Odeen lhe dissera que o contingente de Suaves estava gradualmente diminuindo. Ele se importava? Os Durões se importavam? Será que alguém, além dos Paternais, se importava?

Somente duas formas de vida, no mundo todo: os Suaves e os Durões. E o alimento, brilhando sobre eles.

Certa vez, Odeen lhe disse que o sol estava esfriando. Havia menos comida, por isso havia menos pessoas. Tritt não acreditou. O sol não dava a sensação de estar nem um pouco mais frio do que na época em que ele era bebê. O caso mesmo é que as pessoas simplesmente não estavam mais se preocupando com as tríades. Um excesso de Racionais absortos, de tolos Emocionais.

O que os Suaves devem fazer é se concentrar nas coisas importantes da vida. Tritt fazia isso. Ele cuidava dos interesses da tríade. O bebê da esquerda viera, depois o da direita. Estavam crescendo e prosperando. Mas eles precisavam de um bebê do meio. Essa era a coisa mais difícil de se começar e, sem um bebê do meio, não existiria uma nova tríade.

O que tinha feito Dua ser daquele jeito? Ela sempre fora difícil, mas estava ficando pior.

Tritt sentia uma obscura raiva contra Odeen. Odeen sempre falava com todas aquelas palavras duras. E Dua ouvia. Odeen podia falar interminavelmente com Dua, até os dois quase se tornarem Racionais. Isso fazia mal à tríade.

Odeen devia prestar mais atenção.

Era sempre Tritt quem precisava tomar cuidado. Era sempre Tritt que tinha de fazer o que era preciso. Odeen era o amigo dos Durões e, apesar disso, não dizia nada. Eles precisavam de um Emocional e, no entanto, Odeen não abria a boca a respeito. Odeen falava com eles de energia e não das necessidades da tríade.

Fora Tritt quem virara o jogo. Ele se lembrava disso com orgulho. Ele tinha visto que Odeen estava conversando com um Durão e então chegou mais perto. Sem a menor oscilação na voz, interrompeu para dizer:

– Precisamos de um Emocional.

O Durão então se virou para olhar para ele. Tritt nunca estivera tão perto de um Durão. Ele era uma única peça sólida. Todas as partes dele precisavam se virar quando uma se virava. Tinha algumas projeções que podiam se mexer sozinhas, mas nunca mudavam de forma. Nunca fluíam e eram irregulares, feiosas. Tampouco gostavam de ser tocadas.

O Durão disse:

– É mesmo, Odeen? – Ele não se dirigia a Tritt.

Odeen, rente ao chão, se achatou. Mais do que Tritt jamais o vira fazer.

– Meu direitista é exagerado nos seus cuidados. Meu direitista é... é... – Odeen gaguejou, bufou e não pôde mais falar.

Tritt podia. Então disse:

– Não podemos derreter sem um Emocional.

Tritt sabia que Odeen estava constrangido a ponto de emudecer, mas ele não se importava mais. Tinha chegado a hora.

– Bem, esquerdista – disse o Durão para Odeen –, você tem a mesma opinião a esse respeito?

Os Durões falavam como os Suaves, mas de modo mais incisivo e com menos nuances de voz. Era difícil ouvi-los. Tritt achava que eram difíceis de toda maneira, embora Odeen parecesse acostumado.

– Sim – disse, finalmente, Odeen.

O Durão enfim se voltou para Tritt e perguntou:

– Refresque a minha memória, jovem direitista. Há quanto tempo você e Odeen estão juntos?

– Tempo suficiente para merecer um Emocional – respondeu Tritt.

Tritt sustentava sua forma firme nas arestas. Não se deixava intimidar. Isso era importante demais. Então acrescentou:

– E meu nome é Tritt.

O Durão parecia se divertir.

– Sim, foi uma boa escolha. Você e Odeen ficam bem juntos, mas isso torna difícil a escolha de um Emocional. Já estamos quase decididos. Ou, pelo menos, *eu* já tomei uma decisão há muito tempo, mas os outros precisam ser convencidos. Tenha paciência, Tritt.

– Estou cansado de ser paciente.

– Eu sei, mas tenha paciência mesmo assim. – Ele estava novamente se divertindo.

Depois de ele ter ido embora há algum tempo, Odeen se endireitou na vertical de novo e raivosamente se afunilou e disse:

– Como você pôde fazer uma coisa dessas, Tritt? Você tem noção de quem ele é?

– Um Durão.

– Ele é Losten. O meu professor especial. Não quero que ele fique com raiva de mim.

– Por que ele ficaria? Eu fui educado.

– Bom, não importa. – Odeen estava recuperando seu formato habitual. Isso queria dizer que não estava mais com raiva. (O que deu alívio a Tritt, que se esforçava para não deixar transparecer.) – É muito constrangedor que o bobão do meu direitista venha do nada e se dirija ao meu Durão.

– Então, por que você não fez isso?

– Porque existe uma coisa chamada momento certo – disse Odeen.

– Só que, para você, nunca é o momento certo.

Então eles acabaram esfregando suas superfícies e pararam de discutir. Não foi muito depois disso que Dua chegou. Veio trazida por Losten. Tritt não sabia. Ele não olhava para o Durão, somente para Dua. Mas Odeen lhe disse, depois que Losten a havia levado até ali.

– Viu? – indagou Tritt. – Fui eu quem falou com ele. Foi por isso que ele a trouxe.

– Não – disse Odeen. – Estava na hora. Ele a teria trazido mesmo que nenhum de nós tivesse falado com ele.

Tritt não acreditou. Estava bastante convencido de que tinha sido inteiramente por sua causa que Dua estava ali com eles.

Sem dúvida, nunca houvera alguém como Dua no mundo. Tritt já tinha visto muitos Emocionais. Eram todos atraentes. Ele teria aceitado qualquer um para um adequado derretimento. Mas, quando viu Dua, percebeu que mais ninguém teria servido. Somente Dua. Somente Dua.

E Dua sabia exatamente o que fazer. Exatamente. Nunca alguém tinha mostrado para ela como fazer, foi o que ela disse mais tarde. Ninguém nunca tinha conversado com ela a esse respeito. Nem os outros Emocionais, pois os havia evitado.

No entanto, quando estavam os três juntos, cada um sabia o que fazer.

Dua afinou. Afinou ainda mais do que Tritt já tinha visto alguém afinar. Mais do que ele até imaginou ser possível. Ela se tornou uma espécie de fumaça colorida que encheu a sala e o deixou deslumbrado. Ele se moveu, sem saber que estava se movendo. Ele imergiu no ar que era Dua.

Não houve nenhuma sensação de penetração. Absolutamente nenhuma. Tritt não sentiu resistência, não sentiu fricção. Houve somente uma flutuação para dentro e uma rápida palpitação. Ele se sentiu começando a afinar por empatia e sem o tremendo esforço que sempre havia acompanhado o processo. Com Dua a preenchê-lo, ele podia afinar sem esforço e se tornar uma fumaça grossa toda sua. Afinar tornou-se o mesmo que fluir, um enorme fluxo fofo.

Tenuemente, ele pôde ver Odeen se aproximando pelo outro lado, pela esquerda de Dua. E ele também estava afinando.

Depois, como todos os choques de contato no mundo, ele alcançou Odeen. Mas não foi choque nenhum. Tritt sentiu sem ter a sensação, soube sem ter conhecimento. Deslizou para dentro de Odeen e Odeen deslizou para dentro dele. Não conseguia saber se estava rodeando Odeen ou sendo rodeado por ele, as duas coisas ou nenhuma delas.

Era somente... prazer.

Os sentidos foram amortecidos pela intensidade daquele prazer e, no ponto em que achou que não aguentaria mais nada, seus sentidos foram inteiramente apagados.

Depois de algum tempo separaram-se e olharam-se uns para os outros. Tinham se derretido um no outro por dias. Naturalmente, derreter sempre levava tempo. Quanto melhor, mais demorado, embora quando tudo estava consumado, aquele tempo todo parecia ter sido somente um instante, do qual eles não se lembravam. Numa fase posterior da vida, raramente levava mais tempo do que a primeira vez.

– Foi maravilhoso – disse Odeen.

Tritt apenas admirou Dua, que tornara tudo aquilo possível.

Ela estava se aglutinando, rodopiando, movendo-se trêmula. Dos três, era quem parecia mais afetada.

– Faremos isso de novo – disse ela, apressada. – Só que mais tarde, mais tarde. Agora eu preciso ir.

Dua se foi correndo. Eles não a detiveram. Estavam por demais liquidados para deter o movimento dela. Mas sempre foi desse mesmo jeito, daí em diante. Depois de um derretimento, ela sempre partia. Por mais bem-sucedido que tivesse sido, ela ia embora. Parecia existir nela algo que precisava da solidão.

Isso aborrecia Tritt. Em todos os aspectos, ela era diferente dos outros Emocionais. E não devia ser.

Odeen pensava de outro modo. Em muitas ocasiões ele dizia:

– Por que você não a deixa em paz, Tritt? Dua não é como os outros, e isso quer dizer que ela é melhor do que eles. Derreter não seria tão bom se ela fosse como eles. Você quer os benefícios, mas não quer pagar o preço?

Tritt não entendia isso com muita clareza. Ele só sabia que ela devia fazer o que era para ser feito. Então disse:

– Quero que ela faça o que é certo.

– Eu sei, Tritt. Eu sei. Mesmo assim, deixe Dua em paz.

O próprio Odeen costumava repreender Dua por suas esquisitices, mas não estava disposto a permitir que Tritt também o fizesse.

– Você não tem tato – disse Odeen. Mas Tritt não sabia exatamente o que era tato.

E agora... já fazia muito tempo, desde o primeiro derretimento, e a Emocional bebê ainda não tinha nascido. Quanto tempo ainda faltava? Estava demorando muito. Ainda por cima, Dua estava cada vez mais só, conforme o tempo passava.

– Ela não come o suficiente – disse Tritt.

– Quando chegar a hora... – começou Odeen.

– Você sempre fala que está na hora ou que não está na hora. Para início de conversa, você nunca achou que estava na hora de Dua vir. Agora, nunca acha que está na hora de ter um Emocional bebê. Dua devia...

Mas Odeen tinha virado as costas.

– Ela está lá longe, Tritt – disse Odeen. – Se você quer sair e ir buscá-la, como se fosse o Paternal dela e não o direitista, faça isso. Mas ouça o que lhe digo: deixe-a em paz.

Tritt recuou. Ele tinha muitas coisas a dizer, mas não sabia como.

De uma maneira difusa, distante, Dua percebia a agitação do direitista a respeito dela, e sua rebeldia aumentou.

Se um ou outro, ou ambos, viessem buscá-la, acabariam num derretimento, e ela se enfurecia só de pensar. Isso era tudo o que Tritt sabia, além de crianças. Tudo o que Tritt queria, sem contar o terceiro e último filho. E tudo dizia respeito às crianças e à que ainda faltava. E quando Tritt queria um derretimento, ele conseguia.

Tritt dominava a tríade quando se tornava obstinado. Teimava numa única ideia e não desistia e, no fim, Odeen e Dua eram forçados a ceder. Mas agora ela não ia ceder, *não ia...*

Tampouco se sentia desleal, quando pensava nisso. Dua nunca esperava sentir com aquela intensidade, por Odeen ou Tritt, a mesma falta que um sentia do outro. Ela era capaz de derreter sozinha. Eles só podiam fazer isso com sua mediação (então, por que isso não a tornava ainda mais preciosa?). Ela experimentava um intenso prazer no derretimento a três, claro que sim; seria idiotice negar isso. Mas era um prazer parecido com o que sentia quando atravessava uma rocha, como fazia em segredo de vez em quando. Para Tritt e Odeen, o prazer com ela era único; nunca haviam sentido, nem sentiriam, nada parecido.

Não, espera um pouco. Odeen tinha o prazer de aprender, de experimentar o que chamava de desenvolvimento intelectual. Dua às vezes sentia isso um pouco, o suficiente para saber o que queria dizer. E, apesar de diferente do derretimento, podia servir como substituto, pelo menos até o ponto em que, de tempos em tempos, Odeen era capaz de passar sem derreter.

Mas com Tritt, não. Para ele, só existia derreter e ter filhos. Apenas isso. E quando sua cabecinha ficava inteiramente ocupada com esse objetivo, Odeen acabava cedendo e, então, Dua não tinha escapatória.

Uma vez ela se revoltou.

– Mas o que acontece quando derretemos? Passam-se horas, dias, antes de sairmos disso. O que acontece durante todo esse tempo?

Tritt ficou indignado com essa rebeldia.

– Sempre é desse mesmo jeito. *Tem* de ser.

– Não gosto de nada que *tem* de ser. Quero saber o porquê.

Odeen se incomodou. Ele passava metade da vida incomodado.

– Ora, Dua, precisa ser assim, por causa das crianças. – Ele dava a impressão de pulsar enquanto pronunciava a última palavra.

– Bom, não pulse – cortou Dua, ríspida. – Agora estamos crescidos e já derretemos não sei quantas vezes. Sabemos que é desse jeito que teremos filhos. Vocês podem dizer isso tranquilamente. Por que leva tanto tempo?

– Porque é um processo complicado – comentou Odeen, ainda pulsando. – Porque consome energia. Ouça Dua, leva muito tempo para começar uma criança e, mesmo quando levamos muito tempo, nem sempre ela é iniciada. E está ficando cada vez pior... e não só conosco – acrescentou rapidamente.

– Pior? – perguntou Tritt, ansioso. Mas Odeen não falou mais nada.

Acabaram tendo uma criança, afinal, um Racional bebê, um filhote esquerdista, que relampejava e afinava, de modo que todos os três estavam em êxtase, e até mesmo Odeen o segurava e deixava que mudasse de forma em suas mãos enquanto Tritt permitisse. Pois foi Tritt, naturalmente, quem incubou de fato o bebê, durante todo o longo período de sua pré-formação, que se separou dele quando ele assumiu uma existência independente e que cuidava dele o tempo todo.

Depois disso, Tritt não ficava com eles muitas vezes, e Dua gostava disso, o que era estranho. A obsessão de Tritt a incomodava e, o que era estranho, Odeen a agradava. Ela se tornou cada vez mais consciente disso, da importância dele. Havia alguma coisa num Racional que lhe permitia dar respostas a perguntas e, de algum modo, Dua fazia constantes perguntas a Odeen. Ele estaria mais propenso a responder se Tritt não estivesse perto.

– Por que leva tanto tempo, Odeen? Não gosto de derreter e depois ficar dias e dias sem saber o que está acontecendo.

– Estamos perfeitamente a salvo, Dua – disse Odeen, com sinceridade. – Ora, nada nunca aconteceu conosco, não é mesmo? Você nunca ouviu que alguma coisa tenha acontecido com qualquer outra tríade, certo? Além disso, você não deveria fazer perguntas.

– Porque sou uma Emocional? Porque os outros Emocionais não fazem perguntas? Não aguento os outros Emocionais, se você quer mesmo saber, e eu *quero* fazer perguntas.

Dua estava perfeitamente cônscia de que Odeen olhava para ela como se ele nunca tivesse visto ninguém mais atraente e que, se Tritt estivesse ali, mais um episódio de derretimento teria se iniciado naquele mesmo instante. Ela chegou inclusive a se permitir afinar; não muito, mas perceptivelmente, com uma deliberada intenção de seduzir.

Odeen disse:

– Talvez você não entenda as implicações, Dua. Custa muita energia iniciar uma nova centelha de vida – explicou Odeen.

– Você menciona a energia com muita frequência. O que é isso, exatamente?

– Ora, é o que comemos.

– Bom, então, por que você não diz comida?

– Porque comida e energia não são exatamente a mesma coisa. A nossa comida vem do sol e é um tipo de energia, mas há outros tipos de energia que não são comida. Quando comemos, precisamos nos expandir e absorver luz. Para os Emocionais isso é mais difícil porque eles são muito mais transparentes. Ou seja, a luz tende a passar através deles em vez de ser absorvida...

Dua pensou que era maravilhoso receber essa explicação. Ela realmente sabia o que lhe estava sendo dito, mas não conhecia as palavras exatas, aquelas longas palavras científicas que Odeen conhecia. Com elas, tudo que acontecia se tornava mais preciso e significativo.

De vez em quando agora, na vida adulta, quando ela não temia mais as implicâncias das crianças, quando partilhava do prestígio de fazer parte da tríade de Odeen, Dua havia tentado se unir à multidão de Emocionais e tolerar sua aglomeração e falação. Afinal, ocasionalmente, sentia vontade de uma refeição mais substancial do que costumava fazer, pois garantia um derretimento melhor. Havia exaltação... às vezes ela quase captava o prazer que os outros sentiam quando escorregavam e se movimentavam, em manobras para melhorar sua exposição ao sol, nas luxuriantes contrações e condensações que produziam para absorver o calor com maior eficiência por meio de uma maior densidade.

Entretanto, para Dua, só um pouco disso já rendia muito, e para os outros nunca era o suficiente. Existia neles uma espécie de ondulação famélica que Dua não conseguia reproduzir e que, por fim, ela não podia mais suportar.

É por isso que os Racionais e os Paternais iam tão raramente à superfície. A densidade de Dua lhe possibilitava comer depressa e então partir. Já os Emocionais ficavam se contorcendo ao sol durante horas, pois, embora comessem mais devagar, precisavam de fato de mais energia do que os outros, pelo menos para derreter.

Os Emocionais forneciam a energia... Odeen explicava (pulsando, enquanto isso, de modo que seus sinais eram precariamente compreendidos), os Racionais, a semente e os Paternais, a incubação.

Depois que Dua compreendeu isso, um relativo contentamento começou a se mesclar à sua desaprovação, quando ela observava os outros Emocionais praticamente se lambuzarem com a vermelha luz do sol. Como eles nunca faziam perguntas, ela estava certa de que eles não sabiam por que faziam aquilo e não podiam entender que havia um lado obsceno em suas trêmulas condensações, ou na maneira como enfim desciam entre risadinhas abafadas, obviamente em busca de um bom derretimento, com energia de sobra para usar.

Dua também conseguia aturar a rabugice de Tritt quando ela vinha para baixo sem aquela opacidade rodopiante que significava uma boa refeição. Mas, por que eles iriam reclamar? A finura que ela conservava garantia um derretimento mais hábil. Não tão desleixado e pegajoso quanto o que produziam as outras tríades, talvez, mas era sua qualidade etérea que importava, disso tinha certeza. E o pequeno direitista e o pequeno esquerdista acabavam gozando, não é?

Claro que era o Emocional bebê, o pequeno bebê do meio, o "x" da questão. Ele consumia mais energia do que os outros dois, e Dua nunca tinha o bastante.

Até mesmo Odeen tinha notado:

– Você não está absorvendo luz do sol suficiente, Dua.

– Estou, sim – disse ela, apressadamente.

– A tríade de Genia acabou de começar um Emocional – contou Odeen.

Dua não gostava de Genia. Nunca tinha gostado. Genia era uma cabeça oca até pelos padrões dos Emocionais. Dua disse, com altivez:

— Suponho que Genia esteja se exibindo por causa disso. Ela não é delicada. Imagino que esteja dizendo: "Não devia comentar, minha querida, mas você não adivinha o que meu direitista e meu esquerdista fizeram...". — Ela imitava as trêmulas sinalizações de Genia com uma precisão cirúrgica, e Odeen se deliciava.

— Genia pode ser uma boboca, mas é fato que ela iniciou um Emocional e Tritt está muito descontente por causa disso. Estamos tentando a mesma coisa há muito mais tempo do que eles... — afirmou Odeen.

Dua se afastou.

— Absorvo tanto sol quanto posso. Fico lá até me encher tanto que mal posso me mexer. Não sei o que mais você pode querer de mim.

— Não se zangue. Prometi a Tritt que conversaria com você. Ele pensa que você me escuta... — disse Odeen.

— Ah... Tritt só acha esquisito que você explique ciência para mim. Ele não entende... Você quer um filhote do meio igual aos outros? — perguntou Dua.

— Não — respondeu Odeen, com seriedade. — Você não é igual aos outros, e fico feliz por isso. E se você se interessa pela conversa dos Racionais, então vou te explicar uma coisa. O sol não fornece o mesmo alimento que fornecia antigamente. Há menos energia luminosa. As exposições precisam durar mais tempo. O índice de natalidade vem decaindo há muito tempo, e a população mundial é só uma fração da de antes.

— Não posso fazer nada a respeito — disse Dua, com rebeldia.

— Os Durões talvez possam. O número deles também vem diminuindo...

— Eles seguem adiante? — De repente, Dua estava interessada. Ela sempre pensara que, de algum modo, os Durões eram imortais, que não nasciam, que não morriam. Por exemplo: quem viu alguma vez um Durão bebê? Eles não têm bebês. Não derretem. Não comem.

Odeen disse, pensativo:

– Imagino que sigam adiante. Eles nunca falam sobre si próprios comigo. Nem sei ao certo como comem, mas é claro que devem fazer isso. E nascer, também. Por exemplo, existe um Durão novo, que eu ainda não vi... mas isso não importa. O ponto é que eles estão desenvolvendo um alimento artificial...

– Eu sei – disse Dua. – Já experimentei.

– É mesmo? Eu não sabia!

– Um bando de Emocionais falou disso. Disseram que um Durão estava pedindo a voluntários que provassem, e aqueles bobos estavam todos com medo. Disseram que a comida provavelmente os deixaria duros para sempre e que nunca mais seriam capazes de derreter novamente.

– Isso é bobagem – disse Odeen, com veemência.

– Eu sei. Por isso me ofereci como voluntária. Isso calou a boca dos outros. Eles são *tão* difíceis de aturar, Odeen.

– E como foi?

– Horrível – descreveu Dua, com veemência. – Áspero e amargo. Claro que não disse nada disso aos outros Emocionais.

– Eu provei e não achei assim *tão* ruim – observou Odeen.

– Os Racionais e os Paternais não se importam com o sabor da comida.

Mas Odeen completou:

– Ainda é só um alimento experimental. Os Durões estão trabalhando duro para melhorar. Especialmente Estwald, aquele que eu mencionei antes, o novo que ainda não conheço; ele está trabalhando direto nisso. Losten fala dele de vez em quando como se ele fosse especial; um cientista notável.

– Como é que você ainda não o viu? – perguntou Dua.

– Eu sou somente um Suave. Você acha mesmo que eles me mostram tudo, que me contam tudo? Acho que algum dia eu o verei. Ele criou uma nova fonte de energia que poderá salvar todos nós...

– Não quero comida artificial! – exclamou Dua e, com isso, de repente deixou Odeen sozinho.

Essa conversa tinha se desenrolado há não muito tempo, mas Odeen não tinha mencionado o tal Estwald novamente, embora Dua soubesse que ele iria fazer isso. Ela ficou matutando a respeito, lá em cima, durante o pôr do sol.

Dua vira aquela comida artificial, uma vez. Uma esfera de luz reluzente, como um solzinho minúsculo, numa caverna especial montada pelos Durões. Ela ainda conseguia sentir o amargor daquela substância.

Será que conseguiriam deixá-la melhor? Com melhor sabor? Deliciosa... Será? E será que ela teria de comer aquilo e se entupir até que a sensação de estar forrada lhe desse um desejo quase incontrolável de derreter?

Ela temia aquele desejo de autogerar. Era diferente quando o desejo nascia da frenética estimulação do direitista e do esquerdista. Era a autogeração que significava que ela estava madura para dar início ao pequeno do meio. E... ela não queria!

Demorou muito tempo até chegar a admitir essa verdade para si mesma! Ela não queria iniciar um Emocional! Era depois que as três crianças nasciam que inevitavelmente chegava o momento em que era preciso seguir adiante, e isso ela não queria. Dua se lembrava do dia em que seu Paternal a deixara para sempre e, para ela, nunca seria dessa mesma maneira. Disso ela estava certa.

Os outros Emocionais não se importavam porque eram vazios demais para pensar a respeito, mas ela era diferente. Ela era Dua, a esquisita, a Emo-esquerdista. Era assim que a haviam chamado e ela *iria* ser diferente. Enquanto não tivesse a terceira cria, não seguiria adiante. Continuaria vivendo.

Por isso, ela nunca iria ter a terceira cria. Nunca. *Nunca!*

Mas de que maneira disfarçar essa decisão? E como impedir que Odeen descobrisse? E se ele descobrisse?

Odeen esperou que Tritt fizesse algo. Ele estava relativamente seguro de que Tritt não iria de fato à superfície, atrás de Dua. Isso significava abandonar as crianças, algo que sempre fora difícil para Tritt. Ele então esperou, sem falar nada por algum tempo, e, quando saiu, foi em direção à alcova das crianças.

Odeen quase ficou feliz quando Tritt saiu. Mas não muito, claro, pois Tritt tinha ficado zangado e retraído, de modo que o contato interpessoal estivera mais fraco, e a barreira de desprazer subira de novo. Odeen não podia senão se sentir melancólico com tudo aquilo. Era como a pulsação da vida se tornando mais lenta.

Às vezes, Odeen se perguntava se Tritt também se sentia assim... Não, isso era injusto. Tritt tinha uma relação especial com as crianças.

Quanto a Dua, quem podia saber o que ela sentia? Quem podia saber o que sentia qualquer um dos Emocionais? Eles eram tão diferentes que faziam a direita e a esquerda parecerem iguais em todos os aspectos, menos na mentalidade. Mas, mesmo levando em conta a conduta errática dos Emocionais, quem podia saber o que sentia Dua, em especial?

Era por isso que Odeen conseguiu se sentir quase feliz quando Tritt saiu, pois Dua era a questão. A demora para iniciar a terceira cria estava de fato se tornando excessiva, e Dua estava cada vez menos e não mais propensa a se deixar persuadir. O próprio Odeen se sentia progressivamente mais inquieto, um desassossego que ele não conseguia entender direito, e isso era uma coisa sobre a qual ele teria de conversar com Losten.

Abrindo caminho até as cavernas dos Durões, apressou seus movimentos para que se tornassem um fluxo contínuo, em nada tão indigno quanto à estranha e excitante mistura de trepidações e afobações que caracterizava os encurvamentos dos Emocionais, nem quanto ao sólido deslocamento de peso dos Paternais...

(Ele podia formular um nítido pensamento-imagem de Tritt empelotando-se em busca do Racional bebê que, naturalmente, era – nessa idade – quase tão escorregadio quanto qualquer Emocional, enquanto Dua se posicionava para bloquear o bebê e trazê-lo de volta, agora diante de um Tritt cacarejando sua indecisão entre chacoalhar o pequeno objeto vital ou envolvê-lo com sua própria substância.

Desde o começo, Tritt era capaz de se afinar com mais eficiência pelos bebês do que para Odeen. Quando Odeen ralhou com ele por causa disso, Tritt respondeu solenemente, pois era natural que a respeito dessas questões ele não achasse graça nenhuma: "Ah, mas as crianças precisam mais".)

Odeen sentia um prazer narcisista com seu próprio fluxo e pensava que era elegante e majestoso. Uma vez ele mencionou isso a Losten, para quem, na qualidade de seu Durão professor, ele confessava tudo. Losten então respondeu:

– Mas você não acha que um Emocional ou um Paternal também se sentem assim a respeito de seu padrão de fluxo? Se cada um de vocês pensa e age de um modo diferente, não será o caso de cada um sentir uma satisfação própria? A tríade não impede a individualidade, como você sabe.

Odeen não sabia ao certo se entendia essa questão da individualidade. Isso quer dizer estar sozinho? Os Durões ficavam sozinhos, naturalmente. Não havia tríades entre eles. Como suportavam isso?

Odeen ainda era bem pequeno quando essa questão veio à tona. Seu relacionamento com os Durões tinha somente se iniciado e, de repente, ele constatou que parecia não existir tríades entre eles. Entre os Suaves esse fato era uma lenda bastante difundida, mas até que ponto era uma lenda correta? Odeen pensou a respeito e decidiu que era melhor indagar, não aceitar simplesmente o que todos diziam.

Odeen havia perguntado:
– O senhor é direita ou esquerda?

(Em outros momentos posteriores, Odeen pulsava ao se lembrar dessa pergunta. Como tinha sido ingênuo ao fazê-la... e era muito pouco confortável que todos os Racionais fizessem a mesma pergunta aos Durões, cedo ou tarde... geralmente cedo.)

Losten respondeu calmamente:
– Nem uma coisa, nem outra. Não há direitistas ou esquerdistas entre os Durões.

– Nem Emocionais do meio?

– Crias do meio? – E o Durão mudou a forma de sua permanente região sensorial de um modo que Odeen acabou enfim associando a um sentimento de contentamento ou prazer. – Não. Sem crias do meio, também. Só Durões de um único tipo.

Odeen teve de perguntar. A indagação saiu involuntariamente, muito à revelia do que desejava.

– Mas, como você aguenta?

– Conosco é diferente, pequeno esquerdista. Estamos acostumados.

Será que Odeen se acostumaria com uma coisa assim? Havia a tríade Paternal que até então tinha preenchido a sua vida, e o conhecimento seguro de que num futuro não muito distante ele também formaria sua própria tríade. A vida era só isso mesmo? De vez em quando ele se dedicava a refletir sobre essa questão. Ele pensava a sério sobre todas as coisas, conforme elas iam surgindo. Às vezes, conseguia vislumbrar o que queriam dizer. Que os Durões tinham somente a si mesmos; nem irmãos da esquerda, da direita ou do meio, nem derretimento, ou filhos, ou Paternais. Tinham apenas sua mente, somente a investigação do universo.

Talvez isso bastasse para eles. Conforme Odeen ia crescendo, captava em pequenas doses a satisfação de investigar as coisas. Elas eram quase o suficiente – quase o suficiente –, e então ele se lembrava de Tritt e Dua e concluía que nem mesmo todo o universo além era bastante.

A menos... – e isso era esquisito, mas lá de vez em quando parecia que podia chegar o tempo, a situação, a condição em que – e aí ele perdia aquele vislumbre repentino, ou melhor, o vislumbre de um vislumbre, e ia tudo embora. Entretanto, essa lucidez regressava depois, e, ultimamente, ele achava que ela estava mais forte e iria permanecer tempo suficiente para ser captada.

Mas nada disso deveria absorver sua atenção agora. Ele precisava saber de Dua. Percorreu a sua rota tão conhecida, ao longo da qual tinha sido pego por seu Paternal, na primeira vez (assim como Tritt logo pegaria o jovem Racional deles dois, seu próprio esquerdista bebê).

E, naturalmente, no mesmo instante ele se perdeu em meio à sua memória.

Antes tinha sido assustador. Outros jovens Racionais tinham estado presentes, todos pulsando e reluzindo, mudando de formato, apesar dos sinais dos Paternais, vindos de todos os lados, para que permanecessem firmes e macios e não arruinassem a tríade. Um pequeno esquerdista, um amiguinho com quem Odeen sempre brincava, tinha realmente se achatado a tal ponto de finura que não saía mais dessa forma, apesar de todos os esforços de seu Paternal, tremendamente envergonhado. (Desde então, tinha se transformado num estudante perfeitamente normal... embora Odeen não, como ele mesmo não podia deixar de constatar com considerável complacência.)

No seu primeiro dia na escola tinham conhecido diversos Durões. Paravam diante de cada um, a fim de que o jovem padrão vibratório dos pequenos Racionais pudesse ser registrado de várias maneiras especializadas, e fosse possível chegar a uma decisão quanto a aceitá-los como aprendizes naquela oportunidade ou esperar por mais um ciclo. E, então, destinar para qual tipo de instrução.

Num esforço desesperado, Odeen tinha se tornado muito suave quando um Durão se aproximou e se manteve inabalável.

O Durão disse (e o primeiro som daquelas vozes esquisitas quase anulou a determinação de Odeen de ser adulto):

– Eis aqui um Racional bem firme. Como você se apresenta, esquerdista?

Aquela era a primeira vez que alguém chamava Odeen de "esquerdista" em vez de alguma forma diminutiva; então ele se sentiu mais firme que nunca e conseguiu dizer:

– Odeen, senhor Durão – usando a forma educada de cumprimentar alguém que seu Paternal lhe havia ensinado com tanto cuidado.

Vagamente, Odeen se lembrava de ter sido levado por entre as cavernas dos Durões, com seus equipamentos, maquinários, bibliotecas, as miríades de sinais e sons amontoados e sem sentido. Mais do que suas reais sensopercepções, ele se lembrava de sua sensação interior de desespero. O que iam fazer com ele?

Seu Paternal lhe havia dito que ele ia aprender, mas ele não sabia o que realmente queria dizer "aprender" e, quando perguntou ao seu Paternal, acabou descobrindo que o mais velho também não sabia.

Custou-lhe algum tempo descobrir do que se tratava, e essa experiência foi agradável, muito agradável, embora não desprovida de alguns aspectos preocupantes.

O Durão que primeiro o chamara de "esquerdista" foi seu primeiro professor. Ele o instruiu sobre como interpretar as gravações em onda e assim, depois de algum tempo, o que parecia um código incompreensível tornou-se palavras; palavras tão claras quanto as que conseguia formular com suas próprias vibrações.

Mas, então, aquele primeiro Durão não apareceu nunca mais, e outro assumiu o posto. Demorou um pouco até Odeen perceber. Naqueles tempos, era muito difícil distinguir um Durão do outro, distinguir suas vozes. Mas, um dia, ele teve certeza. Aos poucos, foi ficando cada vez mais certo disso e tremeu diante da mudança. Não entendia o que ela queria dizer.

Reunindo coragem, finalmente perguntou:

– Onde está meu professor, senhor Durão?

– Gamaldan?... Ele não estará mais com você, esquerdista.

Por um momento, Odeen ficou sem palavras. Depois, disse:

– Mas os Durões não seguem adiante... – Ele não chegou a concluir a frase. As palavras morreram em sua garganta.

O novo Durão era passivo, não disse nada, não adiantou nada.

Iria sempre ser assim, foi o que Odeen logo descobriu. Eles nunca falavam a seu próprio respeito. Sobre qualquer outro tópico eles falavam livremente. Já sobre si mesmos, nada.

Com base em dezenas de evidências, Odeen não pôde se furtar a concluir que os Durões seguiam adiante, que não eram imortais (algo que muitos Suaves nem questionavam). No entanto, nenhum Durão tinha confirmado claramente. Odeen e os outros Racionais alunos às vezes conversavam a respeito, com hesitação, com certa inquietação. Cada um agregava mais um pequeno detalhe que, no quadro geral, apontava inexoravelmente para a mortalidade dos Durões; eles ficavam imaginando se não gostavam do que iriam concluir, então deixavam o óbvio de lado.

Os Durões não pareciam se importar de que existissem indícios de sua mortalidade. Não faziam nada para mascará-los. Mas, por outro lado, nunca mencionavam o assunto. E, se alguém fazia uma pergunta direta (o que às vezes acontecia, pois era inevitável), eles nunca respondiam; não afirmavam nem negavam. E, se seguiam adiante, também tinham de nascer e, no entanto, nada falavam sobre isso, mas Odeen nunca tinha visto um Durão bebê.

Odeen acreditava que os Durões obtinham sua energia das rochas, não do sol; no mínimo, absorviam uma rocha negra pulverizada em seu corpo. Alguns estudantes também pensavam assim, outros se recusavam veementemente a aceitar tal versão. Mas também não eram capazes de chegar a nenhuma conclusão, pois nunca ninguém os tinha visto se alimentar, fosse de que modo fosse, e os Durões tampouco falavam a respeito.

No fim, Odeen interpretou as reticências como algo que não precisava ser questionado, como uma parte deles. Pensou que talvez fosse por causa de sua individualidade que não formavam tríades. A tríade construía uma concha em torno deles.

Por outro lado, Odeen aprendeu coisas tão importantes que as questões relativas à vida privada dos Durões acabaram se tornando triviais. Por exemplo, ficou sabendo que o mundo todo estava minguando... mirrando... Losten, o novo professor, fora quem lhe disse isso.

Odeen tinha indagado a respeito das cavernas desocupadas que se estendiam intermináveis, até as entranhas do mundo, e Losten parecia satisfeito:

– Você tem receio de perguntar sobre isso, Odeen?

(Agora ele já era Odeen; ninguém mais fazia uma referência geral à sua condição de esquerdista. Era sempre uma fonte de orgulho ouvir um Durão tratando-o pelo nome. Muitos faziam isso. Odeen era um prodígio de entendimento, e o uso de seu nome representava o reconhecimento desse fato. Mais de uma vez Losten tinha demonstrado sua satisfação em tê-lo como aluno.)

Odeen realmente estava receoso e, após alguma hesitação, disse isso mesmo. Era sempre mais fácil confessar as deficiências aos Durões do que aos seus pares Racionais. Muito mais fácil do que confessá-las a Tritt – era impensável confessar para Tritt... – e isso tudo foi antes da chegada de Dua.

– Então, por que perguntar? – indagou Losten.

Odeen hesitou mais uma vez. Depois disse lentamente:

– Tenho medo das cavernas desocupadas porque quando eu era jovem me contaram que ali estavam guardadas todas as espécies de coisas monstruosas. Mas nada disso eu sei claramente. Só sei o que me disseram os outros jovens que também não sabiam nada. Quero saber a verdade sobre elas, e esse desejo cresce e a curiosidade é maior do que o medo.

Losten pareceu contente.

– Bom! A curiosidade é útil; o medo, inútil. Seu desenvolvimento interior está excelente, Odeen, e lembre-se: nas coisas importantes, apenas o seu desenvolvimento interior é que conta. Nossa ajuda para você é marginal. Como você quer saber, é fácil lhe dizer que as cavernas desocupadas estão realmente desocupadas. Vazias. Não há nada lá, exceto coisas sem importância que ficaram para trás e pertencem ao passado.

– Quem as deixou lá, senhor Durão? – Odeen se sentia incomodamente compelido a usar essa formalidade sempre que sentia que estava na presença de alguém com um nível de conhecimento que lhe faltava e que o outro possuía.

– Os que as ocuparam, no passado. Houve uma época, há milhares de ciclos, quando havia muitos milhares de Durões e milhões de Suaves. Agora somos em menor número, Odeen. Hoje em dia, existem quase trezentos Durões e menos de dez mil Suaves.

– Por quê? – perguntou Odeen, chocado.

(Restavam apenas trezentos Durões. Esta certamente era uma aberta confissão de que os Durões tinham seguido adiante, mas não era o melhor momento para se pensar nisso.)

– Porque a energia está diminuindo. O sol está esfriando. A cada ciclo fica mais difícil dar à luz e viver.

(Bom, então, isso não queria dizer que os Durões também davam à luz? E, sem dúvida, queria dizer que os Durões dependiam do sol para comer também, e não das rochas. Odeen arquivou esse pensamento num recanto da mente e o deixou de lado por ora.)

– Isso vai continuar? – perguntou Odeen.

– O sol deve arrefecer até acabar, Odeen, e chegará o dia em que não nos dará mais alimento.

– Isso significa que todos nós, os Durões e os Suaves, também seguiremos adiante?

– O que mais pode significar?

– Não podemos todos seguir adiante. Se precisamos de energia e o sol está chegando ao fim, devemos encontrar outras fontes, outras estrelas.

– Mas, Odeen, todas as estrelas estão chegando ao fim. O universo está chegando ao fim.

– Se as estrelas chegarem ao fim, não existirá mais comida em nenhum lugar? Nenhuma outra fonte de energia?

– Não, todas as fontes de energia no universo inteiro estão chegando ao fim.

Odeen recebeu essa informação com um misto de rebeldia e depois disse:

– Então, outros universos. Não podemos desistir somente porque o universo desistiu. – Estava palpitando enquanto dizia isso. Ele se expandira com uma falta imperdoável de cortesia, até inchar tanto a ponto de se tornar translúcido e de um tamanho nitidamente maior do que o do Durão.

Mas Losten apenas manifestou um extremo prazer. Ele disse:

– Maravilhoso, meu caro esquerdista. Os outros devem ouvir isso.

Odeen já tinha recuperado seu tamanho normal, tomado por uma vergonha mesclada de prazer quando ouviu que Losten o chamava de "meu caro esquerdista", uma expressão que ele nunca tinha ouvido ninguém usar com ele, exceto Tritt, claro.

Não tinha sido muito depois disso que o próprio Losten lhes tinha trazido Dua. Sem muita concentração, Odeen tinha pensado se existiria alguma ligação entre as duas situações, mas depois de algum tempo cogitando, a ideia se esvaziou por si. Tritt tinha repetido tantas vezes que fora sua própria coragem em abordar Losten que lhes havia proporcionado Dua, que Odeen tinha desistido de pensar a respeito. Era confuso demais.

Mas, agora, ele estava indo a Losten de novo. Havia passado muito tempo desde aquela época em que ficara sabendo que o universo estava chegando ao fim e que (como depois se comprovou) os Durões estavam dando o máximo possível para seguir vivendo, de alguma maneira. Ele mesmo se tornara um adepto em muitos campos, e Losten confessara que, no campo da física, havia poucas coisas mais que ele poderia ensinar a Odeen e que uma criatura Suave poderia se beneficiar de saber. Além disso, havia outros Racionais jovens que precisavam ser levados pela mão, de modo que ele não via mais Losten com a mesma frequência de antes.

Odeen deparou-se com Losten acompanhado de dois Racionais semicrescidos, na Câmara de Radiação. Losten viu-o no mesmo instante, através do vidro, e saiu, cerrando a porta cuidadosamente atrás de si.

— Meu caro esquerdista — disse ele, estendendo seus membros num gesto de amizade (de tal modo que Odeen, como tantas vezes no passado, experimentou um perverso desejo de tocar, mas reprimiu-o) —, como vai?

— Não queria interromper, senhor Losten.

— Interromper? Aqueles dois estão indo muitíssimo bem, sozinhos, e assim ficarão por algum tempo. É provável que fiquem satisfeitos de me ver sair, pois estou seguro de que os deixo esgotados com minhas excessivas explicações.

— Nem pensar — disse Odeen. — Você sempre me fascinou e estou certo de que os fascina também.

— Ora, ora. Bondade sua me dizer isso. Eu o vejo muito tempo na biblioteca, e os outros me dizem que você está indo bem nos cursos avançados, o que me faz sentir falta do meu melhor aluno. Como vai Tritt? Continua o mesmo Paternal teimoso de sempre?

— Mais teimoso a cada dia que passa. Ele dá força para a tríade.

— E Dua?

— Dua? Eu... ela é muito incomum, você sabe.

Losten concordou com um aceno de cabeça.

– É mesmo. – Sua expressão era aquela que Odeen tinha enfim associado a um estado de melancolia.

Odeen esperou um minuto, depois decidiu atacar a questão diretamente:

– Senhor Losten, ela veio até nós, a Tritt e a mim, só porque é incomum?

Losten respondeu:

– Isso surpreenderia você? Você mesmo é bastante incomum, Odeen, e comentou em diversas ocasiões que Tritt também o é.

– Sim – reafirmou Odeen, com convicção. – É mesmo.

– Então, sua tríade deveria incluir uma Emocional incomum, não é mesmo?

– Há muitas maneiras de ser incomum – comentou Odeen, pensativo. – De alguma maneira, as esquisitices de Dua desagradam Tritt e me deixam preocupado. Posso me aconselhar com o senhor?

– Sempre.

– Ela não aprecia muito... derreter.

Losten ouviu isso seriamente. Sem o menor constrangimento, ao que tudo indicava.

Odeen prosseguiu.

– Ela gosta de derreter quando fazemos isso, mas nem sempre é fácil convencê-la a derreter.

– O que Tritt acha de derreter? Quer dizer, além do prazer imediato que isso oferece, o que derreter significa para ele? – interrogou Losten.

– Filhos, naturalmente – disse Odeen. – Eu gosto deles, e Dua também, mas Tritt é o Paternal. Você entende isso? (De repente, pareceu a Odeen que Losten não poderia compreender todas as sutilezas da tríade.)

– Tento entender. Mas me parece que Tritt se beneficia mais de derreter do que só o ato em si. E quanto a você? O que tira de derreter, além de prazer?

Odeen ponderou.

– Acho que você sabe disso. Uma espécie de estimulação mental.

– Sim, sei, mas quero garantir que *você* saiba. Quero me certificar de que você não esqueceu. Muitas vezes você me disse que, quando saía de um período de derretimento, com sua peculiar perda de tempo – durante a qual, admito, às vezes eu não o vejo por intervalos relativamente longos –, de repente você se percebe compreendendo muitas coisas que antes pareciam obscuras.

– Era como se minha cabeça continuasse funcionando nesse intervalo... – disse Odeen. – Era como se houvesse um tempo – embora eu não tivesse consciência de ele estar passando nem da minha existência – necessário para mim, e enquanto isso eu podia pensar com mais profundidade e intensidade, sem a distração do lado menos intelectual da vida.

– Sim – concordou Losten –, e você voltaria com um salto quântico em termos de entendimento. É comum entre vocês, Racionais, embora eu precise admitir que ninguém melhorou tanto, com esses grandes saltos, quanto você. Honestamente, eu acho que não se compara a nenhum outro Racional da história.

– É mesmo? – indagou Odeen, tentando não parecer indevidamente cheio de si.

– Por outro lado, posso estar enganado – Losten parecia estar se divertindo diante da repentina perda de brilho do outro –, mas isso não tem importância. A questão é que, assim como Tritt, você extrai alguma coisa a mais do derretimento, além de prazer.

– Sim, sem dúvida.

– E o que Dua aproveita, além do próprio derretimento? – perguntou Losten, e uma longa pausa instalou-se.

– Não sei – respondeu Odeen.

– Alguma vez você perguntou a ela?

– Nunca.

– Mas então – continuou Losten –, se ela só aproveita o derretimento mesmo, e se você e Tritt saem dele com algo a mais, por que ela iria querer tanto derreter quanto vocês?

– Os outros Emocionais não parecem exigir... – disse Odeen, defendendo-se.

– Os outros Emocionais não são como Dua. Isso você já repetiu várias vezes e, acredito, com satisfação.

Odeen sentiu-se envergonhado.

– Eu pensei que poderia ser alguma outra coisa.

– E o que seria?

– É difícil explicar. Nós nos conhecemos dentro da tríade. Sentimos um ao outro. De certo modo, todos os três somos parte de um único indivíduo. Um indivíduo nebuloso que vem e vai. É uma coisa inconsciente. Se pensamos nisso com muita concentração, nós a perdemos, de modo que nunca podemos realmente chegar a grandes detalhes. – Odeen parou, impotente. – É difícil explicar a tríade para alguém que...

– No entanto, estou tentando compreender. Você acha que captou uma parcela da mente de Dua. Algo que ela tentou manter em segredo, é isso?

– Não estou certo. É uma impressão inteiramente vaga, percebida com um canto da minha mente, e só de vez em quando.

– E?

– Às vezes, eu acho que Dua não quer ter um Emocional bebê.

Losten olhou para ele com ar grave.

– Até agora, vocês só têm dois filhos, parece. Um pequeno esquerdista e um pequeno direitista.

– Sim, só dois. O Emocional bebê é difícil de iniciar, você sabe.

– Sim.

– E Dua não vai ter trabalho para absorver a energia necessária. Nem tentaria. Ela tem muitos motivos, mas não consigo acreditar em nenhum deles. A mim parece que, por alguma razão, ela simplesmente não quer um Emocional. Por mim, se Dua realmente não quiser um bebê por algum tempo, tudo bem, eu não irei contrariá-la. Mas Tritt é um Paternal e ele quer; ele precisa ter um Emocional bebê e, de algum modo, não posso desapontar Tritt, nem mesmo por Dua.

– Se Dua tem algum motivo racional para não querer iniciar um Emocional, isso faria diferença para você?

– Para mim, sem dúvida, mas não para Tritt. Ele não entenderia isso.

– Mas você se esforçaria para fazê-lo ter paciência?

– Sim, eu faria isso, enquanto pudesse.

Losten disse então:

– Alguma vez já lhe ocorreu que praticamente nenhum dos Suaves – e aqui ele hesitou, buscando uma palavra, mas depois recorrendo à habitual expressão dos Suaves – jamais segue adiante antes que todas as três crianças tenham nascido, e que a última delas seja a Emocional bebê?

– Sim, eu sei. – Odeen ficou matutando como é que Losten podia sequer pensar que ele desconheceria uma informação tão elementar como essa.

– Então, o nascimento de um Emocional bebê é equivalente à chegada do momento em que é preciso seguir adiante.

– Normalmente, não até que o Emocional tenha crescido o bastante...

– Mas o tempo de seguir adiante estará vindo. Será que Dua não quer seguir adiante?

– Mas como isso pode ser, Losten? Quando chegar o momento de seguir adiante, é como quando chega o momento de derreter. Como você poderá não querer? (Os Durões não derretiam; talvez não entendessem.)

– Vamos supor que Dua simplesmente nunca queira seguir adiante. O que você diria então?

– Ora, que, no final, todos *devemos* seguir adiante. Se Dua simplesmente quer retardar o último bebê, posso diverti-la e até mesmo convencer Tritt, quem sabe. Se ela nunca quiser ter o bebê... isso simplesmente não será autorizado.

– E por quê?

Odeen parou para refletir.

– Não posso dizer, senhor Losten, mas sei que devemos seguir adiante. A cada ciclo, eu sei mais e sinto mais claramente essa verdade. Às vezes, quase penso que entendo por quê.

– Você é um filósofo, é o que me parece às vezes, Odeen – disse Losten, secamente. – Pensemos: na época em que o terceiro bebê vier e crescer, Tritt terá tido todos os seus filhos e poderá contemplar a possibilidade de seguir adiante, depois de ter se realizado na vida. Você mesmo terá tido a satisfação de haver aprendido muito e também poderá seguir adiante, com sua vida realizada. E Dua?

– Eu *não* sei – respondeu Odeen, com um ar infeliz. – Os outros Emocionais ficam grudados uns nos outros a vida toda e parecem ter prazer com essa proximidade. Dua, por outro lado, não faz nada disso.

– Bom, ela é incomum. Ela não gosta de nada?

– Ela gosta de me ouvir falar sobre o meu trabalho – disse Odeen, resmungando.

– Bom, não se envergonhe disso, Odeen. Todo Racional fala de seu trabalho para seu direitista e para o do meio. Você finge que não, mas todos vocês fazem o mesmo.

– Sim, já reparei nisso algumas vezes. Antes não havia prestado muita atenção, porém...

– Porque você está convencido de que os Emocionais não podem realmente compreender essas coisas. Mas parece que em Dua existe uma dose considerável de Racional.

(Odeen ergueu os olhos para Losten, repentinamente consternado. Uma vez, Dua lhe falara sobre sua infância infeliz, somente uma vez; os gritos de aflição dos outros Emocionais; o nome sujo com que costumavam chamá-la – Emo-esquerdista. Será que Losten sabia disso, de algum jeito?... Mas ele estava apenas olhando calmamente para Odeen.)

– Também já pensei nisso algumas vezes. – disse Odeen e, então, explodiu: – Tenho *orgulho* dela por isso.

– Não tem nada de errado com isso – disse Losten. – Por que não diz a ela? E se ela gosta de nutrir o que há de Racional nela, por que não deixar que o faça? Ensine para ela o que você sabe, de modo mais concentrado. Responda às perguntas que ela lhe fizer. Será uma desgraça para a tríade se você fizer isso?

– Não me importo se for... E por que seria? Tritt vai achar que não passa de perda de tempo, mas eu dou um jeito nele.

– Explique para ele que, se Dua aproveitar melhor a vida e experimentar uma sensação de verdadeira realização, ela talvez não tenha mais o medo de seguir adiante que sente agora, e se torne mais propensa a ter um Emocional bebê.

Era como se um imenso sentimento de desastre iminente tivesse sido removido de Odeen. Rapidamente ele disse:

– Está certo, senhor Losten. Sinto que está certo. O senhor entende tanto as coisas... Com sua liderança sobre os Durões, como será possível não continuar com êxito o projeto do outro universo?

– Com a minha liderança? – Losten estava achando graça. – Você esquece que agora é Estwald quem está no comando. Ele é o verdadeiro herói do projeto. Isso não iria a parte alguma sem ele.

– Ah, é verdade – disse Odeen, desconcertado por um breve instante. Ele ainda não vira Estwald. Aliás, ele ainda não sabia de nenhum Suave que de fato já o tivesse visto, embora alguns dissessem que o haviam visto ao longe, uma vez ou outra. Estwald era um Durão novo. Novo pelo menos no sentido de que, quando Odeen fora jovem, ele nunca tinha ouvido alguém mencionar Estwald. Isso podia significar que ele era um Durão novo, que tinha sido um Durão criança na época em que Odeen tinha sido um Suave criança. Mas isso agora não importa. Nesse momento, Odeen queria voltar para casa. Ele não podia tocar Losten em sinal de gratidão, mas podia agradecer-lhe novamente e então se afastar apressadamente, sentindo-se alegre.

Havia uma nuance egoísta nessa alegria. Não era somente a remota perspectiva de um Emocional bebê e do prazer de Tritt. Não era nem a ideia de que Dua se sentiria realizada. O que mais contava para ele, naquele momento, era a radiosa e imediata possibilidade que se abria. Nenhum outro Racional poderia sentir o prazer de fazer isso, ele tinha certeza, porque nenhum outro Racional teria a chance de contar com alguém como Dua integrando a tríade.

Seria maravilhoso se Tritt conseguisse entender essa necessidade. Ele teria de falar com Tritt e convencê-lo de algum modo a ser paciente.

Tritt nunca se sentiu menos paciente. Ele não fingia compreender por que Dua agia daquele jeito. Ele não queria nem tentar. Não ligava. Nunca soube por que os Emocionais faziam o que faziam. E Dua nem mesmo se comportava como os outros Emocionais.

Ela nunca pensava no que era importante. Ficava olhando para o sol. Mas, aí, se afinava a tal ponto, que a luz e a comida simplesmente a atravessavam. Então ela dizia que era lindo. Essa não era a coisa importante. Importante era comer. O que havia de lindo em comer? O que era lindo?

Dua sempre queria derreter de um jeito diferente. Uma vez, disse assim:

"Vamos conversar antes. Nós nunca conversamos sobre isso. Nunca pensamos sobre isso".

Odeen sempre dizia:

"Vamos fazer como ela quer, Tritt. É melhor".

Odeen sempre era paciente. Sempre achava que as coisas seriam melhores se eles esperassem. Ou ele também queria ficar refletindo sobre aquilo.

Tritt não tinha certeza se entendia direito o que Odeen queria dizer com "refletir sobre aquilo". Isso lhe parecia apenas que Odeen não fazia nada. Como conseguir Dua, para início de conversa. Odeen ainda estaria refletindo a respeito. Tritt foi direto e pediu. Era assim que se fazia.

Agora, Odeen não estava a fim de fazer nada a respeito de Dua. E o Emocional bebê, que era o que importava? Bom, Tritt ia cuidar disso, mesmo que Odeen não se mexesse. Aliás, Tritt estava se mexendo. Estava percorrendo o longo corredor, enquanto todas essas coisas estavam se passando em sua cabeça. Mal percebera que fora tão longe. O que era "refletir sobre aquilo"? Bom, ele não ia ficar sentindo medo. Nem iria recuar. Com determinação, olhou à sua volta. Era por ali que se chegava às cavernas dos Durões. Ele sabia que continuaria por aquele caminho, acompanhado de seu pequeno esquerdista, e que não demoraria muito para que isso acontecesse. Uma vez, Odeen lhe havia ensinado o percurso.

Ele não sabia o que iria fazer quando chegasse lá, dessa vez. No entanto, não sentia o menor receio. Ele queria um Emocional bebê. Era seu direito ter um Emocional bebê. *Nada* era mais importante do que isso. Os Durões garantiriam que ele tivesse o seu. Não tinham trazido Dua até eles quando pedira? Mas a quem ele iria pedir? Poderia ser a qualquer um dos Durões? Vagamente, resolveu que não seria a *qualquer* um. Havia o nome daquele a quem ele iria pedir. E ele falaria com *ele* sobre o assunto.

Ele se lembrava do nome. Até se lembrava da primeira vez em que ouvira esse nome. Foi na época em que o pequeno esquerdista já tinha crescido o suficiente para começar a mudar voluntariamente de formato. (Que dia memorável! "Venha, Odeen, rápido! Annis está todo oval e duro. E ele fez isso sozinho. Dua, veja!" E eles tinham se apressado a ver. Naqueles tempos, Annis era sua única cria. Tinham tido de esperar um tempão pelo segundo filho. Então eles chegaram depressa a tempo de vê-lo amontoado no canto. Ele estava se enrodilhando e fluindo em torno de seu local de descanso, como se fosse argila úmida. Odeen fora embora porque estava ocupado, mas Dua dissera: "Oh, ele vai fazer isso de novo, Tritt". Então ficaram observando Annis durante horas, mas ele não fez mais nada.)

Tritt ficara magoado por Odeen não ter esperado. Ele queria reclamar, mas Odeen estava com um ar tão desgastado que desistiu. Seu ovoide mostrava rugas muito definidas. E ele não fez qualquer esforço para alisá-las.

Tritt indagou, ansioso:

– Algum problema, Odeen?

– Um dia difícil, e não estou seguro de que vou conseguir as equações diferenciais antes do próximo derretimento. (Tritt não recordava as palavras exatas. Era algo assim. Odeen sempre usava palavras difíceis.)

– Você quer derreter agora?

– Ah, não. Acabei de ver Dua dirigindo-se para a superfície e você sabe como ela fica se a gente tenta interromper isso. Realmente, não tem pressa. Também existe um novo Durão.

– Um novo Durão? – perguntou Tritt, com um perceptível desinteresse. Odeen achava muito interessante a ligação com os Durões, mas Tritt gostaria que não houvesse esse interesse. Odeen era muito mais voltado para o que chamava de a sua educação do que qualquer outro Racional da área. Isso não era justo. Odeen era ocupado demais com isso. Dua também era ocupada demais por seu interesse em vagar sozinha pela superfície. Nenhum deles se importava tanto com a tríade como Tritt.

– Ele se chama Estwald – informou Odeen.

– Estwald? – Tritt, afinal, sentiu uma pontinha de interesse. Talvez porque estivesse ansiosamente captando os sentimentos de Odeen.

– Nunca o vi, mas todos estão falando dele. – Os olhos de Odeen se achataram, como costumava acontecer quando ele se tornava introspectivo. – Ele é responsável por aquela coisa nova que eles criaram.

– Que coisa nova?

– A Bomba de Pós... você não vai entender, Tritt. É uma coisa nova que eles arrumaram. Vai revolucionar o mundo inteiro.

– O que é revolucionar?

– Tornar tudo diferente.

Tritt ficou imediatamente alarmado.

– Eles não devem tornar tudo diferente.

– Eles vão tornar tudo *melhor*. Nem sempre diferente quer dizer pior. De todo modo, Estwald é o responsável. Ele é muito inteligente. Tenho essa sensação.

– Então por que não gosta dele?

– Eu não disse que não gosto dele.

– A *sensação* que vem de você é de que não gosta dele.

– Ah, nada disso, Tritt. É só que, de algum jeito, de algum jeito... – Odeen riu. – Estou com ciúme. Os Durões são tão inteligentes que os Suaves não são nada em comparação. Mas já me acostumei, porque Losten ficava me dizendo o tempo todo como eu sou brilhante, para um Suave, entende? Mas agora aparece esse Estwald e até mesmo Losten parece perdido de admiração, e eu não sou *realmente* mais nada.

Tritt inchou sua superfície anterior apenas até o ponto de fazer contato com Odeen, que ergueu os olhos e sorriu.

– Mas não passa de estupidez da minha parte. Quem se importa com o tanto da inteligência de um Durão? Nenhum deles tem um Tritt.

Depois disso, enfim, foram atrás de Dua. Espantosamente, ela acabara de perambular pela superfície e estava voltando para baixo. Foi um derretimento muito bom, embora só durasse um dia ou dois. Tritt estava preocupado com os derretimentos nessa altura. Com Annis ainda tão pequeno, até mesmo uma breve ausência era arriscada, embora sempre houvesse outros Paternais que podiam se incumbir dos pequenos.

Depois disso, Odeen mencionava Estwald de vez em quando. Ele sempre se referia a ele como "o Novo", mesmo que um tempo considerável já tivesse passado. Mas ainda não o tinha visto.

Uma vez ele tinha dito, quando Dua estava com eles, que achava que o estava evitando, "porque ele sabe muito a respeito do novo dispositivo. E eu não quero descobrir do que se trata, cedo demais. Aprender é muito divertido".

– A Bomba de Pósitron? – indagou Dua.

"Eis outra coisa engraçada em Dua", Tritt pensou. Isso o aborrecia. Ela era capaz de pronunciar as palavras difíceis quase tão bem quanto Odeen. Uma Emocional não deveria ser desse jeito.

Por isso Tritt resolveu que iria falar com Estwald, pois Odeen tinha dito que ele era brilhante. Além disso, Odeen nunca tinha visto Estwald, por isso este não poderia dizer: "Conversei com Odeen sobre isso, Tritt, e você não precisa se preocupar".

Todos achavam que se alguém falasse com o Racional, estaria falando com a tríade. Ninguém prestava atenção aos Paternais. Mas, desta vez, prestariam.

Tritt estava nas cavernas dos Durões, e tudo parecia diferente. Nada ali se parecia com alguma coisa que Tritt fosse capaz de compreender. Estava tudo errado; assustador. Mesmo assim, ele estava ansioso para ver Estwald e então se permitir ficar realmente com medo. Disse para si mesmo: "Eu quero a minha criazinha do meio". Isso lhe deu a firmeza necessária para prosseguir.

Finalmente, enxergou um Durão. Só havia esse. Fazendo alguma coisa. Curvado sobre algo. Fazendo algo. Odeen havia lhe dito, uma vez, que os Durões sempre estavam lidando com sua... seja lá o que fosse. Tritt não se lembrava e não fazia diferença.

Ele se deslocou com maciez, ergueu-se e disse:

– Senhor Durão.

O Durão olhou para ele e o vibrou à sua volta, daquele jeito que Odeen disse que vibrava quando dois Durões conversavam entre si, às vezes. Então aquele Durão realmente pareceu estar vendo Tritt e disse:

– Ora, um direitista. O que você está fazendo aqui? O seu esquerdista veio com você? É hoje que começa o semestre?

Tritt ignorou todas essas perguntas e disse:
- Onde posso encontrar Estwald, senhor?
- Quem?
- Estwald.
O Durão ficou silencioso por um longo tempo. Depois perguntou:
- O que você quer com Estwald, direitista?
Tritt sentiu sua teimosia.
- É importante que eu fale com ele. O *senhor* é Estwald, senhor Durão?
- Não, não sou... E qual é o seu nome, direitista?
- Tritt, senhor.
- Sei. Você é o direitista da tríade com Odeen, não é?
- Sim.
A voz do Durão pareceu se suavizar.
- Acho que por enquanto você não pode ver Estwald. Ele não está aqui. Se outra pessoa puder ajudar...
Tritt não sabia o que dizer. Simplesmente ficou ali em pé, plantado.
O Durão prosseguiu:
- Vá para casa, agora. Fale com Odeen, pois ele pode ajudá-lo. Tá bom? Vá para casa, direitista.
O Durão se virou. Parecia muito envolvido com outras questões que não Tritt, enquanto este ainda continuava ali, parado, incerto quanto ao que fazer. Então, se moveu até outra seção, silenciosamente, flutuando sem ruído. O Durão não ergueu os olhos.
Tritt não estava entendendo por que tinha ido naquela direção em especial. Primeiro, só sentiu que era gostoso fazer isso. Depois ficou claro para ele. Havia ali perto, em sua volta, uma fina quentura de comida e ele a estava mordiscando. Não tinha percebido que sentia fome, mas agora, o que comia era bom.
O sol não estava em parte alguma. Instintivamente ele olhou para cima, mas estava numa caverna, é óbvio. Ainda assim, a comida era melhor do que todas as vezes em que ele a encontrara na

superfície. Olhou para o alto, curioso. Ficou curioso, principalmente por estar tão curioso.

Algumas vezes ele tinha perdido a paciência com Odeen porque este cogitava muito sobre todas as coisas, coisas que nem sempre importavam. Agora ele – Tritt! – estava cogitando também. Mas era sobre uma coisa que *de fato* importava. Com um lampejo de lucidez que quase o deixou cego, compreendeu que não se dava ao trabalho de cogitar a menos que alguma coisa dentro dele lhe dissesse que era importante.

Maravilhado com sua própria audácia, agiu rapidamente. Depois de alguns instantes, voltou sobre os próprios passos. Resvalou novamente pelo Durão com quem tinha falado há poucos instantes.

– Estou indo de volta para casa, senhor.

O Durão apenas resmungou algo incoerente. Ainda estava fazendo alguma coisa, curvado sobre algo, ocupado com coisas bobas, sem enxergar o que realmente importava.

Se os Durões eram tão espetaculares e poderosos e inteligentes – pensou Tritt –, como podiam ser tão burros?

Dua percebeu que estava indo na direção das cavernas dos Durões. Em parte isso era porque o sol já tinha descido da linha do horizonte, e, assim, ela podia demorar mais um pouco para voltar para casa; desse modo, Dua podia adiar por mais um tempo o momento em que teria de ouvir as impertinências de Tritt e as sugestões semiconstrangidas e semirresignadas de Odeen. Em parte, também era por causa da atração que eles mesmos exerciam nela.

Ela sentia isso há muito tempo, aliás, desde que era bem pequena, e tinha desistido de tentar fingir que não era nada. Os Emocionais não deviam sentir esse tipo de atração. Às vezes, os Emocionais pequenos sentiam – Dua já tinha tamanho e experiência suficiente para saber disso –, mas esse sentimento desaparecia depressa ou eles eram prontamente desencorajados, caso estivesse demorando para sumir. Mas, enquanto ela mesma fora criança, continuara obstinadamente curiosa a respeito do mundo, do sol, das cavernas e de tudo o mais, até seu Paternal chegar e lhe dizer:

– Você é muito esquisita, Dua, minha querida. É uma criaturinha do meio muito estranha. O que será de você?

No início, ela não tinha a mais vaga noção do que era assim tão esquisito ou estranho em querer saber as coisas. Bem cedo, percebeu que seu Paternal não podia responder às suas perguntas. Uma vez, tinha tentado obter explicações do pai da esquerda, mas ele não agiu com ela com a mesma delicada surpresa do seu Paternal. Na verdade, fora muito brusco:

– Por que está perguntando, Dua? – e a expressão dele parecia severamente inquisitiva. Ela fugiu correndo, assustada, e não lhe perguntou mais nada.

Mas, um dia, outro Emocional de sua idade tinha gritado para ela "Emo-esquerdista", depois que ela dissera... não se lembrava o quê, mas tinha sido algo que lhe parecera muito natural. Dua tinha sido recriminada e não sabia por quê. Então tinha ido perguntar ao seu irmão esquerdista, bem mais velho, o que era uma "Emo-esquerdista". Ele se mostrara reticente, constrangido – evidentemente constrangido – e resmungou "Não sei", mesmo sendo óbvio que sabia.

Depois de pensar mais um pouco, ela foi até seu Paternal e perguntou:

– Sou uma Emo-esquerdista, papai?

E ele disse:

– Quem a chamou assim, Dua? Você não deve repetir essas palavras.

Ela flutuou até o canto mais perto dele, pensou um pouco sobre o que havia dito e então perguntou novamente:

– É ruim?

– Você vai superar isso – afirmou seu Paternal.

E então ele se permitiu arredondar um pouco a fim de fazer com que ela fosse lançada um pouco mais longe e vibrasse com uma brincadeira de que sempre tinha gostado muito. Agora, por algum motivo, ela não gostava mais, pois estava claro que ele não respondera à sua pergunta. Ela se afastou, pensativa. Ele sentenciou:

– Você vai superar – disse como quem afirmava que Dua

estava nessa condição. Mas qual *era* essa condição?

Mesmo naquele tempo, ela tivera alguns amigos de verdade entre os outros Emocionais. Eles gostavam de cochichar e achar graça das coisas em bando, mas ela preferia fluir sobre as rochas reviradas e aproveitar a sensação de sua rugosidade. Houve, no entanto, algumas crias do meio mais amistosas do que outras, e que lhe pareciam menos provocadoras. Tinha Doral, tão bobona quanto o resto, é verdade, mas que às vezes conversava de uma forma agradável. (Doral tinha crescido e entrado numa tríade com o irmão direitista de Dua e um jovem esquerdista de outro complexo de cavernas, um esquerdista de quem Dua não gostava muito. Depois, Doral tinha começado um esquerdista bebê e um direitista bebê em rápida sucessão e, depois disso, um bebê do meio. Também tinha se tornado tão densa que a tríade até parecia ter dois Paternais, e Dua ficou pensando... "Será que eles ainda conseguem derreter?". E Tritt insistia em lhe dizer que Doral tinha ajudado a formar uma boa tríade.)

Ela e Doral tinham um dia se sentado sozinhas, e Dua tinha cochichado:

– Doral, você sabe o que é uma Emo-esquerdista?

E Doral tremeu e se comprimiu como se quisesse evitar ser vista. Então disse:

– É uma Emocional que age como um Racional; você sabe, como um esquerdista. Entendeu? Emocional da Esquerda... Emo-esquerdista. Entendeu?

Claro que Dua tinha entendido. Tornara-se algo óbvio assim que ouviu a explicação. Ela mesma teria entendido no ato, se tivesse conseguido imaginar uma situação desse tipo.

– E como você sabe? – perguntou Dua.

– As meninas mais velhas me contaram.

A substância de Doral rodopiou, e Dua achou desagradável aquele movimento.

– É sujo – disse Doral.

– Por quê? – perguntou Dua.

— Porque é *sujo*. Os Emocionais não devem agir como os Racionais.

Dua nunca havia cogitado sobre essa possibilidade, mas agora cogitava:

— E *por que* não?

— Porque *sim*! Quer saber mais uma coisa que é suja?

Dua não conseguiu conter a curiosidade.

— O quê?

Doral não disse nada, mas uma porção dela subitamente se expandiu e raspou em Dua, que não esperava nada disso, antes que esta conseguisse formar um côncavo. Dua não gostou. Encolheu-se e disse:

— Não faça mais isso.

— Sabe o que mais é sujo? Você poder entrar numa rocha.

— Não, não é possível — disse Dua. Mas dizer isso era uma bobagem, pois Dua já havia muitas vezes se movimentado através da superfície externa das rochas, e gostado. Mas agora, no contexto dos boatos de Doral, ela se sentia revoltada e negava a coisa toda, até para si mesma.

— Sim, pode. A gente chama de esfregação. Os Emocionais podem fazer isso com facilidade. Os direitistas e esquerdistas só quando são bebês. Quando crescem, fazem isso um com o outro.

— Não acredito em você. Você está inventando.

— Eles fazem, estou lhe dizendo. Sabe Dimit?

— Não.

— Claro que sabe. Ela é a menina com o canto grosso, da caverna C.

— Aquela que flutua de um jeito esquisito?

— Ela. Por causa justamente do canto grosso. Uma vez ela entrou todinha numa rocha, menos o canto grosso. E deixou o irmão esquerdista vê-la fazendo isso, e ele então contou para o Paternal. Nem sei o que fizeram com ela. Só que nunca mais fez isso.

Aí Dua foi embora, muito perturbada. Ela não voltou a

conversar com Doral por muito tempo e nunca mais foi tão próxima dela, mas sua curiosidade fora aguçada.

Sua curiosidade? Por que não dizer sua Emo-esquerditice?

Certo dia, quando estava bem segura de que seu Paternal não estava por perto, Dua deixou-se derreter dentro de uma rocha, lentamente, só um pedacinho. Tinha sido a primeira vez que ela experimentava desde a infância, e não achava que já tivesse um dia tido a coragem de entrar tão fundo. Essa sensação era quente, mas quando veio para fora de novo sentiu-se como se todos pudessem ver o que tinha ocorrido com ela, como se a rocha tivesse deixado uma mancha nela.

Dua experimentava de novo, de vez em quando, com mais audácia, e cada vez se permitia gostar mais. Claro que nunca afundou realmente tudo.

Um dia, finalmente, acabou flagrada por seu Paternal, que se afastou demonstrando grande desprazer, e depois disso ela começou a tomar mais cuidado. Agora já estava mais crescida e sabia sem sombra de dúvida que, apesar das risadinhas que Doral tentava abafar, isso não era de jeito nenhum incomum. Praticamente todo Emocional fazia isso uma vez ou outra e alguns até admitiam-no francamente.

Conforme iam crescendo, isso acontecia cada vez menos, e Dua não achava que todos os Emocionais que ela conhecia fizessem isso depois que entravam para uma tríade e começavam a derreter da maneira apropriada. Era um de seus segredos (ela nunca contou a ninguém) que continuava fazendo isso e que uma ou duas vezes até tivesse se esfregado na rocha depois de já estar numa tríade. (Nessas poucas vezes Dua pensara: "E se Tritt descobrir?". De algum jeito, parecia que teria consequências formidáveis e capazes de realmente estragar o prazer.)

De modo confuso, ela encontrava desculpas para continuar com isso – desculpas que dava a si mesma – nos conflitos com os outros. O apelido de Emo-esquerdista começou a persegui-la por toda parte, numa espécie de humilhação pública. Houve um período em sua vida em que Dua fora levada a viver num isolamento de ermitã, a fim de escapar à pressão. Se ela começava a preferir a solidão, era a confirmação de que precisavam. E, como estava só, descobriu nas rochas uma forma de consolo. A esfregação nas rochas, suja ou não, era um ato solitário, e eles a estavam obrigando à solidão.

Ou pelo menos era o que ela dizia a si mesma.

Dua tentara revidar uma vez: "Vocês são um bando de Emo-direitistas, um bando de sujos", dirigindo-se para aquelas crias do meio que a ofendiam. Mas essas apenas caíram na risada e Dua saiu rápida, fugindo, sentindo-se confusa e frustrada. E eram *mesmo*. Quase todo Emocional, quando se aproximava a idade de formar uma tríade, se interessava por bebês e ficava falando a respeito como se cantasse, imitando os Paternais, o que Dua achava repugnante. Ela mesma nunca sentira esse tipo de interesse. Os bebês eram apenas bebês; eram coisas para o irmão direitista se preocupar.

Aquela xingação toda acabou quando Dua ficou maior. Serviu-lhe bem que ela tivesse conservado a estrutura rarefeita das meninas e pudesse fluir com um rodopio enevoado que ninguém mais era capaz de copiar. E quando cada vez mais direitistas e esquerdistas começaram a manifestar seu interesse por ela, os outros Emocionais acharam difícil zombar dela.

Entretanto, agora que mais ninguém ousava faltar com o respeito ao falar de Dua (pois era fato conhecido em todas as cavernas que Odeen era o mais destacado Racional de sua geração, e que Dua era sua intermediadora), ela mesma sabia que era uma Emo-esquerdista irremediável.

Dua não achava isso sujo – não mesmo –, mas de vez em quando se pegava querendo ser uma Racional e então ficava muito desconcertada. Ficava pensando se alguma vez – ou só de vez em quando – outros Emocionais também queriam isso e se não seria a razão, pelo menos em parte, de ela não querer um Emocional bebê, porque não se sentia uma Emocional de verdade e também não cumpria direito seu papel na tríade...

Odeen não se importava que ela fosse uma Emo-esquerdista. Ele nunca a chamava assim, mas gostava do interesse que ela demonstrava por sua vida; gostava das perguntas dela e procurava explicar as coisas. Também gostava de como ela era capaz de entender. Ele até a defendia quando Tritt ficava com ciúme; bom, não ciúme, propriamente, mas com aquele sentimento de que as coisas não estavam em ordem de acordo com sua visão de mundo limitada e obstinada.

Odeen a levara às cavernas dos Durões em certas oportunidades, ansioso para se exibir para Dua e obviamente contente com o fato de ela se impressionar tanto. E ela, de fato ficava impressionada, não tanto com o claro fato de ele conhecer tantas coisas e ser tão inteligente, mas com a atitude dele de não se incomodar em repartir seus conhecimentos. (Ela se lembrava da resposta hostil de seu pai da esquerda naquela única vez em que lhe fizera uma pergunta.) Dua nunca amara tanto Odeen quanto no momento em que ele lhe havia permitido compartilhar sua vida, e até isso era parte de sua Emo-esquerditice.

Várias vezes ocorrera a Dua, sendo como era, que se aproximara mais naturalmente de Odeen do que de Tritt, outra razão pela qual as impertinências deste a incomodavam tanto. Odeen nunca insinuara nada disso, mas talvez Tritt pressentisse a repulsa que Dua sentia e não conseguisse percebê-la completamente, mas era o suficiente para ficar infeliz por causa disso, sem ser capaz de explicar por quê.

Na primeira vez em que Dua fora a uma caverna dos Durões, ela ouvira dois deles conversando. Naturalmente ela não sabia que eles estavam falando. O ar estava vibrando com rapidez, mudando depressa, e isso criava um zumbido desagradável no seu íntimo. Dua teve de se rarefazer e deixar que a vibração passasse através dela.

Odeen tinha dito "Eles estão falando", então acrescentara rapidamente, antecipando alguma objeção dela, "Do jeito *deles*. Eles se entendem".

Dua conseguiu captar a ideia. Era ainda mais agradável entender rapidamente porque isso deixava Odeen muito satisfeito. (Uma vez ele dissera que nenhum dos outros Racionais que conhecia achava que os Emocionais fossem mais do que um bando de cabeças-ocas. Ele se achava sortudo, por isso.) Dua questionara:

— Mas os outros Racionais parecem gostar de cabeças-ocas. Por que você é diferente deles, Odeen?

Odeen não negava que os outros Racionais gostavam de cabeças-ocas. Ele apenas respondeu:

— Nunca entendi e não acho que seja importante entender. Estou satisfeito com você e satisfeito por estar satisfeito.

Dua então perguntou:

— *Você* consegue entender a conversa dos Durões?

— Não — disse Odeen. — Consigo sentir as mudanças com grande rapidez. Às vezes, tenho uma noção do que estão dizendo, mesmo sem entender, especialmente depois de termos derretido. Mas só de vez em quando. Ter esse tipo de sensação realmente é um truque dos Emocionais, exceto quando é um deles que faz isso, e mesmo então nem esse Emocional consegue entender o que está sentindo. Mas *você* entenderia.

Dua contestou:

— Eu teria medo disso. Eles talvez não gostassem.

— Ah, vá em frente. Estou curioso. Veja se consegue perceber o que eles estão conversando.

— Será? Mesmo?

— Vá em frente. Se eles perceberem alguma coisa e se aborrecerem, direi que obriguei você a isso.

— Você promete?

— Prometo.

Sentindo-se muito agitada, Dua permitiu-se estender até onde estavam os Durões e adotou a passividade total que permitia a ingestão de sensações.

Ela disse:

— Excitação! Estão excitados. Alguém novo.

– Talvez seja Estwald – cogitou Odeen.
Era a primeira vez que Dua ouvia esse nome. Ela comentou:
– Engraçado...
– O que é engraçado?
– Tenho a sensação de um grande sol. Um sol realmente grande.
Odeen pareceu pensativo.
– Eles podem estar falando disso.
– Mas como pode ser?
Foi justamente nesse momento que os Durões viram os dois. Aproximaram-se de modo amistoso e cumprimentaram-nos, falando como os Suaves falam. Dua ficou terrivelmente envergonhada e pensou se eles teriam percebido o que ela estava sentindo. Se perceberam, não disseram nada. (Mais tarde, Odeen disse que era muito raro deparar com Durões conversando entre si, ao seu próprio modo. Eles sempre adotavam o modo dos Suaves e pareciam sempre interromper seu trabalho quando os Suaves estavam lá. "Eles gostam muito de nós", dissera Odeen, "são muito gentis".)

De vez em quando, ele a levava para baixo, até as cavernas dos Durões – em geral quando Tritt estava inteiramente envolvido com as crianças. Odeen tampouco tinha se dado ao trabalho de dizer a Tritt que tinha levado Dua até lá embaixo. Isso certamente despertaria alguma reação, culpando a iniciativa de Odeen como a razão que havia simplesmente incentivado a relutância de Dua em ir até o sol e, por isso, tornado o derretimento tão ineficaz... Era difícil falar com Tritt por mais de cinco minutos sem que "derreter" aparecesse na conversa.

Ela havia descido sozinha até a caverna dos Durões uma ou duas vezes. Sempre sentira certo receio em falar com eles, embora os que havia conhecido sempre fossem amistosos, sempre "muito gentis", como Odeen dissera. Mas eles não pareciam levá-la a sério. Mostravam-se satisfeitos, mas também, de alguma maneira, se divertiam – isso ela podia definitivamente sentir – quando ela perguntava coisas. E quando respondiam, era de um jeito simples, que não continha informações. "É só uma máquina, Dua. Odeen podia ter dito isso para você."

Ela não sabia se tinha ou não conhecido Estwald. Nunca se arriscava a perguntar os nomes dos Durões que encontrava (exceto Losten, a quem Odeen a apresentara e de quem já tinha ouvido falar bastante). Às vezes, parecia que este ou aquele Durão poderia ser ele. Odeen falava dele com grande admiração e um discreto ressentimento.

Dua entendia que Odeen estava tremendamente envolvido num trabalho de grande importância para poder se encontrar nas cavernas, acessível aos Suaves.

Ela reuniu os pedacinhos que Odeen lhe havia oferecido e, aos poucos, descobriu que o mundo precisava terrivelmente de comida. Raramente Odeen chamava isso de comida. Em vez disso, ele dizia "energia" e comentara que essa era a palavra usada pelos Durões.

O sol estava arrefecendo, morrendo, mas Estwald tinha descoberto como encontrar energia numa fonte muito distante, muito além do sol, muito além das sete estrelas que brilhavam no escuro do céu noturno. (Odeen dissera que as sete estrelas eram sete sóis muito distantes e que havia muitas outras estrelas ainda mais distantes e tênues demais para serem vistas. Tritt tinha ouvido quando ele falara sobre isso e tinha perguntado para que servia a existência das estrelas se elas não podiam ser vistas; além disso, ele não acreditava numa palavra de nada disso. Odeen dissera: "Ora, Tritt", com grande paciência. Dua quase dissera alguma coisa muito semelhante ao comentário de Tritt, mas então mudara de ideia.)

Agora parecia que iria haver energia abundante para sempre. Alimento em abundância, pelo menos desde que Estwald e os outros Durões aprendessem a fazer a nova energia ter o gosto certo.

Tinham se passado apenas alguns dias desde que Dua perguntara a Odeen se ele se lembrava, há muito tempo, quando a levara até as cavernas dos Durões e ali ela sentira o que eles estavam falando e percebera que era a sensação de um grande sol.

Odeen pareceu aturdido por um momento.

– Não estou certo. Mas continue, Dua. O que é?

– Estive pensando. O grande sol é a fonte da nova energia?

Odeen disse, com felicidade:

– Isso é bom, Dua, não exatamente certo, mas é uma intuição muito boa para uma Emocional.

E agora Dua vinha se movimentando lentamente, até com relativa rabugice, durante todo esse tempo em que seus devaneios a haviam ocupado. Sem prestar atenção à passagem do tempo ou do espaço, ela se encontrou nas cavernas dos Durões; estava apenas começando a pensar se realmente tinha retardado tudo que lhe era possível e se não seria melhor dar meia-volta e rumar para casa agora, encarando a inevitável chateação de Tritt, quando – quase como se pensar em Tritt tivesse provocado isso – ela sentiu a presença dele.

Era uma sensação tão forte que só por um instante ela achou que de alguma maneira estava captando os sentimentos dele lá longe, na caverna que era seu lar. *Não!* Ele estava ali, bem ali, nas cavernas dos Durões, com ela. Mas o que ele poderia estar fazendo ali? Estaria atrás dela? Queria arrumar uma discussão com ela *ali*? Será que estaria como um tolo suplicando para os Durões? Dua achava que não iria suportar isso...

Então, o temor a abandonou e foi substituído por um espanto enorme. Tritt não estava absolutamente pensando nela. Ele tinha de estar alheio à sua presença ali. A respeito de Tritt ela só conseguia perceber um avassalador sentimento de determinação de alguma espécie, misturado com medo e apreensão a respeito de algo que ele iria fazer. Dua poderia ter penetrado mais fundo e descoberto alguma coisa, pelo menos, sobre o que ele tinha feito e por quê; mas nada estava mais distante de seus pensamentos. Como Tritt não sabia que ela estava por perto, Dua queria se certificar de apenas uma coisa: que ele continuasse não sabendo.

Quase que por puro reflexo, ela fez então uma coisa que um instante atrás poderia ter jurado jamais sonhar em fazer, fossem quais fossem as circunstâncias. Talvez (ela pensou depois) fosse por causa de sua inconsequente reminiscência daquela conversa entre menininhas que tivera com Doral, ou de suas lembranças de ter experimentado tanto se esfregar nas rochas. (Havia uma palavra adulta complicada para isso, mas ela a achava muito mais constrangedora do que a que as crianças usavam.)

De todo modo, sem saber muito bem o que estava fazendo ou – por algum tempo depois – o que tinha feito, ela simplesmente fluiu apressadamente para dentro da parede mais próxima.

Dentro dela! Ela inteira!

O horror do que havia feito tinha sido mitigado pela perfeição com que realizara tal feito. Tritt passara ali, quase tocando a parede, e continuara absolutamente alheio ao fato de que, numa certa altura, ele poderia ter se estendido e tocado sua intermediadora.

Nesse ponto, Dua não tinha espaço para cogitar sobre o que Tritt estaria fazendo ali nas cavernas dos Durões, além de ter ido buscá-la. Ela se esqueceu completamente de Tritt.

O que a preenchia, em vez desse pensamento, era o espanto absoluto de estar onde estava. Mesmo na infância, Dua não havia derretido inteiramente dentro de uma rocha nem conhecido ninguém que confessasse tê-lo feito (embora inevitavelmente existissem histórias de outros casos). Seguramente, nenhum Emocional adulto tinha feito isso ou *poderia* fazê-lo. Dua estava anormalmente rarefeita, mesmo para uma Emocional (Odeen gostava de lhe dizer isso), e o fato de evitar tanto comer acentuava isso (como Tritt repetia frequentemente).

O que ela acabara de fazer indicava o quanto era capaz de se rarefazer, muito mais do que um direitista poderia sequer recriminá-la, e, por um minuto, ficou envergonhada e triste por Tritt. Então foi varrida por uma vergonha ainda mais profunda: e se fosse flagrada? Ela, uma adulta...

Se um Durão passasse e se demorasse por ali... não era possível que ela conseguisse emergir se alguém estivesse vendo, mas quanto tempo mais poderia ficar lá dentro? E se a descobrissem ali, na rocha? Então, enquanto pensava nisso, Dua sentiu os Durões e de alguma maneira compreendeu que estavam longe dali.

Ela parou, tentando se acalmar. A rocha que a permeava e rodeava impunha uma espécie de tonalidade cinzenta à sua percepção, mas não a toldava. Em vez disso, Dua podia sentir com mais nitidez. Podia continuar sentindo Tritt em seu movimento consistente para baixo, com a clareza de como se ele estivesse ao lado dela, e, também, captava os Durões, embora estivessem à distância de um complexo de cavernas. Dua *via* os Durões, cada um deles, todos em seus devidos lugares, e podia sentir sua fala vibratória nos mínimos detalhes, além de conseguir captar trechos do que estavam efetivamente dizendo.

Ela estava sentindo como nunca sentira antes ou sonhara que conseguiria sentir. Por isso, embora pudesse sair de dentro da rocha, agora, segura em seu conhecimento de que estava sozinha e de que ninguém a observava, não o fez. Em parte por causa do aturdimento da situação toda, em parte pela curiosa exaltação que sentia por compreender e desejar experimentar isso ainda mais fundo.

Sua sensibilidade estava tão exacerbada que Dua inclusive sabia *por que* era sensível. Odeen havia comentado várias vezes que entendia melhor as coisas após um período de derretimento, mesmo que antes não tivesse entendido aquilo tão bem. Havia algo no estado derretido que aumentava incrivelmente a sensibilidade; ele absorvia mais, usava mais, e explicara que era graças à maior densidade atômica durante o derretimento.

Embora Dua não estivesse certa do que queria dizer "maior densidade atômica", isso ocorria com o derretimento; e não era essa atual situação um tipo de derretimento? Ela não se havia derretido com a rocha?

Quando a tríade derretia, toda a sensibilidade gerada beneficiava Odeen. O Racional a absorvia, sua compreensão se ampliava e ele retinha essa compreensão após a separação dos três. Mas, agora, Dua era a única consciência derretida. Ela mesma era a rocha. Havia uma "maior densidade atômica" (será?), da qual somente ela estava se beneficiando.

(Seria por isso que esfregação na rocha era considerada uma perversão? Por isso os Emocionais eram advertidos a evitá-la? Ou era somente uma proibição para Dua, por ser tão rarefeita? Ou porque era uma Emo-esquerdista?)

Então Dua parou de especular e ficou simplesmente sentindo, fascinada. Estava apenas mecanicamente consciente de que Tritt estava de volta, movendo-se ao longo da parede em que ela estava, refazendo o caminho por onde tinha vindo. Dua só estava mecanicamente ciente – quase não sentindo a menor surpresa – de que também Odeen estava subindo de volta das cavernas dos Durões. Ela captava apenas os Durões, somente eles, tentando discernir melhor suas próprias percepções, aproveitá-las ao máximo.

Passou-se um longo tempo antes que ela se descolasse e fluísse para fora da rocha. E, quando chegou esse momento, Dua não estava mais tão aflita com a possibilidade de que a estivessem observando. Estava bastante confiante em sua capacidade sensitiva para saber que não a veriam. E voltou para casa, profundamente imersa em seus pensamentos.

3b

Odeen tinha voltado para casa para encontrar Tritt, que esperava por ele, mas Dua ainda não havia regressado. Tritt não parecia incomodado com isso. Pelo menos, se estava incomodado, não era com *isso*. As emoções de Tritt estavam bem intensas, e Odeen era capaz de senti-las claramente, mas deixou que elas passassem sem prová-las. Era a ausência de Dua que deixava Odeen inquieto; para ser mais preciso, ele estava aborrecido porque a presença de Tritt simplesmente não era a de Dua.

Com isso até ele se sentiu surpreso. Não era possível negar a si mesmo que, dos dois, Tritt era o mais querido para ele. No plano ideal, todos os integrantes da tríade eram um só, e cada um deles deveria tratar os outros dois sempre em pé de igualdade, tanto externamente como no próprio íntimo. Apesar disso, Odeen nunca conhecera uma tríade em que as coisas se passassem assim, e menos ainda entre aqueles que proclamavam em alto e bom som que sua tríade era ideal a esse respeito. Um dos três sempre era um pouco deixado de lado e também sabia disso.

Entretanto, isso raramente acontecia com um Emocional. Eles se apoiavam dentro da tríade numa medida em que os Racionais e os Paternais nunca apoiavam. Os Racionais tinham seu professor, rezava a lenda, e os Paternais, seus filhos, mas os Emocionais tinham todos os outros Emocionais.

Os Emocionais comparavam suas experiências, e, se alguém alegasse negligência ou fosse levado a isso, era enviado de volta com uma magra lista de instruções para ficar firme e exigir! E como derreter dependia muito da criatura Emocional e de sua atitude, ela costumava ser paparicada tanto por direitistas como por esquerdistas.

Odeen adorava que Dua se interessasse tanto por seu trabalho. Adorava que ela se preocupasse tanto e fosse tão notavelmente ágil para compreender, mas esse era um amor intelectual. O seu sentimento mais profundo ia para o monótono e estúpido Tritt, que conhecia muito bem seu lugar e era capaz de oferecer tão pouco além do que de fato importava: a segurança da rotina garantida.

Mas agora Odeen estava se sentindo petulante e perguntou:

– Você sabe onde Dua está, Tritt?

Tritt não respondeu diretamente. Apenas disse:

– Estou ocupado. Te vejo mais tarde. Estive fazendo umas coisas.

– Onde estão as crianças? Você também havia saído? Você me dá a sensação de que ficou fora...

Uma nuance de descontentamento tornou-se evidente na voz de Tritt.

– As crianças são bem-educadas. Sabem o bastante para se colocar sob os cuidados da comunidade. Ora, Odeen, já não são bebês.

Mas não negou a aura de "ter-se afastado" que ainda transpirava ligeiramente.

– Desculpe, é que estou ansioso para ver Dua.

– Você deveria sentir mais vezes – disse Tritt. – Você está sempre me dizendo que a deixe em paz. Procure por ela. – E se afastou, rumo aos recessos mais fundos da caverna.

Odeen olhou para seu direitista com surpresa. Em praticamente qualquer outra situação ele teria ido atrás dele, na tentativa de sondar melhor aquela inquietação incomum que estava se tornando bem evidente através da natural densidade de um Paternal. O que Tritt teria feito? Mas ele estava esperando por Dua e ficando cada vez mais ansioso, de modo que acabou deixando Tritt sair.

A ansiedade deixava a sensibilidade de Odeen mais aguçada. Entre os Racionais sempre havia um orgulho perverso por sua relativa pobreza perceptiva. Essa percepção não era uma coisa da mente, era mais característica dos Emocionais. Odeen era o Racional dos Racionais, orgulhoso de raciocinar em vez de sentir; agora, porém, atirava a rede imperfeita de sua percepção emocional o mais longe que conseguia e, só por um momento, desejaria ser um Emocional para poder lançá-la ainda mais longe e melhor.

Entretanto, acabou servindo aos seus propósitos, mesmo assim. Ele conseguiu detectar a aproximação de Dua, enfim, a uma distância incomum – para ele –, e apressou-se a ir ao seu encontro. E, como ele a havia identificado tão distante, estava mais ciente de sua rarefação do que de costume. Ela não passava de uma névoa delicada, agora.

Tritt estava certo, Odeen pensou com uma súbita e aguda apreensão. Dua *deve* ser obrigada a comer e a derreter. O interesse dela pela vida *deve* aumentar.

Odeen estava tão obcecado com essa necessidade que, quando ela voou perto dele e quase o engolfou em seu fluxo, inteiramente alheia ao fato de não estarem num espaço privado e de poderem ser observados, e lhe disse "Odeen, eu preciso saber... preciso saber tantas coisas...", ele acatou essa revelação como um complemento de suas próprias ponderações e nem sequer considerou-a estranha.

Cuidadosamente, Odeen se afastou deslizando, tentando adotar uma união mais contínua a fim de não dar a impressão de que a estivesse repelindo.

– Venha – disse Odeen. – Estava esperando por você. Diga-me o que você quer saber. Vou explicar-lhe tudo que puder.

Eles estavam se movimentando rapidamente em direção à casa. Odeen prontamente se adaptava à ondulação característica dos Emocionais.

– Fale-me do outro universo. Por que eles são diferentes? Como são diferentes? Diga-me tudo sobre isso – pediu Dua.

Não ocorreu a Dua que ela poderia estar pedindo demais. Mas ocorreu a Odeen. Ele se sentiu rico com uma estonteante quantidade de conhecimentos e estava quase perguntando a ela como é que sabia tanto sobre o outro universo a ponto de sentir curiosidade a respeito. Mas reprimiu sua pergunta. Dua estava chegando das cavernas dos Durões. Talvez Losten tivesse falado com ela, desconfiando que, apesar de tudo, Odeen ficaria orgulhoso de seu *status* para ajudar sua intermediadora.

Não tanto, porém, Odeen ponderou com gravidade. E ele não iria indagar nada. Apenas explicaria.

Tritt se precipitou sobre eles quando chegaram a casa. – Se vocês dois vão conversar, entrem na alcova de Dua. Estarei ocupado aqui. Preciso cuidar das crianças para que fiquem limpas e façam seus exercícios. Não tenho tempo para derreter. Sem derreter.

Nem Odeen, nem Dua estavam pensando em derreter, mas também nenhum deles pensou em absoluto em desobedecer tal instrução. A casa de um Paternal era seu castelo. O Racional tinha suas cavernas dos Durões, lá embaixo, e os Emocionais, seus pontos de encontro, na superfície. O Paternal só tinha sua casa.

Portanto, Odeen concordou:

– Sim, Tritt. Vamos sair da sua frente.

E Dua estendeu breve e amorosamente uma parte de si mesma, dizendo:

– É bom ver você, querido direitista. (Odeen ficou pensando se aquele gesto dela era em parte de alívio pelo fato de não ser pressionada a derreter. Tritt costumava exagerar um pouco. Aliás, um pouco mais do que os Paternais costumavam fazer.)

Em sua alcova, Dua olhou fixamente para seu lugar particular de comer. Em geral, ela o ignorava. Tinha sido ideia de Odeen. Ele sabia que essas coisas existiam e, como havia explicado para Tritt, se Dua não gostava de se enturmar com o bando dos outros Emocionais, era perfeitamente possível conduzir energia solar até as cavernas lá embaixo a fim de que ela se alimentasse ali.

Tritt tinha se sentido horrorizado. Isso não se fazia. Os outros iriam dar risada. Aquela tríade entraria em desgraça. Por que Dua não se comportava como deveria?

– Sim, Tritt – disse Odeen –, mas se ela não se comporta como deveria, então por que não fazer o gosto dela? É tão terrível assim? Ela vai comer em particular, ganhar substância, deixar todos mais felizes; ela mesma se tornará mais feliz e, talvez, acabe até aprendendo a se enturmar.

Tritt permitiu enfim e até mesmo Dua consentiu – depois de um pouco de discussão –, mas insistiu que fosse uma instalação simples. Então não havia mais nada além de dois bastões que serviam como eletrodos, abastecidos pela energia solar, com espaço para Dua se posicionar entre os dois.

Dua raramente o usava, mas dessa vez estava olhando para o dispositivo e disse:

– Tritt decorou isto aqui... a menos que você o tenha feito, Odeen.

– Eu? Claro que não.

Um padrão de desenhos em tons de argila estava na base de cada eletrodo.

– Imagino que esse seja o jeito dele de dizer que gostaria que eu o usasse – Dua comentou –, e eu *estou* com fome. Além disso, se estou comendo, Tritt nem sonharia em me interromper, não é mesmo?

– Não – afirmou Odeen, com seriedade. – Tritt pararia o mundo se achasse que o movimento poderia atrapalhar sua alimentação.

– Bom, *estou* com fome – disse Dua.

Odeen captou um traço de culpa em Dua. Culpa por causa de Tritt? Por estar com fome? Por que ela se sentiria culpada por sentir fome? Será que tinha feito alguma coisa que consumira sua energia e estava faminta...

Com impaciência, Odeen desvencilhou sua mente dessa conjectura. Houve momentos em que um Racional poderia ser Racional *demais* e ir no encalço de todo pensamento, em detrimento do que era importante. Neste momento, era importante falar com Dua.

Ela se sentou entre os eletrodos e quando se espremeu para fazer isso, seu tamanho tão pequeno ficou muito dolorosamente nítido. Odeen também estava com fome. Ele sabia por que os eletrodos pareciam mais brilhantes do que de costume. E ele era capaz de sentir o sabor da comida, mesmo àquela distância, e era uma delícia. Quando a gente sente fome, a comida sempre tem mais sabor do que em outros momentos, e até a distâncias maiores... Mas ele comeria mais tarde.

– Meu querido esquerdista, em vez de só ficar aí quieto, sentado, fale comigo. Quero saber – disse Dua. Ela havia adotado (inconscientemente?) o formato ovoide dos Racionais, como se com isso pretendesse deixar mais claro que queria ser aceita como um deles.

Odeen então respondeu:

– Não posso explicar tudo. A ciência toda, quer dizer, pois você não teve base. Tentarei simplificar, e você apenas escute. Depois, diga-me o que não entendeu e eu tentarei explicar melhor. Primeiro, você precisa saber que tudo é feito de partículas diminutas chamadas átomos, e esses são feitos de pedacinhos ainda menores, chamados partículas subatômicas.

– Sim, sim – disse Dua. – É por isso que podemos derreter.

– Exatamente. Porque, de fato, somos praticamente espaço vazio. Todas as partículas estão distantes, e as suas, as minhas e as de Tritt podem todas derreter juntas porque elas se encaixam nos espaços vazios em volta dos outros conjuntos. A razão pela qual a matéria não sai voando fragmentada é que as pequenas partículas conseguem se manter juntas, através do espaço que as separa. Existem forças de atração mantendo-as juntas, e a mais potente delas é aquela que chamamos de força nuclear. Esta mantém as principais partículas subatômicas *muito* firmemente unidas em feixes espalhados num amplo espectro, mas que se conservam juntas por forças mais fracas. Você entende isso?

– Só um pouco – comentou Dua.

– Bom, não importa. Depois podemos voltar nesse ponto... A matéria pode existir em estados diferentes. Ela pode estar especialmente espalhada, como nos Emocionais, como em você, Dua. Pode estar um pouco menos espalhada, como nos Racionais e nos Paternais. Ou ainda menos, como nas rochas. Pode estar muito comprimida ou densa, como nos Durões. É por isso que são duros. São cheios de partículas.

– Você quer dizer que neles não há espaços vazios.

– Não, não é bem isso que estou querendo dizer – corrigiu Odeen, confuso, procurando uma maneira de esclarecer melhor as coisas. – Eles ainda têm muito espaço vazio, mas não tanto quanto nós. As partículas precisam de um pouco de espaço vazio e, se isso é tudo que têm, então outras partículas não conseguem se espremer para entrar. Se as partículas são forçadas a entrar, causam dor. É por isso que os Durões não gostam de ser tocados por nós. Nós, os Suaves, temos *mais* espaço entre as partículas do que o necessário, então as outras partículas cabem em nós.

Dua não parecia ter muita certeza disso.

Odeen apressou-se em continuar:

– No outro universo, as regras são diferentes. A força nuclear não é tão potente como no nosso. Isso significa que as partículas precisam de mais espaço.

– Por quê?

– Porque... porque... as partículas disseminam mais suas formas ondulatórias. – Odeen balançou a cabeça. – Não consigo explicar melhor do que isso. Com uma força nuclear menor, as partículas precisam de mais espaço, e duas partes de matéria não podem derreter juntas com a mesma facilidade que no nosso universo.

— Podemos ver o outro universo?

— Ah, não. Isso não é possível. Podemos deduzir sua natureza com base em suas leis básicas. Mas os Durões podem fazer uma grande quantidade de coisas. Podemos enviar material para eles através do espaço e receber material deles. Podemos estudar o que chega, entende, e podemos montar a Bomba de Pósitron. Você sabe o que é isso, não é?

— Bom, você me disse que tiramos energia dela. Eu não sabia que outro universo estava envolvido... Como é o outro universo? Eles têm estrelas e mundos como nós?

— Essa é uma excelente pergunta, Dua. — Odeen estava apreciando seu papel de professor mais intensamente do que de hábito, agora que contava com apoio oficial para falar. (Antes ele sempre sentira que havia uma espécie de perversão insidiosa em tentar explicar as coisas para um Emocional.) Então continuou:

— Não podemos ver o outro universo, mas podemos calcular como deve ser a partir de suas leis. Olha só: o que faz as estrelas brilharem é a gradual combinação de partículas simples em combinações mais complicadas. Chamamos isso de fusão nuclear.

— Eles têm isso no outro universo?

— Sim, mas como a força nuclear é menor, a fusão é muito mais lenta. Isso quer dizer que as estrelas devem ser muito, muito maiores no outro universo, pois, caso contrário, não ocorreria fusão suficiente para que elas brilhassem. As estrelas do outro universo, que não forem maiores do que o nosso sol, estarão frias e mortas. Por outro lado, se as estrelas do nosso universo fossem maiores do que são, a quantidade da fusão seria tão grande que as explodiria. Isso significa que, no nosso universo, devem existir milhares de vezes mais estrelas pequenas do que lá, onde há maiores estrelas do que aqui...

— Nós temos somente sete — começou Dua e acrescentou: — Esqueci.

Odeen sorriu, indulgente. Era muito fácil esquecer as estrelas não contadas que não podiam ser vistas, exceto por meio de instrumentos especiais.

– Sem problemas. Você não se incomoda se eu te chatear com tudo isso... – disse Odeen.

– Você não está me chateando – respondeu Dua. – Eu *adoro* isso. Faz até a comida ficar com um sabor gostoso. – E ela se instalou oscilando entre os dois eletrodos, com uma espécie de estremecimento de prazer.

Odeen, que nunca tinha ouvido Dua fazer nenhum comentário positivo sobre comida, sentiu-se ainda mais estimulado.

– Claro que o nosso universo não dura tanto quanto o deles. A fusão se dá tão depressa que todas as partículas são combinadas após um milhão de ciclos vitais.

– Mas existem tantas estrelas...

– Ah, mas você percebe que elas estão todas indo ao mesmo tempo. O universo inteiro está morrendo. No outro universo, com tão menos e maiores estrelas, a fusão ocorre tão devagar que elas duram milhares e milhões de anos mais que as nossas. É difícil comparar porque pode ser que o tempo transcorra em diferentes velocidades nesses dois universos. – Depois, acrescentou com alguma relutância:

– Nem eu mesmo entendo bem essa parte. Pertence à Teoria de Estwald e ainda não avancei muito nos estudos.

– Foi Estwald quem arquitetou tudo isso?

– Uma grande parte.

– É maravilhoso que estejamos obtendo comida do outro universo, então. Quer dizer, não importa se o nosso sol morrer. Podemos conseguir toda a comida que precisarmos do outro universo – concluiu Dua.

– É isso mesmo.

– Mas não acontece nada ruim? Tenho a sensação... de que acontece alguma coisa ruim.

– Bom – disse Odeen –, transferimos matéria de lá para cá e de cá para lá para construir a Bomba de Pósitrons, e isso significa que os dois universos se misturaram um pouco. Nossa força nuclear se torna um pouquinho mais fraca e com isso a fusão do nosso sol se retarda ligeiramente e esfria um pouco mais depressa... Mas muito pouco e, de todo modo, não precisamos mais dele.

– Não é esse o sentimento de alguma coisa ruim que eu registro. Se a força nuclear se torna um tiquinho mais fraca, então os átomos ocupam mais espaço, certo? E então o que acontece com o derretimento?

– Isso fica um pouco mais difícil, mas levaria muitos milhões de ciclos vitais até que começasse a ser perceptível essa dificuldade maior para derreter. Mesmo que algum dia derreter fosse impossível e que os Suaves morressem, isso só aconteceria muito, muito tempo depois de nós termos morrido por falta de comida, se não estivéssemos usando o outro universo.

– Isso também ainda não é o sentimento da coisa ruim... – e a voz de Dua estava começando a arrastar. Ela se remexia entre os eletrodos e, ao olhar gratificado de Odeen, parecia visivelmente maior e mais compacta. Era como se as palavras dele, assim como a comida, a estivessem alimentando.

Losten tinha razão! A educação a levava mais perto de se sentir satisfeita com a vida. Odeen era capaz de captar em Dua uma espécie de alegria sensual que praticamente nunca havia sentido antes.

– É muita consideração sua me explicar tudo isso, Odeen. Você é um bom esquerdista – comentou Dua.

– Quer que eu continue? – Odeen perguntou, lisonjeado e ainda mais satisfeito do que lhe era possível expressar. – Mais alguma coisa que você queira perguntar?

– Muitas coisas, Odeen, mas... agora não. Agora não, Odeen. Oh, Odeen, você sabe o que eu quero fazer?

Odeen soube no mesmo instante, mas era muito cauteloso para dizê-lo abertamente. Os momentos de iniciativa erótica de Dua eram raros demais e deveriam ser tratados com o máximo cuidado. Odeen estava torcendo desesperadamente para que

Tritt não estivesse tão envolvido com as crianças que a tríade não pudesse aproveitar a oportunidade.

Tritt, porém, já estava no quarto de Dua. Será que estivera do outro lado da porta a sua espera? Não fazia diferença. Não havia tempo para pensar nisso.

Dua saíra flutuando do intervalo entre os eletrodos, e os sentidos de Odeen estavam inundados com a beleza dela. Dua, agora, estava entre eles, e através dela Tritt reluziu e seus contornos brilharam em labaredas de cor inacreditável.

Nunca fora assim. Nunca.

Odeen se conteve desesperadamente, deixando que sua própria substância fluísse através de Dua e alcançasse Tritt, um átomo por vez. Ele tentava com todas as suas forças não se entregar a uma penetração avassaladora de Dua, não se entregar individualmente ao êxtase, mas fazer com que fosse provocado. Odeen queria se manter consciente até o último instante possível e, então, apagou num derradeiro transporte de tal intensidade que se sentiu explodindo, ecoando e reverberando infinitamente em seu próprio interior.

Nunca, em toda a existência da tríade, o período de inconsciência no derretimento durou tanto tempo.

Tritt estava contente. O derretimento tinha sido muito satisfatório. Todas as ocasiões anteriores pareceram precárias e rasas em comparação a essa. Ele estava profundamente feliz com o que tinha acontecido, mas ficou quieto. Achou melhor não falar.

Odeen e Dua também estavam felizes. Tritt percebia claramente. Até as crianças pareciam reluzir.

Mas, dos três, Tritt naturalmente era o mais feliz.

Ele tinha ouvido Odeen e Dua conversando. Não tinha entendido nada, mas não fazia diferença. Ele não se importava que parecessem tão contentes um com o outro. Ele tivera o seu prazer e se contentava em ouvir.

Certa vez, Dua perguntou:

– E eles realmente tentam se comunicar conosco?

(Tritt nunca entendeu muito bem quem eram "eles". Para ele, "comunicar" era uma palavra difícil para dizer "falar". Então, por que não dizer simplesmente "falar"? Às vezes achava que talvez fosse o caso de interromper. Mas, se fizesse perguntas, Odeen somente diria algo como "Ora, Tritt", e Dua ficaria se remexendo impacientemente.)

— Sim, tentam — respondeu Odeen. — Os Durões têm muita certeza disso. Eles colocam sinais no material que nos enviam e dizem que é perfeitamente possível se comunicar por meio dessas marcas. Há muito tempo, inclusive, usavam marcas ao contrário, quando era necessário explicar aos outros seres como montar sua parte da Bomba de Pósitrons.

— Estou pensando em qual será a aparência dos outros seres. Como você acha que eles são?

— Por suas leis podemos deduzir a natureza das estrelas, porque isso é simples. Mas como deduzir a natureza dos seres? Nunca saberemos.

— Será que não poderiam nos comunicar sua aparência?

— Se entendêssemos o que comunicam, talvez pudéssemos deduzir alguma coisa. Mas não entendemos.

Dua parecia transtornada.

— Os Durões não entendem?

— Não sei. Se entendem, não me disseram nada. Losten me disse uma vez que não fazia diferença a aparência que eles tivessem desde que a Bomba de Pósitrons funcionasse e fosse aumentada.

— Talvez ele apenas não quisesse que você continuasse a incomodá-lo.

Odeen disse, agastado:

— Eu não o incomodo.

— Ora, você entendeu o que eu quis dizer. Ele apenas não queria entrar nesse nível de detalhes.

Nessa altura, Tritt não conseguiu mais ouvir. Eles começaram a discutir e assim ficaram por um bom tempo, debatendo a possibilidade de os Durões deixarem ou não Dua dar uma olhada nas marcas. Dua disse que podia *sentir* o que as marcas diziam, quem sabe.

Isso deixou Tritt um pouco zangado. Afinal, Dua era somente uma Suave e nem mesmo um Racional. Ele começou a achar que talvez Odeen não estivesse certo de lhe dizer tudo que dizia. Dua acabava tendo umas ideias estranhas...

Dua era capaz de sentir que Odeen também estava zangado. Primeiro ele riu. Depois disse que os Emocionais não podiam lidar com coisas tão complicadas. Então, recusou-se a continuar falando. Dua teve de ser muito agradável com ele, por um bom tempo, até que ele mudasse de humor.

Em outra ocasião, foi a vez de Dua ficar zangada, aliás, absolutamente furiosa.

Tudo tinha começado em silêncio. Na realidade, tinha sido naquela vez em que as duas crianças estavam com eles. Odeen estava deixando que brincassem com ele. Ele nem se importou quando o pequeno direitista Torun deu-lhe um encontrão. Inclusive, Odeen se permitiu ficar de um jeito bem ridículo. Nem parecia se importar de ter perdido a forma, com tão pouca dignidade. Estar disforme e não se importar era um indício seguro de que estava contente. Tritt se mantinha num canto, descansando e se sentindo muito feliz com tudo o que estava acontecendo.

Dua riu do pequeno incidente com Odeen. Ela até deixou que sua própria substância tocasse sedutoramente a deformidade dele. Ela sabia muito bem, assim como Tritt, que a superfície do esquerdista era sensível quando saía do ovoide.

– Estava pensando, Odeen... Se o outro universo impõe suas leis ao nosso, mesmo que só um pouco, por meio da Bomba de Pósitrons, será que o nosso universo também não imporia as nossas leis, na mesma medida? – questionou Dua.

Odeen uivou ao toque de Dua e tentou evitá-la sem incomodar os pequeninos. Sem fôlego, disse:

– Não posso responder se você não parar, sua bruxinha intermediadora. – Ela parou e então ele acrescentou:

– Esse é um pensamento *muito* bom, Dua. Você é uma criatura espantosa. Isso é verdade, claro. A mistura vai e vem nos dois sentidos... Tritt, por favor, leve os pequenos para fora...

Mas eles mesmos já tinham saído correndo. Não eram mais tão pequeninos, tinham crescido bastante. Annis logo estaria começando a ser educado, e Torun apresentava aquela aparência corpulenta dos Paternais.

Tritt ficou e percebeu como Dua parecia linda quando Odeen falava assim com ela.

– Se as leis dos outros atrasaram os nossos sóis e os esfriaram, então as nossas leis aceleraram os sóis deles e os aqueceram – disse Dua.

– Exatamente isso, Dua. Um Racional não diria melhor.

– Até que ponto os sóis deles esquentam?

– Não muito. Só ficam um pouco mais quentes, é uma diferença muito pequena.

Dua disse:

– Mas é justamente sobre isso que eu fico sentindo que tem alguma coisa errada.

– Bom, o problema é que os sóis deles são imensos. Se os nossos soizinhos esfriarem só um pouco, não importa. Mesmo que se apaguem inteiramente, não faria diferença, desde que tenhamos a Bomba de Pósitrons. Com estrelas grandes, imensas, porém, até um pequeno aumento de temperatura é problemático. Existe tanta matéria numa dessas estrelas que aumentar a fusão nuclear, mesmo que só um pouco, a faria explodir.

– *Explodir!* Mas então o que acontece com as pessoas?

– Que pessoas?

– As do outro universo.

Por um momento Odeen ficou com a expressão vazia, mas depois disse:

– Não sei.

– Bom, o que aconteceria se o nosso sol explodisse?

– Ele não pode explodir.

(Tritt estava imaginando a que se devia tanta excitação. Como um sol poderia explodir? Dua parecia mais zangada e Odeen, mais confuso.)

Dua então perguntou:

– Mas... e *se* explodisse? Ficaria muito quente?

– Acho que sim.
– Todos nós morreríamos?
Odeen hesitou e então disse, claramente perturbado:
– Que diferença faz, Dua? Nosso sol não vai explodir e não faça perguntas idiotas.
– Você me *disse* para fazer perguntas, Odeen, e faz sim uma grande diferença porque a Bomba de Pósitrons funciona nos dois sentidos. Precisamos da ponta deles tanto quanto eles da nossa.
Odeen olhou para ela com atenção.
– Eu nunca lhe disse isso.
– Eu sinto.
– Você sente coisas demais, Dua...
Mas Dua agora estava gritando. Estava totalmente fora de si. Tritt nunca a vira desse jeito. Ela continuou:
– Não mude de assunto, Odeen. E não se finja de morto para tentar me fazer parecer uma idiota, outro Emocional qualquer. Você afirmou que eu era quase como um Racional e sou bastante parecida com eles para saber que a Bomba de Pósitrons não funcionará sem os outros seres. Se as pessoas do outro universo forem destruídas e a Bomba de Pósitrons parar e o nosso sol esfriar mais ainda, vamos morrer de fome. Você não acha isso importante?
Agora, Odeen também falava aos berros.
– Isso mostra o que *você* sabe. Precisamos da ajuda deles porque o estoque de energia está numa concentração baixa e temos de intercambiar matéria. Se o Sol do outro universo explodir, haverá uma enorme inundação de energia, tão imensa que durará por um milhão de ciclos de vida. Haverá tanta energia que poderemos acessá-la diretamente, sem que haja mais o intercâmbio de matéria em nenhum dos dois sentidos. Por isso, *não* precisamos deles e *não* importa o que aconteça...
Eles estavam quase se tocando agora. Tritt ficou horrorizado. Era melhor dizer alguma coisa, afastá-los, falar com eles. Não conseguia, porém, pensar em nada para falar. Mas acabou ficando claro que não precisava se preocupar.

Um Durão estava logo ali, do lado de fora da caverna. Não, na verdade, eram três. Estavam tentando falar havia algum tempo, mas não tinham conseguido se fazer ouvir.

Tritt chamou com voz estridente:

– Odeen! Dua!

Depois ficou quieto, tremendo. Inundava-o uma noção receosa do que os Durões poderiam ter vindo até ali para dizer. Decidiu então se afastar.

Mas um deles estendeu um dos seus permanentes apêndices opacos e disse:

– Não vá.

Ele parecia severo, hostil. Tritt sentiu mais medo do que antes.

Dua estava muito zangada. Tão zangada que mal conseguira sentir a presença dos Durões. Parecia sufocada pelos componentes da raiva, cada um deles ocupando-a até a beirada, separadamente. Era algo que parecia errado para Odeen, que ele tentasse mentir para ela. Ou que um mundo inteiro de pessoas devesse morrer. Ou que fosse tão fácil para ela aprender e que nunca lhe tivesse sido dada essa permissão.

Desde aquela primeira vez na rocha, ela fora duas outras vezes até a caverna dos Durões. Duas vezes, despercebida, ela se havia enterrado na rocha e, em cada uma delas, ela sentia e *sabia*. Todas as vezes que Odeen tentava explicar as coisas para ela, Dua já sabia o que ele ia dizer.

Por que não podiam instruí-la, então, como tinham instruído Odeen? Por que apenas os Racionais? Será que ela possuía a capacidade de aprender somente porque era uma Emo-esquerdista, uma intermediadora pervertida? Então, que eles a instruíssem, pervertida ou não. Era *errado* mantê-la na ignorância.

Finalmente, as palavras do Durão estavam perfurando Dua. Losten estava lá, mas não falava nada. Era um Durão diferente, à frente, que estava falando. Ela não o conhecia, mas, enfim, conhecia poucos deles.

O Durão disse:

– Qual de vocês esteve recentemente nas cavernas inferiores, nas cavernas dos Durões?

Dua estava rebelde. Tinham descoberto sua esfregação na rocha e não dava a mínima. Que digam para todo mundo. Ela mesma faria isso. Então respondeu:

– Eu. *Muitas* vezes.

– Sozinha? – indagou calmamente o Durão.

– Sozinha. Muitas vezes – retrucou Dua. Foram apenas três vezes, mas não fazia diferença.

Odeen falou em voz baixa que também tinha ido até lá, naturalmente, algumas vezes.

O Durão pareceu ignorar isso. Voltou-se então para Tritt e indagou com rispidez:

– Você também, certo?

– Sim, senhor Durão. – Tritt estava chacoalhando.

– Sozinho?

– Sim, senhor.

– Quantas vezes?

– Uma.

Dua ficou incomodada. O pobre Tritt estava em pânico por nada. Ela é que tinha feito aquilo e estava pronta para um interrogatório.

– Deixe-o em paz. Sou eu que vocês querem.

O Durão se virou lentamente para ela.

– Por quê?

– Pelo motivo que for – disse Dua. Confrontada diretamente, acabou afinal não conseguindo descrever o que tinha feito. Não na presença de Odeen.

– Bom, vai chegar a sua vez. Primeiro, o direitista... Seu nome é Tritt, certo? Por que você foi sozinho até as cavernas inferiores?

– Para falar com o Durão Estwald, senhor.

Ouvindo isso, Dua interpôs, ansiosamente:
— *Você* é Estwald?
— Não — respondeu prontamente o Durão.

Odeen parecia muito incomodado, como se o envergonhasse o fato de Dua não reconhecer o Durão, mas ela não se importou nem um pouco.

O Durão disse a Tritt:
— O que você trouxe das cavernas inferiores?

Tritt permaneceu em silêncio.

O Durão disse, sem qualquer emoção:
— Sabemos que você pegou alguma coisa. Queremos saber se você sabe o que era. Pode ser muito perigoso.

Tritt continuava calado, e Losten interveio, dizendo, com mais delicadeza:
— Por favor, Tritt, diga para nós. Sabemos agora que foi você e não queremos ser obrigados a endurecer.

Tritt cochichou:
— Trouxe uma bola de comida.
— Ah — falou o primeiro Durão. — E o que você fez com ela?

Então Tritt não se conteve mais.
— Era para Dua, mas ela não quis comer. Era para Dua.

Dua saltou e se aglutinou, tomada pelo espanto.

O Durão se virou para ela imediatamente.
— Você não sabia?
— Não!
— Nem você? — perguntou o Durão a Odeen.

Odeen, tão imóvel que dava a impressão de ter sido congelado, disse que não.

Durante um momento o ar ficou impregnado de vibrações desagradáveis, enquanto os Durões conversavam entre si, ignorando a tríade.

Quer por suas sessões de esfregação na rocha, quer por sua recente explosão emocional, Dua não sabia por que exatamente, mas tinha se tornado mais sensível e nem tentaria analisar a origem disso. Simplesmente sabia que estava captando indícios, não de palavras, mas de um entendimento...

Os Durões haviam detectado o sumiço do material há algum tempo. Então, em silêncio, começaram a buscar o culpado. Primeiro, apesar de relutantes, tinham pensado que os Suaves poderiam ser os culpados. Depois de investigar, voltaram-se para a tríade de Odeen com relutância ainda maior. (Por quê? Dua não entendeu isso.) Não achavam que Odeen poderia ter tido a ideia idiota de pegar alguma coisa, ou que Dua tivesse essa disposição. E nem cogitaram Tritt.

Então o Durão que até aquele momento não abrira a boca para se dirigir à tríade, lembrou-se de ter visto Tritt nas cavernas lá de baixo.

"Claro" – pensou Dua – "Foi no dia em que entrei na rocha pela primeira vez. Havia captado naquela vez, mas tinha esquecido."

Essa hipótese soou extremamente improvável, mas, enfim, diante de tudo o mais ser impossível e o lapso de tempo ter aumentado numa dimensão perigosa, acabaram indo até lá. Gostariam de ter consultado Estwald, mas, na época em que surgiu a possibilidade de ser Tritt, ele já não estava disponível.

Dua captou tudo isso de um fôlego só e agora se virava para Tritt, com uma sensação mista de estupefação e indignação.

Losten estava vibrando ansiosamente que não havia ocorrido nenhum dano, que Dua parecia bem, que na realidade tinha ocorrido um experimento útil. O Durão a quem Tritt tinha respondido concordava; o outro, porém, transpirava preocupação.

Dua não estava prestando atenção apenas neles. Estava olhando para Tritt.

O primeiro Durão disse:
– Onde está a bola de comida agora, Tritt?
Ele mostrou.
Estava escondida com muita eficiência, e as conexões, apesar de toscas, eram utilizáveis.

O Durão perguntou de pronto:

– Você fez isso sozinho, Tritt?
– Sim, senhor.
– Como você sabia o que era para fazer?
– Vi como era feito nas cavernas dos Durões. Fiz exatamente do mesmo jeito.
– Você não imaginou que pudesse prejudicar sua intermediadora?
– *Não* prejudiquei. Não *faria* isso. Eu... – Tritt pareceu incapaz de falar por um instante. Depois acrescentou: – Não era para feri-la. Era para alimentá-la. Deixei que a comida entrasse no alimentador dela e decorei o lugar. Queria que ela provasse e ela o fez. Ela comeu! Pela primeira vez em muito tempo ela comeu bem. Nós derretemos.

Tritt fez uma pausa. E depois soltou num grande e tumultuado lamento:

– Finalmente Dua estava com energia suficiente para iniciar um Emocional bebê. Ela pegou a semente de Odeen e a transmitiu para mim. Está crescendo dentro de mim. Um Emocional bebê está crescendo em mim.

Dua ficou muda. Tropeçou para trás e então correu para a porta de uma maneira tão impetuosa que os Durões não conseguiram sair da frente dela a tempo. Ela roçou no apêndice daquele que estava à frente, passando profundamente por ele, e então se desvencilhou com um estampido.

O apêndice do Durão caiu inerte e a expressão dele foi de alguém se contorcendo de dor. Odeen tentou se apressar e rodeá-lo para seguir Dua, mas o Durão disse, com aparente dificuldade:

– Deixe que ela se vá, por enquanto. Já houve estrago suficiente. Cuidaremos disso.

Odeen se viu em meio a um pesadelo. Dua havia partido e os Durões também; somente Tritt restava ali, silencioso.

Odeen ficava se torturando com a ideia de não saber como tudo aquilo podia ter acontecido. Como é que Tritt conseguiu encontrar sozinho seu caminho até as cavernas dos Durões? Como é que pôde pegar uma bateria carregada na Bomba de Pósitrons, desenhada para emitir radiação de forma muito mais concentrada do que a luz do sol e ousado...

Ele não teria tido a coragem de se arriscar tanto. Como é que Tritt, o desastrado e ignorante Tritt, tinha feito isso? Ou ele também era incomum? Odeen, o Racional brilhante; Dua, a Emocional curiosa; Tritt, o Paternal ousado?

– Como você pôde, Tritt? – questionou Odeen.

Tritt retrucou, acalorado:

– Que foi que eu fiz? Eu só a alimentei. Alimentei-a melhor do que em qualquer outro momento de sua vida. Agora estamos enfim com um Emocional bebê iniciado. Já não esperamos o suficiente? Teríamos de esperar para sempre se ficássemos dependendo de Dua.

– Você não entende mesmo, não é Tritt? Você poderia tê-la ferido. Aquilo não era a luz do sol comum. Era uma fonte experimental de radiação que poderia ter sido concentrada demais para ser segura.

– Não entendo o que você está dizendo, Odeen. Como poderia ser prejudicial? Testei o tipo de comida que os Durões fizeram antes. Era ruim. Você provou também. Tinha o mesmo gosto horrível e nunca nos fez mal. Se fosse tão ruim, Dua não teria tocado naquilo. Daí, fui até a bola de comida. Tinha um gosto *bom*. Eu comi um pouco e era delicioso. Como uma coisa deliciosa pode fazer mal? Olha só, Dua comeu, gostou e começou o Emocional bebê. Como posso ter feito uma coisa errada?

Odeen desistiu de explicar. Disse apenas:

– Dua vai ficar muito zangada.

– Ela vai acabar esquecendo.

– Será? Tritt, ela não é como os Emocionais comuns. É isso que torna difícil a convivência com ela, mas maravilhoso quando *conseguimos* viver com ela. Pode ser que ela nunca mais queira derreter conosco de novo.

O perfil de Tritt estava obstinadamente achatado. Então ele disse:

– Bom, e qual é o problema?

– Qual é o problema? Diga-me você. Quer parar de derreter para sempre?

– Não, mas se ela não quiser, paciência. Já tenho o meu terceiro bebê e não me importo mais. Sei de tudo sobre os Suaves de antigamente. Eles costumavam ter nascimentos de duas tríades, em certas circunstâncias. Mas, por mim, tudo bem. Uma basta.

– Mas, Tritt, os bebês não são o único motivo para derreter.

– E o que mais? Ouvi você dizer uma vez que aprendia mais depressa depois de ter derretido. Então aprenda mais devagar. Não ligo. Tenho o meu terceiro bebê.

Odeen deu-lhe as costas, tremendo, e saiu do quarto, flutuando aos solavancos. De que serviria dar bronca em Tritt? Ele não entendia, mesmo. Não estava seguro de que inclusive ele próprio entendesse.

Assim que o terceiro bebê nascesse e crescesse um pouco, certamente chegaria o momento de seguir adiante. Seria ele, Odeen, que teria de dar o sinal, que teria de dizer quando, e isso teria de ser feito sem receio. Qualquer outra coisa seria uma desgraça, ou pior, e ele não poderia encarar tudo isso sem derreter, mesmo agora, depois que as três crias já tinham sido formadas.

De algum modo, derreter dissipava o medo... Talvez fosse porque derreter era um pouco como seguir adiante. Era um tempo em que não se tinha consciência de nada e tampouco havia dor. Era como não existir e, apesar disso, era desejável. Com uma dose suficiente de derretimentos, ele teria a coragem de seguir adiante sem medo e sem...

Oh, sol e todas as estrelas, não era "seguir adiante". Por que usar essas palavras tão solenes? Ele sabia a outra palavra que nunca era usada, exceto pelas crianças que queriam chocar os mais velhos de algum modo. *Morrer*. Ele precisava se preparar para morrer sem medo, e fazer Dua e Tritt morrerem com ele.

E ele não sabia como... Não sem derreter...

Tritt permaneceu sozinho no recinto, assustado, amedrontado, mas totalmente decidido a continuar imóvel. Ele tinha a terceira cria. Podia senti-la dentro de si.

Era isso que importava.

Era só o que importava.

Mas por que, no fundo do fundo, ele continuava registrando uma obstinada sensação de que *não era* tudo o que importava?

Dua estava envergonhada mais do que era possível suportar. Custou-lhe muito afastar essa vergonha. Rebater o suficiente para criar de novo espaço para pensar. Ela se havia apressado para sair, movendo-se às cegas para o mais longe possível do horror da caverna-lar, mal se importando de não saber para onde estava indo nem onde estava.

Era noite, e nenhum Suave decente estaria na superfície então, e nem mesmo o mais frívolo dos Emocionais. E ainda demoraria um tempo considerável até o sol nascer. Dua estava contente. O sol era comida e, naquele momento, ela *detestava* comida e o que isso havia feito com ela.

Além do mais estava frio. Dua, porém, tinha apenas uma vaga noção disso. "Por que iria se incomodar com o frio", pensava, "quando tinha sido cevada a fim de poder cumprir sua obrigação" – gorda de corpo e mente. Depois disso, o frio e o jejum compulsório eram quase seus amigos.

Ela enxergou através de Tritt. Coitadinho: ele era tão fácil de se enxergar. Seus atos eram puro instinto e ele devia ser elogiado por concretizá-los com tanta bravura. Ele voltara das cavernas dos Durões tão ousadamente com aquela bola de comida (e Dua – ela mesma – o havia percebido e teria sabido o que estava acontecendo se Tritt não tivesse ficado tão paralisado com o que *ela* estava fazendo e com a nova intensidade de sensações que isso lhe causava, a tal ponto que Dua não conseguia se importar em sentir o que mais precisava perceber).

Tritt trouxera o alimento sem ter sido detectado e montara aquela lamentável armadilha, decorando seu alimentador a fim de atraí-la. E Dua havia voltado, prenhe da consciência de ter se afinado tanto que pôde penetrar na rocha, cheia de vergonha de ter feito isso, com pena de Tritt. De tanta vergonha e pena, ela comeu e ajudou a iniciar um nascimento.

Dua estava desiludida.

– Traída – disse Dua, entre dentes. – Traída!

Será que eles não conseguiam se enxergar nenhum pouco além?

Que Tritt tenha se disposto a ver tudo ser destruído se não estivesse seguro com seus bebês era indiscutível, mas ele era uma criatura de instintos. E Odeen?

Odeen raciocinava. Em nome de exercitar sua razão será que isso significava que ele sacrificaria tudo o mais? Será que tudo que era produzido pela razão era sua própria justificativa para existir? A qualquer custo? Só porque Estwald tinha projetado a Bomba de Pósitrons, será que era mesmo obrigatório usá-la para que o mundo todo, os Durões e os Suaves igualmente, ficassem à sua mercê e à mercê das pessoas do outro universo? E se elas parassem e o mundo ficasse sem a Bomba de Pósitrons, com um sol perigosamente resfriado?

Aquelas outras pessoas não parariam; tinham sido persuadidas a começar e seriam persuadidas a continuar até serem destruídas – e então não seriam mais necessárias aos Racionais, aos Durões ou aos Suaves, assim como ela, Dua, teria de seguir adiante (ser *destruída*) agora que não era mais necessária.

Ela e as pessoas do outro universo, todos traídos.

Quase sem perceber, Dua se protegeu cada vez mais profundamente no interior da rocha. Enterrou-se, longe da vista das estrelas, do contato com o vento, alheia ao mundo. Era puro pensamento.

Dua detestava Estwald. Ele era a personificação de tudo que havia de egoísta e duro. Ele tinha elaborado a Bomba de Pósitron e iria destruir um mundo inteiro com talvez dezenas de milhares de pessoas, inconscientes. Era tão introvertido que nunca aparecia e tão poderoso que até os outros Durões pareciam temê-lo.

Bom, então, ela iria combatê-lo. Detê-lo.

As pessoas do outro universo tinham ajudado a montar a Bomba de Pósitrons por meio de alguma espécie de comunicação. Odeen falou sobre isso. Onde seriam guardadas essas comunicações? Como seriam? Como poderiam ser usadas para outras comunicações?

Era notável a clareza com que Dua conseguia pensar. Notável. Ela sentia um poderoso contentamento com isso, ser capaz de raciocinar para suplantar os cruéis pensadores. Eles não poderiam segurá-la, pois ela iria até onde nenhum Durão conseguiria ir, aonde nenhum Paternal ou Racional chegaria, nem nenhum outro Emocional.

Talvez Dua acabasse sendo flagrada, mas, naquele momento, isso não importava. Ela iria lutar para fazer o que tinha decidido – a qualquer preço, a qualquer custo –, embora isso significasse que ela teria de atravessar a rocha, viver na rocha, contornar as cavernas dos Durões, roubar comida de suas baterias de energia armazenadas quando precisasse, enturmar-se com os outros Emocionais e se alimentar da luz do sol quando pudesse.

Mas, no final, daria uma lição neles todos, e depois disso poderia seguir adiante, como desejavam. Dua até poderia estar pronta para seguir adiante, então, mas só então...

Odeen estava presente quando o novo Emocional bebê nasceu, perfeito em todos os aspectos, mas não foi capaz de se entusiasmar com o fato. Até mesmo Tritt, que cuidava dele com dedicação, como é dos Paternais fazer, parecia sentir um êxtase muito discreto.

Tinha se passado muito tempo, e era como se Dua tivesse desaparecido. Ela não havia seguido adiante. Um Suave não poderia seguir adiante exceto com a tríade inteira, mas ela tampouco estava com eles. Era como se tivesse seguido adiante, sem realmente ter feito isso.

Odeen tinha visto Dua uma vez, só uma, não muito tempo depois de ela ter fugido loucamente diante da notícia de que havia iniciado o novo bebê.

Ele tinha passado por uma nuvem de Emocionais que estava aproveitando o sol, quando se movimentava pela superfície animado pela ideia improvável de que poderia encontrá-la. Eles tinham se agitado à mera visão de um Racional se aproximando de um bando de Emocionais e, numa reação de provocação em massa, tinham todos se afinado muito, sem a menor noção em todos os tolos componentes do bando de que isso mais do que alardeava o fato de serem Emocionais.

Odeen não sentia senão desprezo por eles, e não havia absolutamente nenhuma ondulação de resposta ao longo de suas curvas suaves. Ele pensava em Dua e em como ela era diferente de todos aqueles Emocionais. Dua nunca ficava mais fina senão por força de suas próprias necessidades interiores. Ela nunca havia tentado atrair ninguém e, por isso, era ainda mais atraente. Se tivesse podido se convencer a entrar no bando de cabeças-ocas, seria facilmente reconhecida (ele estava certo) pelo simples fato de que *não* se afinaria, mas provavelmente engrossaria, porque os outros teriam afinado.

E, enquanto pensava nisso, Odeen escaneou os Emocionais que se banhavam ao sol e notou que um deles realmente não estava fazendo isso.

Ele parou e se apressou na direção da criatura, ignorando os outros Emocionais no caminho, alheio a seus guinchos estridentes enquanto saltitavam para longe como rastros de fumaça, desesperadamente tentando não se aglutinar uns com os outros, pelo menos não de forma tão evidente e ainda mais diante de um Racional.

Era Dua. Ela nem tentou se afastar. Firmou-se onde estava e não disse nada.

– Dua – começou Odeen, humildemente –, você não virá para casa?

– Não tenho casa, Odeen – respondeu. Sem raiva ou ódio. O que, por isso mesmo, era ainda mais terrível.

– Como você pode culpar Tritt pelo que ele fez, Dua? Você sabe que aquele coitado não pode raciocinar.

– Mas você pode, Odeen. E você ocupou a minha mente enquanto ele ficava providenciando um jeito de alimentar o meu corpo, não foi? Sua razão lhe disse que seria muito mais fácil eu cair na armadilha por seu intermédio do que por meio de Tritt.

– Dua, *não!*

– Não o quê? Você fez a maior armação de me ensinar, de me instruir.

– Fiz, mas não era armação. Era real. E não era por causa do que Tritt tinha feito. Eu *não sabia* o que ele tinha feito.

– Não consigo acreditar nisso.

Dua deslizou para longe, sem afobação, e Odeen foi atrás. Estavam sozinhos agora, e o sol brilhava muito vermelho sobre eles.

– Quero lhe perguntar uma coisa, Odeen.

Ela se virou para ele:

– Por que você quis me instruir?

– Porque eu *quis*. Porque, além de aprender, eu sinto satisfação em ensinar e porque eu gosto mais de ensinar do que qualquer outra coisa – respondeu Odeen.

– E derreter, naturalmente... Tudo bem – acrescentou Dua, para manter sua distância –, não explique que é a razão falando em você, não o instinto. Se você realmente é sincero quando diz que sente satisfação em ensinar, se eu realmente puder um dia acreditar no que você diz, então, talvez você possa entender uma coisa que vou lhe contar. Desde que me afastei de você, Odeen, tenho aprendido muitas coisas. Não importa como aprendi. Aprendi. Agora, não resta mais nada de Emocional em mim, exceto fisiologicamente. Dentro, onde realmente importa, sou toda Racional, exceto pelo fato de que espero ter mais sentimentos do que os Racionais. E uma coisa que aprendi é o que realmente somos, Odeen: você, Tritt e eu e todas as outras tríades deste planeta. O que somos de verdade e o que sempre fomos.

– E o que é? – indagou Odeen, preparado para ouvir pelo tempo que fosse preciso, em silêncio, desde que ela voltasse com ele, após ter dito tudo que queria. Ele cumpriria qualquer penitência, faria o que fosse necessário. Mas ela precisava voltar e, dentro dele, indistinta, havia a noção de que ela precisaria fazer isso de livre e espontânea vontade.

– O que nós somos? Ora, na verdade, nada, Odeen – disse Dua, levemente, quase rindo. – Não é estranho? Os Durões são a única espécie viva no mundo. Eles não lhe ensinaram isso? Existe somente uma única espécie porque você e eu, os Suaves, não estamos realmente vivos. Somos máquinas, Odeen. Devemos ser, porque somente os Durões estão vivos. Eles não lhe ensinaram isso, Odeen?

– Mas isso não tem sentido, Dua – retrucou Odeen, calmamente.

A voz de Dua ficou mais incisiva.

– Máquinas, Odeen! Feitas pelos Durões! Destruídas por eles também! *Eles* estão vivos, os Durões. Somente eles. Eles não falam muito sobre isso. Não precisam. Sabem tudo que é preciso. Mas eu aprendi a pensar, Odeen, e deduzi tudo com base em pequenas pistas que fui recolhendo. Eles vivem por um tempo tremendamente longo, mas acabam morrendo. Não dão mais à luz. O sol fornece muito pouca energia para isso. E, como eles morrem muito raramente, mas não dão mais à luz, o número de Durões diminui muito lentamente. E não há novos Durões para injetar sangue novo e novas ideias, então os mais velhos deles ficam terrivelmente entediados. E o que você acha que eles fazem, então, Odeen?

– O quê? – Era algo até fascinante de se ouvir. Repulsivamente fascinante.

– Eles fabricam crianças mecânicas a quem podem instruir. Você mesmo disse isso, Odeen. Você gosta muito mais de ensinar do que qualquer outra coisa – e derreter, claro. Os Racionais são feitos à imagem mental dos Durões e estes não derretem. Para eles, aprender é terrivelmente complexo, uma vez que eles sabem o que precisam. O que resta para eles, fora o prazer de instruir? Os Racionais foram criados apenas com o propósito de ser ensinados. Os Emocionais e os Paternais foram criados porque eram necessários à autoperpetuação do maquinário que gerava os novos Racionais. E novos Racionais eram constantemente necessários porque os velhos estavam gastos, tinham aprendido tudo que podia ser-lhes ensinado. E, quando os velhos Racionais tinham absorvido tudo que podiam, eram destruídos e, antecipadamente, eram ensinados a chamar esse processo de destruição de "seguir adiante", a fim de preservar seus sentimentos. Assim que ajudavam a formar uma nova tríade, não havia mais utilidade para eles.

– Dua, não é nada disso – disse Odeen. Ele não tinha argumentos para contrapor a esse pesadelo que ela havia descrito, mas sabia com uma certeza que ia além dos argumentos que ela estava enganada. (Ou será que aquela pinçada de dúvida, no fundo de si mesmo, sugeria que tal certeza poderia ter sido implantada nele, para início de conversa? Não, seguramente não, pois então Dua não estaria segura, também com uma certeza implantada, de que isso estava errado? Ou ela era uma Emocional imperfeita sem os implantes adequados e sem... Oh, mas o que ele estava *pensando*! Agora estava tão alucinado quanto ela.)

Dua então disse:

– Você parece transtornado, Odeen. Está certo mesmo de que estou completamente errada? Claro, agora eles têm a Bomba de Pósitrons e toda a energia de que precisam, ou logo terão. Em breve começarão a dar à luz novamente. Talvez já estejam fazendo isso. E não vão mais precisar de nenhuma máquina Suave, e então seremos destruídos. Desculpe, mas todos nós seguiremos adiante.

– Não, Dua – afirmou Odeen, enfaticamente, tanto para si mesmo como para ela. – Não sei como você chegou a essas ideias, mas os Durões não são desse jeito. Não seremos destruídos.

– Não minta para si mesmo, Odeen. Eles *são* assim. Estão preparados para destruir o mundo de outros seres em benefício próprio. Um universo inteiro, se for preciso. Será que parariam de destruir uns poucos Suaves, para seu próprio conforto? Mas eles cometeram um erro. De alguma maneira, o maquinário deu errado e uma mente Racional entrou num corpo Emocional.

Sou uma Emo-esquerdista, você sabia? Chamavam-me assim quando eu era criança e tinham razão. Posso raciocinar como um Racional e sentir como um Emocional. E vou combater os Durões com essa combinação.

Odeen estava se sentindo louco. Dua sem dúvida devia estar doida. Mas, mesmo assim, não ousava dizer isso em voz alta. De algum jeito, precisava convencê-la a voltar. Então disse, com uma sinceridade exausta:

– Dua, nós não somos destruídos quando seguimos adiante.

– Não? E o que acontece, então?

– Eu... eu não sei. Acho que entramos em outro mundo, um mundo melhor e mais feliz, e nos tornamos... bem, ficamos muito melhores do que somos.

Dua riu.

– Onde foi que você escutou uma coisa dessas? Foram os Durões que lhe disseram isso?

– Não, Dua. *Eu* tenho certeza de que isso foi produzido pelas minhas reflexões. Fiquei pensando muito sobre isso desde que você partiu.

– Então, pense menos e você será menos tolo. Pobre Odeen! Adeus. – E Dua flutuou para longe, mais uma vez, fina, fina. Ela emanava um ar de nítida fadiga.

Odeen chamou em voz alta:

– Espere, Dua! Com certeza, você vai querer ver a sua nova intermediadora bebê.

Ela não respondeu.

Ele gritou:

– Quando você vai voltar para casa?

Ela não respondeu.

E ele não a seguiu mais, embora procurasse por ela na mais negra infelicidade, enquanto ela desvanecia.

Ele não contou para Tritt que tinha visto Dua. De que adiantaria? Tampouco a havia visto novamente. Ele começou a aparecer de repente nos pontos de sol prediletos dos Emocionais daquela região. E fazia isso mesmo que de vez em quando surgissem alguns Paternais para observá-lo com uma desconfiança estúpida (Tritt era um gigante mental em comparação com a maioria dos Paternais).

A falta dela doía mais a cada dia. E, a cada dia, ele constatava mais claramente que um medo crescente se acumulava em seu íntimo, causado pela ausência de Dua. E ele não sabia por quê.

Um dia, voltou para a caverna-lar e deparou-se com Losten, que o aguardava. Losten estava em pé, num canto, grave e educado, enquanto Tritt mostrava o novo bebê para ele e tentava impedir que aquele punhado de névoa úmida tocasse o Durão.

– É uma lindeza, mesmo, Tritt. O nome dela é Derala? – perguntou Losten.

– Derola – corrigiu Tritt. – Não sei quando Odeen vai voltar. Ele fica perambulando por aí bastante tempo...

– Estou aqui, Losten – interpôs Odeen, rapidamente. – Tritt, leve o bebê embora. Seja um bom companheiro.

Tritt obedeceu, e Losten se voltou para Odeen com um alívio muito evidente, dizendo:

– Você deve estar muito feliz por ter completado a tríade.

Odeen tentou responder com alguma frase educada e inócua, mas só conseguiu mesmo sustentar um silêncio infeliz. Nos últimos tempos, estava desenvolvendo uma espécie de camaradagem, uma vaga sensação de igualdade com os Durões que lhe permitia conversar com eles no mesmo nível. De alguma maneira, a loucura de Dua tinha comprometido isso. Odeen sabia que ela estava enganada e, no entanto, ele se aproximou de Losten mais uma vez com aquela rigidez de antigamente, quando ele ainda se considerava uma criatura inferior a eles – uma máquina?

– Você tem visto Dua? – perguntou Losten, e essa era uma pergunta de verdade, não mera formalidade. Odeen pôde facilmente dizer:

– Uma vez só, sen... – ele quase ia dizendo "senhor Durão", como se fosse criança de novo, ou um Paternal. – Uma vez só,

Losten. Ela não vai voltar para casa.

— Ela *deve* voltar para casa — disse Losten, suavemente.

— Não sei como conseguir isso.

Losten olhou para ele com expressão sombria.

— Você sabe o que ela está fazendo?

Odeen não ousou olhar para Losten. Será que ele havia descoberto as teorias insanas de Dua? O que iria acontecer?

Ele fez um sinal negativo, sem falar.

Losten disse:

— Ela é uma Emocional muito incomum, Odeen. Você sabe disso, não é?

— Sim.

Odeen suspirou.

— Assim como você, do seu jeito, e Tritt, do dele. Duvido que haja um Paternal no mundo que teria a coragem ou a iniciativa de roubar uma bateria de energia ou a perversa engenhosidade dele para usá-la do jeito que usou. Vocês três compõem a tríade mais incomum de que se tem notícia.

— Obrigado.

— Mas também há aspectos incômodos nessa tríade. Coisas com as quais não contávamos. Queríamos que você instruísse Dua de forma amena e melhor possível, a fim de cativá-la a desempenhar suas funções voluntariamente. Não contávamos com a atitude quixotesca de Tritt justamente nesse momento. Nem, para dizer a verdade, contávamos com a reação selvagem que ela teve ao fato de o mundo no outro universo precisar ser destruído.

— Eu devia ter sido mais cuidadoso nas minhas respostas às indagações dela — disse Odeen, sentindo-se o último dos últimos.

— Não teria ajudado. Dua estava descobrindo tudo por si. Também não contávamos com isso. Odeen, sinto muito, mas tenho de lhe dizer isso: Dua tornou-se mortalmente perigosa. Ela está tentando interromper o funcionamento da Bomba de Pósitrons.

– Mas como? Ela não consegue chegar à Bomba e, mesmo que pudesse, ela não tem conhecimento para fazer nada com ela.

– Ah, mas ela *consegue* alcançar a Bomba – hesitou Losten, e continuou: – Ela permanece infiltrada na rocha do mundo, onde está protegida de nós.

Odeen levou algum tempo para captar o verdadeiro sentido daquelas palavras. Ele então acrescentou:

– Nenhum Emocional maduro iria... Dua nunca iria...

– Iria, sim. Ela faz isso. Nem perca tempo discutindo isso... Ela consegue penetrar em qualquer ponto das cavernas. Nada pode ser escondido dela. Ela estudou as comunicações que recebemos do outro universo. Não sabemos disso ao certo, mas não existe outro modo de explicar o que está acontecendo.

– Oh, oh, oh – Odeen se balançou para a frente e para trás, e sua superfície tornou-se opaca de vergonha e pesar. – Estwald sabe de tudo isso?

– Ainda não; mas ele vai ficar sabendo, mais dia menos dia – disse Losten, com voz soturna.

– Mas o que ela vai fazer com essas comunicações?

– Ela as está usando para elaborar um método de enviar alguma mensagem dela mesma na direção inversa.

– Mas Dua não pode saber como traduzir ou transmitir.

– Está aprendendo as duas coisas. Ela sabe mais sobre essas comunicações do que o próprio Estwald. Dua é um fenômeno assustador, uma Emocional que é capaz de raciocinar e que está fora de controle.

Odeen estremeceu. Fora de controle? Que referência mais mecânica! E disse:

– Não pode ser assim tão ruim.

– Pode. Ela já se comunicou e receio que esteja aconselhando as outras criaturas a interromper sua meta da Bomba de Pósitrons. Se eles fizerem isso antes que o Sol deles explode, ficaremos impotentes do lado de cá.

– Mas então...

— Ela precisa ser detida, Odeen.

— M... mas como? Vocês estão pensando em detonar...? — E a voz dele sumiu. Vagamente ele sabia que os Durões tinham dispositivos para escavar cavernas fora da rocha do mundo. Dispositivos que tinham sido muito pouco usados desde que a população mundial começara a declinar, havia muitas eras. Será que localizariam Dua na rocha e a explodiriam?

— Não — afirmou Losten, enfaticamente. — Não podemos ferir Dua.

— Estwald talvez...

— Ele também não pode.

— Então o que vamos fazer?

— É você, Odeen. Só você. Estamos de mãos e pés atados, então dependemos de você.

— De mim? Mas o que posso fazer?

— Pense a respeito — insistiu Losten, com urgência. — *Pense* a respeito.

— Pensar sobre o quê?

— Não posso dizer mais nada — Losten encerrou, aparentemente agoniado. — Pense! O tempo é curto.

Virou-se e saiu, movimentando-se muito depressa para um Durão, como se não confiasse em si mesmo se ficasse e, talvez, falasse mais do que devia.

E Odeen só podia olhar para ele, desencorajado, confuso, perdido.

Tritt tinha muito o que fazer. Os bebês exigiam muitos cuidados, mas nem dois esquerdistas bebês e dois direitistas bebês representavam a soma de uma só intermediadora bebê; em particular, alguém tão perfeito quanto Derola. Ela precisava ser exercitada e acalmada, protegida de vazar para dentro de qualquer coisa na qual tocasse, encorajada a se condensar e descansar.

Demorou muito tempo até que Tritt visse Odeen de novo e, na realidade, não se importou com isso. Derola ocupava-o o tempo todo. Mas então ele topou com Odeen no canto de sua própria alcova, iridescente de pensamentos.

Tritt, de repente, se lembrou e perguntou:

– Losten estava bravo por causa de Dua?

Odeen caiu em si com o susto da pergunta. – Losten? Sim, estava zangado. Dua está causando um enorme estrago.

– Ela deveria voltar para casa, não é?

Odeen estava olhando fixamente para Tritt.

– Tritt – disse ele –, vamos ter de convencer Dua a voltar para casa. Primeiro, temos de encontrá-la. Você pode fazer isso. Com um novo bebê, sua sensibilidade Paternal está bastante aguçada. Você pode usá-la para encontrar Dua.

– Não – respondeu Tritt, chocado. – Estou a serviço de Derola. Seria errado usá-la para Dua. Além disso, se ela quer ficar afastada enquanto uma intermediadora bebê está ansiando por ela – um dia ela também foi um bebê assim –, talvez a gente precise aprender a ficar sem Dua.

– Mas, Tritt, você nunca mais vai querer derreter? – perguntou Odeen.

– Bom, a tríade agora está completa.

– Derreter não serve só para isso.

– Mas aonde iríamos encontrar Dua? A pequena Derola precisa de mim. É um bebê novinho ainda. Não quero deixá-la.

– Os Durões providenciarão alguém para cuidar de Derola. Você e eu vamos até as cavernas dos Durões achar Dua.

Tritt pensou sobre isso. Ele não dava a mínima para Dua. Nem se importava com Odeen, de algum modo. Para ele só Derola existia. Então disse:

– Um dia. Um dia, quando Derola estiver maior. Só então...

– Tritt – interrompeu Odeen, com urgência –, temos de achar Dua. Senão... senão os bebês serão tirados de nós.

– Por quem?

– Pelos Durões.

Tritt ficou em silêncio. Não havia mais nada que ele pudesse dizer. Nunca ouvira uma coisa dessas. Não podia nem conceber algo parecido.

Odeen completou:

– Tritt, temos de seguir adiante. Agora eu sei por quê. Fiquei pensando nisso desde que Losten... Não importa. Dua e você também devem seguir adiante. Já que eu conheço o motivo para isso, você sentirá que deve e eu espero – acho – que Dua também sentirá que deve. E nós devemos seguir adiante *logo*, pois Dua está destruindo o mundo.

Tritt estava recuando de costas.

— Não me olhe desse jeito, Odeen... Você está me confundindo... Você está me confundindo.

— Não estou confundindo você, Tritt – disse Odeen, com tristeza. – É só que agora eu sei e você também deve... Mas temos de achar Dua.

— Não, não.

Tritt agora estava aflitíssimo, tentando resistir. Havia algo de terrivelmente novo em Odeen e a existência estava se aproximando do fim, o que era inexorável. Não haveria Tritt nem a intermediadora bebê. Enquanto todos os outros Paternais tinham sua intermediadora bebê por um longo tempo, Tritt iria perder a sua quase de imediato.

Não era justo. Ah, mas não era justo mesmo.

Tritt arfava.

— Culpa de Dua. Que *ela* siga adiante primeiro.

Odeen, com muita calma, disse:

— Não há outro jeito, senão nós três...

E Tritt sabia que era isso... que era isso... que era isso.

Dua se sentia fina e fria, um fiapo. Sua tentativa de descansar em campo aberto e absorver a luz do sol tinha terminado depois que Odeen a encontrara daquela vez. Suas refeições nas baterias dos Durões eram inconstantes. Ela não ousava permanecer muito tempo longe da segurança da rocha, então comia em doses rápidas e nunca se satisfazia.

Estava constantemente ciente de sua fome, o tempo todo, ainda mais porque parecia que permanecer dentro da rocha era muito cansativo. Era como se estivesse sendo punida por todo aquele longo tempo em que ficara caçando o pôr do sol e comendo tão precariamente.

Se não fosse pelo trabalho que estava fazendo, não conseguiria aturar tanta fome e tanto cansaço. Às vezes, esperava que os Durões viessem destruí-la; mas só depois que ela tivesse terminado.

Os Durões não podiam fazer nada enquanto ela estivesse na rocha. Às vezes, ela os sentia do lado de fora da rocha, ao ar livre. Estavam com medo. Às vezes, ela pensava que o medo era *por ela*, mas não podia ser. Como poderiam ter medo por ela? Medo de que seguisse adiante por pura falta de comida, por absoluta exaustão. Poderiam estar com medo *dela*; medo de uma máquina que não funcionava do jeito como a tinham projetado; apavorados com um prodígio desse porte; imobilizados pelo terror de que isso pudesse acontecer.

Cuidadosamente, Dua os evitava. Ela sempre sabia onde eles estavam, então eles não podiam capturá-la, nem detê-la.

Dua rodopiou para fora da rocha e estudou as duplicatas gravadas das comunicações que tinham recebido do outro universo. Eles não sabiam que era disso que ela estava atrás. Se eles as escondessem, ela as encontraria, em que esconderijo fosse. Se as destruíssem, não importava. Dua era capaz de se lembrar do que diziam.

No início, ela não entendia as mensagens, mas, com sua permanência nas rochas, seus sentidos foram se tornando mais consistentemente afiados, e ela parecia compreender ainda antes de entender. Sem saber o que aqueles símbolos queriam dizer, inspiravam nela determinados sentimentos.

Ela recolheu as marcas e colocou-as onde podiam ser enviadas para o outro universo. As marcas diziam M-E-D-A. O que isso poderia significar ela não fazia ideia, mas seu formato inspirava uma sensação de medo, e Dua fez o melhor que pôde para imprimir essa sua sensação às marcas. Talvez as outras criaturas, estudando as marcas, também sentissem medo.

Quando vieram as respostas, Dua pôde captar a presença de excitação nelas. Nem sempre ela pegava as respostas que eram enviadas. Às vezes, os Durões as encontravam primeiro. Seguramente, eles deviam saber o que ela andava fazendo. Mesmo assim, não podiam ler as mensagens, não podiam nem sentir as emoções que as acompanhavam.

Então, Dua não se importava. Também não se deixaria deter até que tivesse concluído... independentemente do que os Durões tivessem achado.

Ela esperou por uma mensagem que contivesse o sentimento que queria. E veio: B-O-M-B-A M-Á.

Essa mensagem continha o medo e o ódio que Dua queria. Ela a enviou de volta em forma estendida: mais medo, mais ódio. Agora as outras pessoas iriam entender. Agora, elas parariam a Bomba. Os Durões teriam de encontrar algum outro jeito, alguma outra fonte de energia; não poderiam mais obtê-la por meio da morte de todos aqueles milhares de criaturas do outro universo.

Ela estava descansando demais, deslizando para uma espécie de estupor, dentro da rocha. Sentia uma necessidade desesperadora de comida e esperou até poder sair rastejando para fora. Ainda com mais desespero do que precisava da comida estocada numa bateria, Dua queria que aquela bateria não funcionasse mais. Queria extrair dela a última dose possível de comida e saber que não viria mais nada para abastecê-la e, assim, sua tarefa estaria cumprida.

Finalmente, Dua emergiu e permaneceu alongada, inquieta, sugando o conteúdo de uma das baterias. Ela queria extrair até sua última gota, esvaziá-la, comprovar que não entraria mais nada, mas essa era uma fonte interminável... interminável... interminável.

Com um estremecimento, afastou-se da bateria, enojada. As Bombas de Pósitrons ainda continuariam funcionando, então. Será que suas mensagens não tinham persuadido as criaturas do outro universo a parar suas Bombas? Será que eles não as haviam recebido? Não tinham captado seu sentido?

Ela precisava tentar de novo. Tinha de deixar aquilo claro, mais além de qualquer dúvida. Iria incluir todas as combinações de sinais que lhe pareciam conter o sentimento de perigo, todas as combinações que transmitissem seu apelo para que parassem de funcionar.

Desesperadamente, começou a fundir símbolos no metal. Recorrendo sem reservas à energia que tinha acabado de extrair da bateria, usando-a impetuosamente até que, toda esgotada e se sentindo mais exausta que nunca, escreveu: BOMBA NÃO PARAR NÃO PARAR NÓS NÃO PARAR BOMBA NÓS NÃO OUVIR PERIGO NÃO

OUVIR NÃO OUVIR VOCÊS PARAR POR FAVOR PARAR VOCÊS PARAR ASSIM NÓS PARAR POR FAVOR VOCÊS PARAR PERIGO PERIGO PERIGO PARAR PARAR VOCÊS PARAR BOMBA.

Era tudo o que ela podia fazer. Não havia mais nada em Dua, além de uma dor lancinante. Ela colocou a mensagem onde podia ser transferida e não esperou que os Durões a enviassem sem perceber. Em meio a um torpor agonizante, manipulou os controles como tantas vezes os tinha visto fazer, encontrando de alguma maneira energia para tanto.

A mensagem desapareceu, assim como a caverna, num lampejo vermelho de vertigem. Ela estava seguindo adiante... de pura... exaustão.

"Odeen... Tri..."

Odeen veio. Viera flutuando com mais rapidez do que nunca. Estivera acompanhando a recente sensopercepção hiperaguçada de Tritt por causa dos bebês, mas agora estava perto o suficiente para que seus próprios sentidos mais embotados conseguissem detectar quanto ela estava próxima. Com seus próprios recursos, podia captar a consciência de Dua, que se apagava e acendia intermitentemente.

Odeen lançou-se rapidamente adiante, enquanto Tritt fazia o melhor possível para seguir em frente aos trambolhões, incentivando apesar do seu curto fôlego, "mais depressa, mais depressa..."

Odeen encontrou Dua em estado de colapso, semimorta, menor do que já havia visto algum Emocional adulto.

– Tritt – chamou Odeen –, traga a bateria para cá. Não, não tente carregar Dua. Ela está fina demais para ser levada. Depressa. Se ela afundar pelo chão...

Os Durões começaram a se reunir. Estavam atrasados, claro, dada sua incapacidade de sentir outras formas de vida a distância. Se dependesse apenas deles, seria tarde demais para salvá-la. Ela não teria apenas seguido adiante: teria sido inteiramente destruída e tudo mais o que ela sabia teria sido destruído junto com ela.

Agora, enquanto ia lentamente recuperando vida com aquele suprimento de energia, os Durões iam se aproximando do trio em silêncio.

Odeen ficou em pé. Um novo Odeen, que sabia exatamente o que estava acontecendo. Imperiosamente, ordenou que eles se afastassem, valendo-se de um gesto irado – e eles se foram. Calados. Sem objetar.

Dua se remexeu.

Tritt perguntou:

– Como ela está, Odeen?

– Quieto, Tritt. Dua?

– Odeen? – Ela se remexeu de novo, falando num sussurro mínimo. – Achei que tinha seguido adiante.

– Ainda não, Dua, ainda não. Mas, primeiro, você tem de comer e descansar.

– Tritt também está aqui?

– Sim, Dua, estou aqui – respondeu Tritt.

– Não tente me levar de volta – disse Dua. – Acabou. Fiz o que queria fazer. A Bomba de Pósitrons vai... vai parar, estou segura. Os Durões continuarão a precisar dos Suaves e tomarão conta de vocês dois ou, pelo menos, das crianças.

Odeen não disse nada. Impediu também que Tritt dissesse algo. Foi deixando a radiação penetrar lentamente em Dua, muito lentamente. Às vezes, interrompia o fluxo para deixar que ela descansasse um pouco, e então recomeçava.

Ela começou a murmurar:

– Basta, basta. – Sua substância estava se contorcendo com mais vigor.

Mas ele continuava alimentando-a.

Finalmente, ele falou:

– Dua, você estava errada. Nós não somos máquinas. Eu sei exatamente o que nós somos. Eu teria vindo encontrá-la antes, se tivesse sabido mais cedo onde você estava, mas não sabia até Losten vir e me pedir para pensar. E eu pensei. Muito. Mesmo assim, ainda é um pensamento quase prematuro.

Dua gemeu, e Odeen parou por um instante.

Depois continuou:

– Ouça, Dua. *Existe* uma única espécie de vida. Os Durões *são* as únicas coisas vivas do mundo. Você percebeu isso e até aí está certa. Mas isso não quer dizer que os Suaves não estejam vivos. Quer dizer apenas que somos parte de uma única espécie. *Os Suaves são as formas imaturas dos Durões.* Nós, Suaves, somos primeiro crianças, depois adultos, depois Durões. Entendeu?

Tritt interrompeu, um pouco confuso:

– Como é? Como é?

– Agora não, Tritt. Agora não. Você também entenderá, mas isso é para Dua – disse Odeen e continuou de olho pregado nela, que agora já estava adquirindo uma relativa opalescência. – Dua, ouça. Toda vez que derretemos, toda vez que a tríade derrete, nós nos tornamos um Durão. O Durão é três-em-um, por isso é duro. Durante o tempo em que nos mantemos inconscientes somos um Durão. Mas isso é apenas temporário e, talvez, nunca nos lembremos depois. Nunca conseguimos permanecer um Durão por muito tempo, temos de voltar. Mas, ao longo da nossa vida toda, continuamos nos desenvolvendo, passando por uma série de estágios cruciais. Cada bebê que nasce delimita um desses estágios. Com o nascimento do terceiro, o Emocional, surge enfim a possibilidade do estágio final, em que a mente Racional, por si mesma, sem as outras duas partes, pode recordar os lampejos da existência do Durão. Então, e somente então, ele pode direcionar um derretimento perfeito que vai formar o Durão permanente, para que a partir daí a tríade possa levar uma nova vida, unificada, de aprendizado e inteligência. Eu lhe disse que seguir adiante era como nascer de novo. Eu estava arranhando uma compreensão de algo que me escapava, mas agora eu sei.

Dua estava olhando para Odeen, tentando sorrir. Então disse:

— Odeen, como você pode fingir que acredita numa coisa dessas? Se fosse assim, os Durões lhe teriam contado tudo isso há muito tempo. Ou contado para nós.

— Eles não podiam, Dua. Há muito, muito tempo, houve uma época em que derreter era somente aglutinar átomos de corpos. Mas a evolução lentamente foi desenvolvendo a mente. Ouça o que estou lhe dizendo, Dua. Derreter é unir mentes, também, e isso é muito mais difícil, muito mais delicado. Para uni-las adequadamente e de forma permanente, e só isso, os Racionais precisam alcançar um determinado estágio do desenvolvimento. Ele chega ao fim quando descobre, *por sua própria conta*, qual é a verdade de tudo, quando enfim sua mente está aguçada o suficiente para ele se lembrar do que veio acontecendo ao longo de todas as uniões temporárias que ocorriam nos derretimentos. Se dissessem isso para o Racional, seu desenvolvimento seria abortado e o momento do derretimento perfeito não poderia ser determinado. O Durão seria então um produto imperfeito. Quando Losten me instigou a pensar, estava correndo um grande risco. Até isso pode ter sido... espero que não... Porque, Dua, no nosso caso, isso é especialmente verdadeiro. Durante muitas gerações, os Durões ficaram combinando tríades com muito cuidado a fim de formar um Durão especialmente avançado, e a nossa tríade foi a melhor que eles conseguiram em todos os tempos. Especialmente você, Dua, especialmente você. Losten, antigamente, foi a tríade cuja intermediária bebê foi você. Uma parte dele foi seu Paternal. Ele a conhecia. Ele trouxe você para mim e para Tritt.

Dua se sentou. Sua voz soava quase normal.

— Odeen! Você está inventando tudo isso para me acalmar?

Tritt interrompeu.

— Não, Dua. Eu também sinto tudo isso. Sinto que é isso. Não sei exatamente como, mas é isso.

— É verdade, Dua — concluiu Odeen. — E você também vai sentir. Você não estava começando a se lembrar de ser um Durão enquanto derretíamos? Não quer derreter neste exato momento? Uma última vez? Uma última vez?

Ele a suspendeu. Ela expressou algo febril, e embora se debatesse um pouco, estava afinando.

– Se você diz que é verdade, Odeen – disse Dua, engasgando –, se é para nos tornarmos um Durão, então me parece que você está dizendo que seremos um Durão *importante*, é isso?

– O mais importante. O melhor que já formaram. Quero dizer que... Tritt, venha cá. Não é para uma despedida, Tritt. Ficaremos juntos, como sempre foi a nossa vontade. Dua, você também.

– Então podemos fazer Estwald compreender que a Bomba não pode continuar. Forçaremos... – disse Dua.

O derretimento estava começando. Um por um, os Durões começaram a entrar de novo, no momento crucial. Odeen viu-os de maneira imperfeita, pois estava começando a derreter dentro de Dua.

Não foi como das outras vezes; não houve um êxtase agudo. Apenas um movimento suave, tranquilo, inteiramente pacífico. Odeen se sentia começando a ser uma parte de Dua, e o mundo inteiro parecia estar sendo vertido dentro de seus sentidos aguçados. As Bombas de Pósitrons ainda estavam funcionando – podiam perceber isso –, mas por que ainda funcionavam?

Ele também era Tritt, e uma penetrante e nítida percepção de dolorida perda preencheu sua mente. Oh, meus bebês...

E ele soltou um grito, um último grito, como a consciência-Odeen, exceto que, de alguma maneira, era o grito de Dua.

– Não, não podemos deter Estwald. *Nós* somos Estwald. *Nós*...

O grito, que era de Dua, mas também não era, interrompeu-se e então não havia mais Dua. Nunca mais haveria Dua. Ou Odeen. Ou Tritt.

7abc

Estwald deu um passo à frente e, com tristeza, por meio de ondas de ar vibratórias, dirigiu-se aos Durões que aguardavam:

– Agora, estarei permanentemente com vocês, e há muito trabalho a ser feito...

...LUTAM EM VÃO?

1

Selena Lindstrom abriu um sorriso luminoso e caminhou com aquele andar leve e elástico que, no começo, espantava os turistas que a viam pela primeira vez, mas, logo depois, identificavam uma graciosidade própria dela.

– Hora do almoço – anunciou Selena, com animação. – Tudo com produtos locais, senhoras e senhores. Talvez não estejam habituados ao paladar, mas tudo é muito nutritivo... Por aqui, senhor. Sei que não vai se importar de se sentar com as senhoras... Um instante. Temos lugares para todos... Desculpe, os senhores poderão escolher as bebidas, mas não o prato principal. Será carne de vitela... Não, não. Sabor e textura artificiais, mas é realmente muito bom.

Então, ela mesma se sentou, com um discreto suspiro e uma crispação ainda mais discreta de sua agradável fisionomia.

Uma das pessoas do grupo sentou-se à sua frente.

– Você se importa? – perguntou o homem.

Ela o olhou rapidamente, com uma expressão inquisitiva. Selena tinha a capacidade de fazer prontamente julgamentos sobre as pessoas, é claro, e aquele homem não parecia que ia causar confusão. Então respondeu:

– Absolutamente. Mas você não está com alguém do grupo?
Ele balançou a cabeça.
– Não. Estou sozinho. Mesmo que não fosse o caso, os terrosos não me empolgam muito.

Ela olhou para ele, novamente. Devia andar na casa dos 50 e dava a impressão de estar esgotado, o que seus olhos vivos e brilhantes desmentiam. Tinha a inconfundível expressão dos terráqueos, carregada de gravidade.

– "Terroso" é um termo lunar, e não é muito educado – disse Selena.

– Eu sou da Terra – disse ele –, de modo que posso dizer isso sem ofender, penso. A menos que você se oponha.

Selena encolheu os ombros como se dissesse "à vontade".

Seu rosto evidenciava traços discretamente orientais em volta dos olhos, como era tão comum entre as moças da Lua, mas seu cabelo era cor de mel e seu nariz, proeminente. Sem sombra de dúvida era atraente, mesmo não tendo uma beleza clássica.

O terráqueo estava lendo o nome no crachá que ela usava na blusa, cobrindo a curva do seu seio esquerdo, altivo, mas não grande demais. Ela concluiu que ele estava mesmo lendo o nome na plaquinha, e não olhando para o seu seio, embora a blusa fosse semitransparente quando a luz incidia ali de certo ângulo, e não houvesse outra peça de roupa por baixo.

– Há muitas Selenas aqui?

– Ah, sim, centenas, eu acho. E também Cíntias, Dianas e Ártemis. Selena é um tanto cansativo. Metade das Selenas que eu conheço são chamadas "Sele", e, a outra, "Lena".

– E você?

– Nem uma coisa, nem outra. Sou Selena, com todas as três sílabas. Se-le-na – disse, acentuando a segunda sílaba –, para quem me chama pelo pré-nome.

Um pequeno sorriso cruzou o rosto do terráqueo, sentado ali como quem não estivesse acostumado a isso.

Ele então perguntou:
– E se alguém faz alguma gracinha com o seu nome?
– Não faz a segunda! – respondeu Selena, com firmeza.
– Mas fazem gracinha?
– Sempre há uns idiotas.

A garçonete tinha chegado à mesa dos turistas e colocado os pratos à frente de cada um, com movimentos suaves e ligeiros.

O terráqueo estava evidentemente impressionado e disse para a garçonete:
– Você faz parecer que eles descem flutuando.

Ela sorriu e foi para a próxima mesa.
– Você não deve fazer o mesmo. Estou acostumada com a gravidade e sei lidar com ela – disse Selena.
– Se eu tentar vou derrubar tudo? É isso?
– Você vai fazer uma meleca federal.
– Então, nem vou tentar.
– Há boas chances de que alguém queira tentar, e nem vai demorar muito. O prato vai flutuar até o chão e a pessoa vai tentar pegar e errar, e aposto dez contra um que vai cair da cadeira. Antes eu alertava, mas não adianta, alguém sempre quer tentar e acaba ficando ainda mais envergonhado. Todos os outros vão cair na risada, os turistas, quero dizer, porque nós mesmos já vimos a cena tantas vezes que nem achamos mais graça, e no fim é só mais uma sujeira que precisamos limpar.

O terráqueo estava levantando o garfo cuidadosamente.
– Entendo o que você quer dizer. Mesmo os mais simples movimentos parecem estranhos.
– Na realidade, você se acostuma bem depressa. Pelo menos com as pequenas coisas, como comer. Andar é mais difícil. Nunca vi um terráqueo correr de maneira eficiente, aqui em cima... Nada eficiente.

Por alguns instantes, comeram em silêncio. Então ele disse:
– E o que quer dizer "L."? – Ele estava novamente olhando para o crachá. Estava escrito "Selena Lindstrom L.".

– É somente "Lunar" – disse Selena, com tranquila indiferença – para me distinguir dos imigrantes. Nasci aqui.

– Mesmo?

– Isso não é surpresa nenhuma. Temos aqui uma sociedade em funcionamento há mais de meio século. Você não acha que aqui nascem bebês? Hoje há pessoas que nasceram aqui e já são avós.

– Quantos anos você tem?

– Trinta e dois.

Ele pareceu espantado, depois sussurrou:

– Claro.

Selena ergueu as sobrancelhas.

– Você quer dizer que entende? A maioria dos terráqueos precisa de uma explicação.

O terráqueo disse:

– Sei o suficiente para saber que a maioria dos sinais visíveis de envelhecimento é resultado da inexorável vitória da gravidade sobre os tecidos corporais: as maçãs do rosto que caem, os seios que murcham. Como a gravidade da Lua é um sexto da terrestre, não é muito difícil compreender que aqui as pessoas mantenham sua aparência jovem.

– Somente a *aparência* jovem. Isso não quer dizer que aqui sejamos imortais. A duração da vida é parecida com a da Terra, mas quase todos aqui têm uma velhice mais confortável – disse Selena.

– O que não se pode ignorar... Claro que há desvantagens, imagino. – Ele acabara de dar um primeiro gole no café. – Você tem de beber esta... – e fez uma pausa, em busca de uma palavra que deve ter desistido de usar, pois não falou mais nada.

– Podíamos importar comida e bebida da Terra – disse Selena, achando divertido –, mas só o suficiente para alimentar uma parcela da nossa população, uma parte do tempo. Isso não faz sentido quando podemos usar o espaço para itens mais fundamentais. Além disso, estamos acostumados a essa bebida tosca... Ou talvez você estivesse querendo usar um termo mais forte.

– Não para o café – disse ele. – Ia reservar a palavra para a comida. Mas "tosca" serve. Diga-me, senhorita Lindstrom, não vi nenhuma indicação no itinerário dos turistas a respeito do síncrotron de prótons.

– O síncrotron de prótons? – Selena estava acabando o café e seus olhos começaram a circular pela sala, como se estivesse avaliando o momento certo de convidar o grupo a ficar em pé novamente. – Ele é propriedade terrestre e não está aberto a turistas.

– Você quer dizer que é vedado o acesso aos lunares?

– Ah, não! Nada disso. Quase todos os funcionários são lunares. Só que as regras são ditadas pelo governo terrestre. Proibido para turistas.

– Eu adoraria visitá-lo – disse o terráqueo.

– Aposto que sim... Você me deu sorte. Nem um pouco de comida no chão, nenhum bendito homem ou mulher esparramado no piso.

Então ela se ergueu e anunciou:

– Senhoras e senhores, estaremos saindo em dez minutos. Por favor, deixem os pratos onde estão. Os que desejam podem usar o banheiro e depois iremos visitar as fábricas de processamento de alimentos onde são criadas as refeições que vocês acabaram de fazer.

Naturalmente, os aposentos de Selena eram pequenos e compactos, mas intrincados. As janelas, panorâmicas, permitiam que se acompanhassem lentas e aleatórias mudanças das cenas estelares, mas sem a menor relação com as constelações reais. Cada uma das três janelas poderia ser adaptada para exibir uma ampliação telescópica, quando Selena quisesse.

Barron Neville detestava essa parte. Costumava desligar o dispositivo com hostil selvageria e dizer:

— Mas como você atura uma coisa assim? Você é a única criatura que eu conheço que tem o mau gosto de fazer uma coisa dessas. E, além do mais, essas nebulosas e grupos de estrelas nem sequer existem.

Selena encolhia os ombros, indiferente, e respondia:

— O que é "existir"? Como é que você sabe que as que estão lá no alto de fato existem? Além disso, tenho a sensação de liberdade e movimento. Será que posso experimentar isso, nos meus próprios aposentos, se eu quiser?

Então, Neville resmungava alguma coisa e fazia uma tentativa hesitante de repor os controles nas posições em que os havia encontrado, ao que Selena dizia:

– Esquece!

As peças da mobília tinham curvas suaves e as paredes eram adornadas com motivos abstratos, discretos, em cores pastel. Em parte alguma havia a representação de coisas que se pudessem considerar vivas.

"Coisas vivas são a Terra" – diria Selena –, "não a Lua".

Agora, quando entrou, já encontrou – como tantas outras vezes – Neville. Barron Neville estava descansando no sofá, com uma sandália num dos pés. A outra estava ao lado dele, onde tinha caído, e havia uma linha de marcas vermelhas na barriga, logo acima do umbigo, onde se coçara enquanto meditava.

– Pega um pouco de café para nós, Barron, pode ser? – pediu Selena, e deslizou para fora de suas roupas com um longo e gracioso volteio do corpo, acompanhado por um suspiro de alívio, deixando que elas caíssem no chão. Depois chutou-as para um canto com o pé.

– Que alívio tirar tudo isso! – disse ela. – É a pior parte do trabalho: ter de me vestir como um terroso.

Neville estava no canto que era a cozinha. Não prestou atenção, pois já ouvira isso antes.

– Qual o problema com o seu estoque de água? Está muito baixo – indagou Neville.

– É? Então, acho que estive usando em excesso. Tenha paciência, só isso.

– Algum problema, hoje?

Selena encolheu os ombros.

– Não. O de sempre. Só o programinha habitual de vê-los cambalear pelos lugares, fingindo que não detestaram a comida e sabendo que estão em dúvida se alguém ainda vai pedir que tirem as roupas. Eu não deveria me surpreender... Uma possibilidade nojenta.

– Você está se tornando pudica? – disse Neville, enquanto trazia duas pequenas xícaras de café, que colocou na mesa.

– Nesse caso, a modéstia é um requisito. Eles são enrugados, despencados, barrigudos, cheios de germes. Não me importo que as leis da quarentena sejam como são; eles são cheios de germes... E do seu lado, alguma novidade?

Barron sacudiu a cabeça. Ele tinha uma constituição corporal pesada para um lunar e exibia um estreitamento quase rabugento dos olhos, que se tornara um aspecto permanente de sua fisionomia. Fora isso, seus traços eram regulares e notavelmente belos, na opinião de Selena.

– Nada de extraordinário. Ainda estamos esperando a troca de Comissário. Teremos de ver como é esse tal Gottstein.

– Será que ele vai criar dificuldades?

– Nenhuma maior do que as atuais. Afinal, o que eles podem fazer? Não podem se infiltrar. Você não pode disfarçar um terroso de lunar. – Mas, ainda assim, ele parecia incomodado.

Selena deu um golinho no café e olhou para ele de modo astucioso.

– Alguns lunares poderiam ser terrosos por dentro... – disse Selena.

– Sim, e eu gostaria muito de saber quem. Às vezes, não acho que posso confiar... ah, tudo bem. Estou perdendo um tempo incrível com meu projeto do síncrotron e não estou chegando a parte alguma. Não estou com sorte quanto às prioridades.

– Provavelmente eles não confiam em você, e não posso culpá-los. Se pelo menos você não ficasse rondando os lugares com ar tão conspirador...

– Eu não faço nada disso. Seria ótimo sair da sala do síncrotron e jamais pôr os pés lá de novo, mas então eles ficariam mesmo desconfiados... Se você andou desperdiçando o seu estoque de água, Selena, eu imagino que não poderemos tomar outra xícara.

– É, não podemos. Mas se for esse o caso, você me ajudou a desperdiçá-la. Na última semana, você tomou banho de chuveiro duas vezes aqui.

– Vou lhe dar um crédito de água. Eu não sabia que você estava contando.

— Não estou. É o meu nível de água que está... – Ela acabou seu café e olhou pensativa para a xícara vazia. Então completou – Eles sempre torcem o nariz por causa disto. Os turistas. E também nunca consigo entender por quê. Para mim tem um gosto bom. Você, alguma vez, provou o café da Terra, Barron?

— Não – disse Barron, curto e grosso.

— Eu provei. Uma vez. Um turista tinha contrabandeado uns pacotes do que ele dizia ser café solúvel. Ele me ofereceu um pouco, em troca de você sabe o quê. Ele achava que seria uma troca justa.

— E você bebeu um pouco?

— Estava curiosa. Era amargo e metálico. Detestei. Então lhe disse que a miscigenação era contra os costumes lunares e aí *ele* se tornou amargo e metálico.

— Você nunca me disse isso. Ele não tentou nada, tentou?

— Não é exatamente seu problema, é? E, não, ele não tentou nada. Se tivesse tentado, na gravidade errada para ele, eu o teria feito saltar feito pipoca pelo corredor 1. – Depois, continuou: – Ah, sim, hoje topei com outro terroso. Ele insistiu em se sentar à mesa comigo.

— E o que ele ofereceu em troca de trepar com você muito delicadamente...

— Ele só ficou sentado.

— E vidrado nos seus seios?

— Estão aí para serem admirados, mas na verdade ele não fez isso. Ele olhou mais para o meu crachá... Mas, me diz uma coisa: e o que você tem a ver com as fantasias dele? As fantasias são livres e você não tem de realizá-las. Com o que você acha que eu estou fantasiando? Na cama com um terráqueo? Com toda a ação que se poderia esperar de alguém tentando lidar com um campo gravitacional com o qual não está habituado? Eu não diria que isso já não aconteceu, mas não comigo. E nunca me disseram que tenha sido bom. Estamos entendidos? Posso voltar a falar do terroso? Que deve ter mais ou menos 50 e alguma coisa? E que evidentemente não era lindo de morrer nem quando tinha 20? Entretanto, sua aparência era interessante. Isso eu posso dizer.

— Tudo bem. Contento-me com esse miniperfil do cara. Qual era a dele?

— Ele me perguntou do síncrotron de prótons!

Neville ficou em pé de um salto, oscilando um pouco como era inevitável depois de um movimento repentino em baixa gravidade.

— O que ele perguntou sobre o síncrotron?

— Nada. Por que você está tão alterado? Você me pediu para eu lhe contar qualquer coisa que fosse incomum envolvendo qualquer turista, sempre, e isto me pareceu incomum. Nunca alguém me perguntou sobre o síncrotron antes.

— Tá bom — disse Neville, após uma breve pausa e, depois, com voz normal, perguntou: — Por que ele estava interessado no síncrotron?

— Não tenho a menor ideia. Ele só me perguntou se podia ver o aparelho. Poderia ser um turista interessado em ciência. O que me pareceu foi que era algum truque para eu me interessar por ele.

— E suponho que você esteja interessada. Qual o nome dele?

— Não sei, não perguntei.

— Por que não?

— Porque não estou interessada nele. O que é que você quer? Além disso, o fato de ele perguntar prova que é um turista. Se fosse um físico, não teria de perguntar. Ele já estaria lá.

— Minha querida Selena — disse Neville —, vou lhe explicar uma coisinha. Nas atuais circunstâncias, qualquer pessoa que peça para ver o síncrotron de prótons é alguém peculiar que queremos conhecer melhor. E por que ele iria perguntar a você?

Neville foi caminhando apressadamente até o outro lado da sala e voltou, como se precisasse gastar um pouco de energia excessiva. Depois indagou:

— Você é a especialista nesse absurdo. Você achou que ele fosse interessante?

— Sexualmente?
— Você sabe o que estou querendo dizer. Não brinque comigo, Selena.
— Ele é interessante, chega a ser até perturbador. Mas não sei por quê. Ele não disse nada. Não fez nada.
— Interessante e perturbador, é? Então você irá vê-lo de novo.
— E fazer o quê?
— Como posso saber? Essa é a sua parte. Descubra o nome dele. Descubra tudo que puder. Você tem cérebro, então use desta vez, para variar, com alguma coisa prática.
— Tá, tudo bem, ordens do andar superior. Combinado.

Não havia como distinguir os aposentos do Comissário dos de qualquer outro lunar, julgando apenas por suas dimensões. Na Lua, não havia espaço nem mesmo para as autoridades terrestres. Nenhum luxo a ser desperdiçado, nem como símbolo do planeta-lar. Assim como, a propósito, não havia a menor chance de mudar o fato absoluto sobre a Lua – que tinha baixa gravidade –, mesmo para os mais distintos terráqueos que já tinham vivido.

– O homem ainda é uma criatura do seu meio ambiente – suspirou Luiz Montez. – Estou na Lua há dois anos e houve épocas em que me senti tentado a ficar mais, mas estou envelhecendo. Acabei de completar 40 anos e, se pretendo um dia voltar à Terra, é melhor fazer isso agora. Se eu ficar muito mais velho posso não conseguir mais me readaptar à gravidade total.

Konrad Gottstein tinha apenas 34 anos e, antes de mais nada, parecia mais jovem. Tinha um rosto redondo, largo, de traços grandes, do tipo que não se vê entre os lunares, que serviria de modelo para as caricaturas sobre terráqueos. Não era corpulento

– não valia a pena enviar terráqueos corpulentos para a Lua – e sua cabeça parecia grande demais para seu corpo.

Em língua planetária padrão, com um sotaque perceptivelmente diferente do de Montez, Gottstein disse:

– Você parece lamentar.

– Lamento, lamento mesmo – disse Montez. Enquanto o rosto de Gottstein tinha uma aparência intrinsecamente bem-humorada, as linhas longas e finas do rosto de Montez eram quase que tragicamente cômicas. – Lamento em ambos os sentidos. Estou constrangido por sair da Lua, pois é um mundo atraente e repleto de coisas excitantes. E estou envergonhado por me sentir assim, por estar relutante quanto a assumir a carga da Terra, a gravidade e tudo o mais.

– Sim, imagino que tornar a carregar os outros cinco sextos vá ser difícil – disse Gottstein. – Só estou na Lua há poucos dias e já sinto que em sexto de *g* é muito agradável.

– Você não vai mais se sentir tanto assim quando começar com a constipação intestinal e passar a viver de óleo mineral – acrescentou Montez, com um suspiro –, mas também isso passará... E não pense que pode imitar as lépidas gazelas só porque se sente mais leve. Isso exige arte.

– Entendo.

– Você *acha* que entende, Gottstein. Você já viu um canguru andando?

– Na televisão.

– O que não lhe dá uma real sensação de como deve ser andar daquele jeito. É preciso tentar de fato. Aquele é o jeito adequado de cruzar a superfície lunar em alta velocidade. Os pés se movem juntos para trás e lançam-no adiante, num salto que, na Terra, seria um simples salto em distância. Enquanto você está no ar, eles devem vir para a frente. Comece a mover os pés para trás logo antes que eles toquem o chão de novo. Mantenha o impacto de um novo lançamento adiante. E continue assim. O movimento vai parecer lento pelos padrões da Terra, com apenas um leve ricochete da gravidade, mas cada salto tem mais de 6 metros de extensão e a quantidade de esforço muscular exigido para mantê-lo no ar – se houvesse ar – seria mínima. A sensação é de estar voando...

– Você já experimentou? Você consegue fazer isso?

– Tentei, mas nenhum terráqueo o fez ainda. Consegui manter esse deslocamento por uma sequência de cinco saltos seguidos, o que foi suficiente para poder ter essa sensação. Foi o suficiente para querer mais, mas então os inevitáveis erros de cálculo atrapalham, a perda do sincronismo interfere e aí você se estatela e cai deslizando por pelo menos 400 metros. Os lunares são muito educados e nunca dão risada de você. Claro que para eles é muito fácil. Começam a praticar isso quando ainda são bem pequenos e pegam o jeito sem grande dificuldade.

– É o mundo deles – disse Gottstein, com uma risadinha. – Pense em como ficariam na Terra.

– Eles não ficariam na Terra, não conseguiriam. Penso que isso é uma vantagem para nós. Podemos estar tanto aqui como lá, mas eles só podem viver na Lua. Às vezes nos esquecemos disso porque confundimos os lunares com os imis. É como eles chamam os imigrantes da Terra, os que vivem na Lua em caráter mais ou menos permanente, mas nasceram e foram criados na Terra. Naturalmente, os imis podem voltar à Terra, mas os lunares de verdade não têm nem os ossos nem os músculos para aguentar a gravidade terrestre. Ocorreram algumas tragédias a esse respeito, no início da história da Lua.

– É?

– Sim. Pessoas que voltaram para a Terra com seus filhos nascidos na Lua. É fácil esquecer. Passamos pela nossa própria Crise e algumas poucas crianças mortas não parece ser um fato importante à luz dos enormes índices de morte do final do século 20 e tudo o que se seguiu. Aqui na Lua, porém, todo lunar que morre por causa da gravidade da Terra é recordado... Isso os ajuda a manter seu mundo separado, eu acho.

— Achei que, na Terra, tinham me passado todas as informações mais importantes, mas parece que ainda tenho muito o que aprender – disse Gottstein.

— É impossível aprender tudo sobre a Lua de um posto na Terra, por isso deixei um relatório completo para você, da mesma forma como o meu antecessor fez para mim. Em certo sentido, a Lua vai parecer fascinante, mas em outros, insuportável. Duvido que você já tenha comido rações lunares na Terra e, com base apenas nas descrições, você não está preparado para a realidade... Mas vai ter de aprender a gostar dela. É má política trazer coisas da Terra para cá. Temos de comer e beber produtos locais.

— Você já está fazendo isso há dois anos. Acho que vou sobreviver.

— Faço, mas não regularmente. Há excursões periódicas para a Terra. São obrigatórias, goste você ou não. Isso lhe foi dito, com certeza.

— Sim – concordou Gottstein.

— Apesar de todos os exercícios que você vier a fazer aqui, precisará se submeter à gravidade completa, de vez em quando, só para que seus ossos e músculos se lembrem de como é. E, quando você estiver na Terra, vai comer. De vez em quando ocorre um contrabando de comida.

— Minha bagagem foi cuidadosamente inspecionada, claro, mas o que aconteceu é que tinha uma lata de carne moída no bolso do meu paletó. Eu tinha esquecido ela ali... e eles também – afirmou Gottstein.

Montez sorriu e disse, com certa hesitação:

— Desconfio que agora você se ofereça para dividi-la.

— Não – disse Gottstein, ajuizadamente, enrugando seu largo nariz de batata. – Eu ia dizer com toda a trágica nobreza de que sou capaz: "Olha aqui, Montez, *comai* tudo! A tua fome é maior do que a minha!" – Gottstein se atrapalhou um pouco com a fala, tentando usar uma fórmula mais polida da língua planetária padrão.

Montez sorriu ainda mais e depois deixou o assunto morrer. Balançou a cabeça.

– Não, em mais uma semana vou devorar toda a comida terrestre que eu aguentar. Você não. Nos próximos anos, as suas doses de comida serão bem reduzidas e você vai passar tempo demais lamentando esta sua generosidade. Fique com tudo... Insisto. Se eu aceitar, só vou conquistar o seu ódio *ex post facto*.

Ele parecia sério, com a mão no ombro do outro, enquanto olhava direto no fundo dos olhos de Gottstein.

– Além disso, tem mais uma coisa que quero discutir com você, e que estou adiando pois não sei como apresentar a questão, e essa comida ainda serviria como mais um motivo para desviar o assunto.

Gottstein deixou de lado a lata da Terra no mesmo instante. De modo algum seu rosto conseguiria alcançar a mesma densa seriedade da face do outro, mas sua voz era grave e comedida quando perguntou:

– Não seria alguma coisa a ser enviada num dos seus despachos, Montez?

– Houve algo que eu tentei despachar dessa maneira, Gottstein, mas entre eu não saber como colocar a situação em palavras e a relutância da Terra em captar o sentido do que eu estava dizendo, acabamos não nos comunicando. Talvez você tenha melhor êxito. Espero que sim. Uma das razões pelas quais não pedi para estender nenhuma das minhas viagens obrigatórias é que não posso mais assumir a responsabilidade pela minha falha de comunicação.

– Você dá a impressão de que a coisa é séria.

– Eu até que gostaria de fazer parecer sério. Francamente, parece uma bobagem. Há apenas cerca de dez mil pessoas na colônia lunar. Menos da metade são lunares nativos. Têm pela frente problemas de recursos, de espaço, um mundo árido e, no entanto... no entanto...

– No entanto? – disse Gottstein, encorajando-o.

— Alguma coisa está acontecendo aqui – não sei exatamente o quê – que pode ser perigosa.

— Como pode ser perigosa? O que eles podem fazer? Declarar guerra à Terra? – O rosto de Gottstein tremeu à beira de um sorriso amargo.

— Não, não. É mais sutil do que isso. – Montez passou a mão pelo rosto, esfregando os olhos com petulância. – Vou ser honesto com você. A Terra perdeu a coragem.

— Mas o que isso quer dizer?

— Bom, como você chamaria isso? Mais ou menos na mesma época em que a colônia lunar estava sendo implantada, a Terra passou pela Grande Crise. Não preciso lhe falar sobre isso.

— Não, não precisa – concordou Gottstein, com repulsa.

— Agora, a população da Terra é de dois bilhões, dos seis bilhões anteriores, no auge.

— A Terra está muito melhor por causa disso, não é?

— Ah, sem dúvida, embora eu preferisse que tivesse existido um jeito melhor de obter essa queda populacional... Mas esse processo deixou para trás uma desconfiança permanente da tecnologia, uma vasta inércia, a ausência do desejo de arriscar mudanças por causa de possíveis efeitos colaterais. Grandes esforços, possivelmente perigosos, foram abandonados porque havia mais medo do perigo do que o desejo de grandiosidade.

— Entendo que você está falando do programa de engenharia genética.

— Esse é o exemplo mais espetacular, claro, mas não o único – disse Montez, amargo.

— Francamente, não posso ficar exaltado com o abandono da engenharia genética. Era uma malha de fracassos.

— Perdemos nossa chance com o intuicionismo.

— Nunca houve evidências de que o intuicionismo fosse desejável, e há fortes indícios de que não era... Além disso, e a colônia lunar propriamente dita? Certamente, isso não indica estagnação na Terra.

— Indica, sim — disse Montez, enfaticamente. — A colônia lunar é uma ressaca, um último resquício do período anterior à Crise, uma coisa que foi levada adiante como um lastimável e derradeiro impulso adiante da humanidade, antes do grande recuo.

— Isso é dramático demais, Montez.

— Discordo. A Terra retrocedeu. A humanidade retrocedeu, em toda parte, menos na Lua. A colônia lunar é a fronteira do homem, não só fisicamente, mas também psicologicamente. Aí está um mundo que não tem um tecido vivo para ser rompido, que não tem um ambiente complexo em delicado equilíbrio para ser destruído. Tudo na Lua que tem alguma utilidade para o homem ele mesmo fez. A Lua é um mundo construído pelo homem, desde o começo, a partir do básico. Não há passado.

— E?

— Na Terra, somos castrados por nosso desejo de um passado idílico que, de fato, nunca existiu. E que, se tivesse existido, nunca mais poderia existir. Em certo sentido, uma grande parte da ecologia foi comprometida na Crise, e estamos reaproveitando tudo que sobrou para sentirmos medo, sempre sentirmos medo... Na Lua, não existe nenhum passado do qual temer. Não existe outro sentido senão seguir adiante.

Montez dava a impressão de estar se exaltando ao som de suas próprias palavras.

— Gottstein, estou observando as coisas há dois anos. E você vai observar por pelo menos um período igual. Aqui na Lua existe um fogo, um ardor inquieto, que se expande em todas as direções. Expande-se fisicamente. Todo mês, novos corredores aparecem, são montadas novas instalações residenciais, cria-se espaço para uma nova população potencial. Eles se expandem no que diz respeito a recursos. Encontram novos materiais de construção, novas fontes de água, novos sítios de minerais especializados. Expandem seus bancos de bateria à base de luz solar, aumentam suas fábricas de produtos eletrônicos... Imagino que você saiba que essas dez mil pessoas aqui na Lua são hoje a principal fonte de fornecimento de dispositivos microeletrônicos e substâncias bioquímicas refinadas para a Terra.

– Sei que são um fornecedor importante.

– A Terra mente para si própria por uma questão de conforto. A Lua é a fonte principal. Mantendo-se o ritmo atual, poderá se tornar a única fonte num futuro próximo... Também está crescendo intelectualmente, Gottstein. Imagino que na Terra, hoje, não exista um jovem brilhante interessado em ciência que não sonhe vagamente – ou mais do que só vagamente – em vir para a Lua um dia. Com a Terra retrocedendo em termos tecnológicos, a Lua é onde as coisas acontecem.

– Você está se referindo ao síncrotron de prótons, não é?

– Esse é um dos exemplos. Quando foi construído o último síncrotron na Terra? Mas esse é somente o maior e mais dramático dos dispositivos. Não é o único nem o mais importante. Se você quer conhecer o dispositivo científico mais importante da Lua...

– Seria algo assim tão secreto a ponto de ninguém falar sobre isso comigo?

– Não, é algo tão óbvio que ninguém parece reparar. São as dez mil cabeças aqui. Os dez mil melhores cérebros humanos estão aqui. O único grupo coeso de dez mil cérebros humanos que, em princípio e por paixão, estão interessados em ciência.

Gottstein se mexeu, incomodado, e tentou mudar a posição da cadeira. Ela estava parafusada no chão e não se moveu, mas, nessa tentativa, Gottstein se percebeu indo para o chão. Montez estendeu a mão para estabilizá-lo.

Gottstein corou.

– Desculpe.

– Você vai se acostumar com essa gravidade.

– Mas você não estaria pintando o quadro mais negro do que é preciso? A Terra não é um planeta inteiramente ignorante. Afinal, desenvolvemos a Bomba de Elétrons. Isso é um feito inteiramente terrestre. Nenhum lunar teve participação nela – disse Gottstein.

Montez balançou a cabeça e resmungou algumas palavras em espanhol, sua língua nativa. Não pareciam palavras amistosas.
– Você conheceu Frederick Hallam? – perguntou Montez.
Gottstein sorriu com um trejeito sarcástico.
– Sim, de fato conheci. O Pai da Bomba de Elétrons. Acredito que essa frase inclusive está tatuada no peito dele.
– O próprio fato de você ter sorrido e ter feito esse comentário prova o meu ponto de vista. Pergunte a si mesmo: um sujeito como Hallam poderia realmente ter produzido a Bomba de Elétrons? Para a multidão dos descerebrados essa história serve, mas o fato é que – e você deve saber, se alguma vez parou para pensar nisso – não existe pai da Bomba de Elétrons. As para-pessoas, ou as pessoas do para--universo, seja o que for, inventaram a Bomba. Hallam foi seu instrumento acidental. A Terra inteira é o acidente instrumental deles.
– Mas fomos espertos o bastante para nos aproveitar dessa iniciativa.
– Sim, da mesma maneira que as vacas são espertas para comer a grama que lhes fornecemos. A Bomba não indica de jeito nenhum que o homem está olhando para o futuro. Muito pelo contrário.
– Se a Bomba é um passo atrás, então digo que bom é retroceder, pois eu não gostaria de passar sem ela.
– E quem gostaria? Mas o ponto é que serve perfeitamente ao atual estado de ânimo da Terra. Energia infinita a custo praticamente zero, exceto por sua manutenção, causando zero de poluição, ainda por cima. Mas não existem Bombas de Elétrons na Lua.
Gottstein comentou:
– Imagino que não sejam necessárias. As baterias solares fornecem o que os lunares precisam. Energia infinita a custo praticamente zero, fora sua manutenção, e ainda por cima com poluição zero... Não é esse o repeteco?
– Sim, realmente é, mas as baterias solares são inteiramente feitas pelo homem, e é esse o ponto que estou salientando. Uma Bomba de Elétrons foi projetada para a Lua, e tentaram realizar sua instalação.

– E?

– Não funcionou. As para-pessoas não aceitaram o tungstênio. Nada aconteceu.

– Não sabia. Por que não?

Montez ergueu os ombros e as sobrancelhas num movimento expressivo.

– E quem vai saber? Podemos supor, por exemplo, que as para-pessoas vivem num mundo sem satélites, que não têm uma noção de mundos separados em forte proximidade, todos habitados. Que, depois de terem fundado um, não foram em busca de nenhum outro. Quem vai saber? A questão é que as para-pessoas não morderam a isca, e nós mesmos, sem eles, não pudemos fazer nada.

– Nós mesmos – repetiu Gottstein, pensativo. – Você está querendo dizer os terráqueos?

– Sim.

– E os lunares?

– Não estavam envolvidos.

– Mas estavam interessados?

– Não sei. Minha incerteza e meu medo estão principalmente aí. Os lunares – os nativos, em especial – não se sentem terráqueos. Não sei quais são seus planos, nem o que pretendem. Não consigo descobrir.

Gottstein parecia pensativo.

– Mas o que eles podem fazer? Você tem algum motivo para supor que eles pretendem nos causar algum mal, ou que podem prejudicar a Terra, mesmo tendo essa intenção?

– Não posso responder isso. São um povo atraente e inteligente. A mim parece que lhes falta um ódio real, uma ira real, ou até mesmo um medo real. Mas talvez isso seja apenas minha impressão. O que mais me incomoda é que eu não sei.

– O equipamento científico na Lua é controlado pela Terra, certo?

– Isso mesmo. O síncrotron de prótons é. E o radiotelescópio na face transterrestre também é.

– O telescópio óptico de 300 polegadas é... quer dizer, os equipamentos de grande porte, que já existem há cinquenta anos.
– E o que foi feito desde então?
– Pelos terráqueos, bem pouco.
– E pelos lunares?
– Não tenho certeza. Os cientistas deles trabalham em grandes instalações, mas uma vez eu tentei verificar os cartões de ponto. Eles têm saltos.
– Saltos?
– Eles passam um tempo considerável fora das grandes instalações. É como se tivessem seus próprios laboratórios.
– Bom, se eles produzem minidispositivos eletrônicos e substâncias bioquímicas refinadas, não é de se esperar que isso aconteça?
– Sim, mas... Gottstein, sei lá. Temo a minha própria ignorância.
Instalou-se uma pausa até certo ponto longa. Então, Gottstein completou:
– Montez, entendo que você está me contando tudo isso para que eu tome cuidado. E tente, talvez, descobrir o que os lunares estão fazendo.
– Acho que é mais ou menos isso, sim – concordou Montez, desanimado.
– Mas você nem sabe se eles estão fazendo alguma coisa...
– Acho que estão.
– Mas isso é estranho. Eu deveria estar tentando fazê-lo desistir desse misticismo amedrontado... mas é estranho... – ponderou Gottstein.
– O quê?
– Na mesma nave que me trouxe para a Lua veio outra pessoa. Quer dizer, veio um grupo grande, mas um rosto em particular me despertou algo. Não falei com ele – não tive oportunidade – e deixei o assunto de lado. Mas agora a nossa conversa está disparando algum alarme e de repente ele me volta à mente...
– Sim?

– Por um tempo, participei de uma comissão que lidava com assuntos relativos à Bomba de Elétrons. Com a questão da segurança. – Ele exibiu um breve sorriso. – Você disse que a Terra perdeu a coragem. Nós nos preocupamos com segurança, em toda parte. Os detalhes me escapam, mas, em relação àquela audiência, notei um rosto que agora estou seguro de ter visto também na nave. Estou convencido disso.

– Você acha que isso tem algum significado?

– Não sei bem, mas associo esse rosto a algo perturbador. Se eu continuar pensando, talvez possa recuperar essa ideia. De todo modo, seria melhor obter uma lista dos passageiros e ver se algum nome me desperta algo. É uma pena, Montez, mas acho que você me colocou em funcionamento.

– Isso não é uma pena, não – disse Montez. – Estou contente. Quanto a esse homem, pode ser que se trate de um turista sem a menor importância que em duas semanas terá ido embora, mas fico feliz que você esteja pensando no assunto...

Gottstein não parecia estar ouvindo.

– Ele é um físico, algum tipo de cientista – resmungou entre dentes. – Estou certo disso e para mim ele está associado com perigo...

– Olá – cumprimentou Selena, alegremente.

O terráqueo se virou. Quase no mesmo instante ele a reconheceu.

– Selena! Estou certo? Selena?

– Sim, pronunciado corretamente, inclusive. Está se divertindo?

O terráqueo respondeu gravemente:

– Muitíssimo. Faz-me pensar o quanto o nosso século é peculiar. Há não muito tempo eu estava na Terra, cansado do meu mundo, cansado de mim. Então pensei: bom, se eu estivesse vivendo há cem anos, o único jeito de sair daqui seria morrendo, mas agora... posso ir à Lua. – O sorriso dele não manifestava leveza de espírito.

– Você está mais contente agora, aqui na Lua? – perguntou Selena.

– Um pouco. – Ele circulou os olhos ao redor. – Você não tem um bando de turistas para cuidar?

– Hoje, não – ela disse, animada. – É meu dia de folga. E pode ser que eu tire mais dois ou três. É um trabalho cansativo.

– Que pena... e bem no seu dia de folga você topa com um turista.

– Eu não o encontrei por acaso. Vim atrás de você. E isso também me deu um pouco de mão de obra. Você não devia sair perambulando pelos lugares, desacompanhado.

O terráqueo olhou para ela com interesse.

– Por que você tinha de me achar? Gosta dos terráqueos?

– Não – respondeu Selena, com franqueza evidente. – Eles me dão enjoo. Não gosto deles por uma questão de princípio, e estar constantemente em contato com eles por causa do meu trabalho só piora a situação.

– Mesmo assim, veio atrás de mim e não há nenhuma maneira terrestre – ou lunar, quer dizer – de que eu consiga me convencer de que é porque sou jovem e atraente.

– Ainda que você fosse, não adiantaria nada. Os terráqueos não me interessam, como todos sabem, menos Barron.

– Então por que estava me procurando?

– Porque há outras maneiras de sentir interesse e porque Barron está interessado.

– E quem é Barron? Seu namorado?

Selena riu.

– Barron Neville. Ele é muito mais do que isso. Fazemos sexo sempre que temos vontade.

– Bom, era isso que eu tinha pensado. Você tem filhos?

– Um menino de dez anos. Ele passa quase o tempo todo no complexo para meninos. Para economizar mais uma pergunta sua, Barron não é o pai. Posso ter um filho com Barron, se ainda estivermos juntos quando me autorizarem outra criança – *se* me autorizarem outra criança... Estou bem confiante de que isso acontecerá.

– Você é bem sincera.

– A respeito de coisas que não considero secretas? Claro... Agora, o que você gostaria de fazer?

Andavam por um corredor de rocha branca como leite, na direção de uma superfície vitrificada na qual estavam inseridos pedacinhos escuros de "joias lunares", à livre disposição dos interessados, em quase todas as seções da superfície lunar. Selena estava com sandálias que mal pareciam tocar o chão; já o terráqueo estava com botas de solado grosso que pesavam como chumbo e ajudavam-no a não deixar que seus passos se tornassem uma tortura.

O corredor tinha fluxo em mão única. De vez em quando, um pequeno carrinho elétrico ultrapassava-os e seguia adiante quase sem produzir ruído.

– Bom... o que é que eu gostaria de fazer? Eis aí um convite bem amplo. Você poderia então estabelecer algumas condições-limite para que minhas respostas não a ofendam, mesmo que eu não tenha essa intenção, tudo bem? – sugeriu o terráqueo.

– Você é físico?

– Por que você pergunta isso?

– Só para ouvir o que você vai dizer. Eu sei que é.

– Como?

– Ninguém fala "condições-limite" a menos que seja um físico. Especialmente se a primeira coisa que querem ver na Lua é o síncrotron de prótons.

– Foi por isso que você veio me procurar? Porque pareço ser um físico?

– Foi por isso que Barron me mandou procurá-lo. Porque ele é físico. Eu vim porque achei que, para alguém da Terra, você é bem diferente.

– Diferente como?

– Nada muito elogioso... se é que você está esperando algum elogio. É só que você não se parece com os homens da Terra.

– E como pode saber?

– Eu observei que você olhava para os outros, na festa. Além disso, sempre sei, de algum jeito. São os terrosos que não gostam dos terrosos que permanecem na Lua. O que me traz de novo para a primeira pergunta. O que você gostaria de fazer? E eu vou ditar as condições-limite. Quer dizer, no que diz respeito a locais que podem ser visitados.

O terráqueo olhou para ela de forma penetrante.

– Isso é bem peculiar, Selena. Você tem um dia de folga. Seu trabalho é monótono ou desagradável o suficiente para que você se sinta aliviada com essa folga e deseje que ela se estenda por dois ou três dias. Mesmo assim, se prontifica como voluntária para estar de serviço, especialmente por minha causa... Apenas por causa de um pequeno interesse.

– Interesse de Barron, que agora está ocupado, e não há problema em ser sua cicerone até que ele esteja disponível... Além disso, é diferente. Você não percebe que é diferente? No meu trabalho, fico conduzindo bandos de vinte terrosos, mais ou menos... Espero que você não se incomode de eu falar deles assim.

– Eu também falo assim.

– Porque você é terráqueo. Alguns habitantes da Terra consideram "terroso" um termo depreciativo e ficam ofendidos quando um lunar o emprega.

– Você quer dizer, quando um lunático o emprega!?

Selena corou, e então admitiu:

– Sim, é isso aí.

– Bom, então, nenhum de nós vai brigar por causa desses termos. Continue, você estava me falando sobre o seu trabalho.

– No meu trabalho, tem esses terrosos que eu preciso impedir de se matarem e a quem tenho de levar para cá e para lá, e fazer pequenos discursos para eles, garantindo que comam, bebam e caminhem como manda o figurino. Eles visitam seus lugarzinhos turísticos prediletos e fazem suas coisinhas preferidas, e eu tenho de ser excessivamente educada e maternal.

– Péssimo – disse o terráqueo.

– Mas você e eu podemos fazer o que quisermos, espero; você está disposto a correr riscos, e eu não tenho de fiscalizar o que vou dizer.

– Já lhe disse que não tem o menor problema você me chamar de terroso.

– Tudo bem, então. Para mim, vai ser como um feriado prolongado. O que você gostaria de fazer?
– Essa tem uma resposta fácil. Quero ver o síncrotron de pósitrons.
– Isso não. Talvez Barron depois possa providenciar uma visita para você.
– Bom, se não posso ver o síncrotron, não sei o que mais existe para ser visto. Eu sei que o radiotelescópio fica do outro lado e não imagino que ali exista alguma novidade... Então, você me diz. O que o turista médio não costuma ver?
– Várias coisas. As salas de algas, por exemplo . Não as instalações antissépticas de processamento, que você já viu, mas as fazendas propriamente ditas. Entretanto, o cheiro lá é bem forte e não acho que um terroso – um terráqueo – acharia aquilo apetitoso. O pessoal da Terra tem dificuldade em se adaptar à nossa comida.
– Mas isso a surpreende? Alguma vez você já provou a comida da Terra?
– De verdade, não. Provavelmente não iria gostar. Tudo depende daquilo a que a gente está acostumado.
– Acho que sim – disse o terráqueo, suspirando. – Se você comer um bife de verdade, provavelmente não suportaria a gordura e as fibras.
– Podemos ir até a periferia onde os novos corredores estão alcançando os estratos de pedra, mas você vai precisar usar roupas especiais. Há as fábricas...
– Você decide, Selena.
– Faço isso se você me disser uma coisa com toda a honestidade.
– Não posso prometer sem ouvir a pergunta.
– Eu disse que os terrosos que não gostam de terrosos costumam ficar na Lua. Você não me corrigiu. Você pretende ficar na Lua?

O terráqueo olhou pensativo para seus pés cobertos por aquelas botas desajeitadas. E então respondeu:
– Selena, eu tive dificuldade para conseguir o visto para a Lua. Disseram que eu talvez já estivesse velho demais para a viagem e

que, se ficasse algum tempo, poderia ser impossível regressar para a Terra. Então, eu disse que planejava ficar na Lua para sempre.

– Você não estava mentindo?

– Naquela época eu não tinha certeza. Mas agora, acho que vou ficar sim.

– Eu devia ter imaginado que eles seriam contrários a deixá-lo vir em tais circunstâncias.

– Por quê?

– Em geral, as autoridades da Terra não gostam de enviar físicos para a Lua em caráter permanente.

Os lábios do terráqueo estremeceram.

– Quanto a isso não tive problemas.

– Bom, então, se você vai ser um de nós, acho que devia visitar o ginásio. Os terrosos gostam de visitá-lo, mas, em geral, não os incentivamos muito, embora não seja de fato proibido. Os imigrantes são outra coisa.

– Por quê?

– Bom, por um lado, fazemos exercícios nus ou quase. E por que não? – Selena parecia melindrada, como se estivesse exausta em repetir um argumento defensivo. – A temperatura é controlada, o local é limpo. Só que, onde se espera que haja terrosos, a nudez se torna perturbadora. Alguns terrosos ficam chocados; alguns se excitam. Outros, as duas coisas. Bom, não vamos nos vestir, no ginásio, para o conforto deles, e também não vamos lidar com eles; então, vamos deixá-los de fora.

– E os imigrantes?

– Eles têm de se acostumar. No fim, também estarão se livrando das roupas. E vão precisar do ginásio ainda mais do que os lunares nativos.

– Vou ser honesto com você, Selena. Se encontrar mulheres nuas, também vou ficar excitado. Não sou assim tão velho que não me excite mais.

– Bom, então, se excite – disse Selena, com indiferença –, mas para si mesmo. Combinado?

– Nós também vamos ter de nos despir? – Ele olhou para ela com um ar divertido.

– Sendo espectadores? Não. Poderíamos tirar a roupa, mas não precisamos. Você se sentiria incomodado de fazer isso logo no início do jogo e, para eles, essa não seria uma visão muito inspiradora...

– Você é sincera!

– Você acha que seria? Seja honesto. E, quanto a mim, não tenho o menor desejo de forçá-lo a uma pressão especial em sua excitação particular. De modo que será melhor para nós dois continuarmos vestidos.

– Será que alguém vai fazer alguma objeção? Quer dizer, como eu sou um terroso de aparência pouco inspiradora...

– Não, se eu estiver com você.

– Muito bem, então, Selena. Fica muito longe?

– É aqui. É só atravessar.

– Ah, então você já tinha planejado vir até aqui desde o começo.

– Pensei que seria interessante.

– Por quê?

Selena de repente abriu um sorriso.

– Só achei.

O terráqueo balançou a cabeça.

– Estou começando a achar que você simplesmente não pensa. Vou adivinhar. Se eu vou continuar na Lua, vou precisar me exercitar de vez em quando a fim de manter meus músculos, ossos e órgãos em forma, talvez.

– É bem isso. Assim como todos nós, mas os imigrantes da Terra em especial. Chegará o dia em que ir ao ginásio será uma rotina diária para você.

Atravessaram uma porta e o terráqueo arregalou os olhos espantado.

– Aqui é o primeiro lugar que vejo que é parecido com a Terra.

– De que jeito?

— Ora, é grande. Não imaginava que vocês teriam espaços tão grandes na Lua. Escrivaninhas, máquinas de escritório, mulheres trabalhando...

— Mulheres com os seios de fora — acrescentou Selena, com seriedade.

— Essa parte não é parecida com a Terra, concordo.

— Também temos um segura-quedas e um elevador, para o pessoal da Terra. São muitos níveis... Mas, espere aqui.

Selena se aproximou de uma mulher, numa das mesinhas mais próximas, e conversaram em voz baixa, falando rapidamente, enquanto o terráqueo admirava tudo com uma curiosidade amistosa.

Selena retornou.

— Tudo bem. E, por coincidência, vamos ter uma escaramuça das boas. Conheço as equipes.

— Este lugar é bem impressionante, mesmo.

— Se você quer dizer em termos de tamanho, mal dá para o gasto. Temos três ginásios. Este é o maior.

— De algum modo estou feliz de que no ambiente espartano da Lua seja possível desperdiçar tanto espaço com frivolidades.

— Frivolidade! — Selena parecia ofendida. — Por que você acha que isto é frivolidade?

— Escaramuça? Algum tipo de jogo?

— Você pode chamar assim. Na Terra, pode-se fazer isso por esporte. Dez homens fazem, dez mil assistem. Na Lua não é desse jeito. O que é frívolo para você é necessário para nós... Por aqui; vamos de elevador, o que pode significar uma pequena espera.

— Não pretendia deixar você zangada.

— Não estou realmente zangada, mas você precisa ser mais razoável. Vocês, terráqueos, estão adaptados à gravidade da Terra há trezentos milhões de anos, desde que a vida subiu rastejando da água para a terra firme. Mesmo que você não faça exercícios, vai se acostumar. Não tivemos tempo algum para nos adaptar à gravidade da Lua.

– Você parece bastante diferente.

– Se você nasceu e foi criado na gravidade da Lua, seus ossos e músculos são naturalmente mais esguios e têm menos massa do que os terrosos, mas isso é superficial. Não existe uma única função corporal que a gente não tenha, por mais sutil que seja: digestão, as taxas de secreções hormonais, tudo isso não está mal adaptado à gravidade e não exige um programa compulsório de exercícios. Se podemos organizar os exercícios como entretenimento e jogos, isso não os torna frívolos... Pronto, aqui está o elevador.

O terráqueo se detém, numa reação repentina de alarme, mas Selena disse, com um resíduo de impaciência, como se ainda estivesse fervendo com a necessidade de se defender:

– Imagino que agora você vai me dizer que isto parece um cesto de vime. Todas as pessoas da Terra que já entraram nele dizem a mesma coisa. Com a gravidade da Lua, não é preciso nada mais substancial.

O elevador desceu lentamente. Eles eram os únicos passageiros.

– Acho que não é muito usado – disse o terráqueo.

Selena sorriu de novo.

– Você tem razão. O segura-quedas é muito mais popular e divertido.

– O que é isso?

– Exatamente o que diz o nome... Chegamos. Só tivemos de cair dois níveis... é só um tubo vertical dentro do qual você cai e tem apoios para as mãos. Não encorajamos os terrosos a se segurar neles.

– Por quê? É muito arriscado?

– Propriamente não. Você pode descer como se fosse numa escada. Entretanto, sempre tem uma molecada se balançando para baixo, numa velocidade considerável, e os terrosos não sabem como sair da frente. As trombadas são sempre desconfortáveis. Mas, com o tempo, você vai acabar se acostumando... Aliás, o que você vai ver agora é um tipo de segura-quedas projetado para descuidados.

Ela o levou a um gradil circular em torno do qual alguns indivíduos estavam reclinados, conversando. Todos mais ou menos despidos. As sandálias eram comuns e geralmente uma pequena bolsa a tiracolo estava atravessada no ombro. Alguns usavam shorts justos. Alguém estava pegando um pouco de massa verde com a mão em concha e comendo.

O terráqueo franziu levemente o nariz ao passar perto de um deles e disse:

– Os problemas dentais devem ser graves na Lua.

– Não é nada bom – concordou Selena. – Se algum dia pudermos escolher, vamos preferir uma gengiva sem dentes.

– Todos sem dentes?

– Talvez não uma ausência total de dentes. Poderíamos ficar com os incisivos e os caninos por razões estéticas e para eventuais necessidades. Esses dentes também se limpam com facilidade. Mas por que deveríamos querer molares inúteis? É só um resquício indesejável do passado terrestre.

– E vocês estão conseguindo avançar nessa direção?

– Não – disse Selena, um pouco rígida. – A engenharia genética é ilegal. Insistência da Terra.

Ela estava se debruçando sobre o gradil. – Chamam isto aqui de o parque de diversões da Lua – disse Selena.

O terráqueo olhou para baixo. Era uma grande abertura cilíndrica com paredes cor-de-rosa macias, nas quais estavam fixadas barras de metal numa configuração que parecia aleatória. Cá e lá, uma barra se estendia por uma porção mais longa do cilindro, às vezes percorrendo toda a sua largura. Suas dimensões pareciam ser 160 metros de profundidade por mais ou menos 16 metros de largura.

Ninguém parecia estar dando atenção especial nem ao parque, nem ao terráqueo. Alguns olhavam para ele com indiferença, parecendo estar avaliando o fato de ele estar vestido, avaliando sua fisionomia, e, depois, davam-lhe as costas. Alguns faziam um gesto informal na direção de Selena antes de se virar, mas todos se viravam. O sinal de desinteresse, por mais discreto que fosse, não poderia ter sido mais ostensivo.

O terráqueo se voltou para a abertura cilíndrica. Havia umas figuras esguias no fundo, encurtadas porque ele as via de cima. Algumas usavam fiapos mínimos de vestimentas em vermelho ou azul. Duas equipes, ele entendeu. Claramente os fiapos tinham funções de proteção, pois todos usavam luvas e sandálias, tiras de proteção em torno dos joelhos e cotovelos. Alguns tinham tiras pequenas em torno dos quadris, e outros, em volta do tronco.

– Ah – murmurou o terráqueo –, homens e mulheres.

– Certo! Os sexos competem em termos de igualdade, mas a ideia é prevenir uma oscilação descontrolada de algumas partes que possam atrapalhar a queda direcionada. Existe uma diferença sexual que também envolve vulnerabilidade à dor. Não é modéstia – explicou Selena.

– Acho que já li algo a respeito – disse o terráqueo.

– Talvez tenha lido – completou Selena, com indiferença. – Não é muita coisa o que é divulgado. Não que façamos objeções, mas o governo terrestre prefere manter ao mínimo as notícias sobre a Lua.

– Por quê, Selena?

– Você, que é terráqueo, me diga... Nossa teoria, aqui na Lua, é que deixamos a Terra envergonhada, ou, pelo menos, envergonhamos o governo da Terra.

De cada lado do cilindro, agora, dois indivíduos estavam subindo rapidamente, enquanto leves batidas de tambor eram ouvidas ao fundo. A princípio, os alpinistas pareciam estar escalando uma escada, degrau por degrau, mas sua velocidade aumentou e, quando já estavam na metade do percurso, batiam em cada apoio para a mão conforme iam passando, produzindo um ruído ostensivamente forte.

– Na Terra, não se poderia fazer isso com elegância – disse o terráqueo, admirado. – Talvez nem se conseguisse fazer.

– Não é apenas uma questão de baixa gravidade – disse Selena.
– Tente, se você acha isso. São necessárias horas infinitas de prática.

Os escaladores tinham chegado ao gradil e se lançaram para cima, ficando parados de ponta-cabeça. Realizaram um salto mortal simultâneo e começaram a cair.

– Eles podem se movimentar rapidamente quando querem – comentou o terráqueo.

– Hmm – disse Selena, em meio ao ruído dos aplausos. – Desconfio que quando os terráqueos, quero dizer, os de verdade, os que nunca aqui estiveram, pensam em se movimentar na Lua, se imaginam nisso em termos de superfície, com trajes espaciais. Claro que isso será sempre lento. A massa, com o acréscimo do traje espacial, é imensa, o que quer dizer alta inércia e uma pequena gravidade para vencê-la.

– Exatamente – disse o terráqueo. – Assisti aos filmes clássicos dos primeiros astronautas, a que todas as crianças de primário assistem, e os movimentos são como os que se fazem sob a água. Essa imagem fica impregnada, mesmo quando se tem mais informações.

– Você se surpreenderia com a rapidez com que podemos nos movimentar na superfície, atualmente, com traje espacial e tudo mais – comentou Selena. – E, aqui, sob o solo, sem trajes especiais, podemos nos deslocar tão depressa quanto na Terra. O impacto mais lento da gravidade é compensado pelo uso adequado dos músculos.

– Mas você também pode se mover devagar. – O terráqueo estava observando os acrobatas. Eles tinham subido depressa e estavam descendo com uma lentidão proposital. Estavam flutuando, estapeando os apoios para retardar a queda, em vez de, como antes, acelerar a subida. Chegaram ao fundo, e outros dois atletas os substituíram. Os pares de cada time, alternadamente, competiam em virtuosismo.

Cada par subia junto; cada par subia e caía segundo uma coreografia ainda mais complexa. Um par se lançou ao mesmo tempo, para cruzar o tubo descrevendo uma parábola baixa, convexa para cima, alcançando os apoios das mãos que o outro tinha abandonado, e, de algum modo, passando bem rente um pelo outro em pleno ar, mas sem se tocar. Isso provocou demorados e entusiásticos aplausos.

– Imagino não possuir a experiência necessária para apreciar os aspectos mais sutis dessa habilidade. Todos eles são indivíduos lunares? – perguntou o terráqueo.

– Têm de ser – disse Selena. – O ginásio é aberto a todos os cidadãos lunares, e alguns imigrantes são bastante bons, considerando sua condição. Para esse tipo de virtuosismo, porém, você tem de depender necessariamente de bebês concebidos e nascidos aqui. Eles têm uma adaptação física adequada, pelo menos mais do que os terráqueos nativos, e passam pelo treinamento necessário na infância. A maioria desses acrobatas tem menos de 18 anos.

– Imagino que seja perigoso, mesmo dentro dos níveis de gravidade da Lua.

– Ossos quebrados não são raros, é verdade. Não acho que alguém já tenha de fato morrido, mas houve pelo menos um caso de fratura de coluna e paralisia. Foi um acidente terrível. E eu, inclusive, estava assistindo. Ah, espere um pouco. Vamos ver os *ad libs*.

– Os... o quê?

– Até agora nós só vimos manobras fixas. As escaladas são feitas segundo um padrão já determinado.

As batidas da percussão pareciam mais suaves quando um dos escaladores começou a subir e de repente se atirou no ar. Ele apanhou uma barra transversal com uma mão, circulou-a na vertical e soltou.

O terráqueo observou tudo bem de perto e disse:

– Notável. Ele pega e solta essas barras como se fosse um gibão.

– Um o quê? – perguntou Selena.

– Um gibão. Um tipo de macaco. Aliás, é o único tipo de macaco que ainda existe na natureza. Eles... – observou a expressão de Selena e disse: – Não estou dizendo isso de maneira ofensiva. Selena, esses macacos são criaturas graciosas.

– Eu já vi imagens de macacos – disse Selena, franzindo a testa.

– Provavelmente você não viu um bando de gibões em movimento... Até me arrisco a dizer que os terrosos podem chamar os lunares de "gibões" e dizer isso de maneira ofensiva, mais ou menos no mesmo nível em que vocês dizem "terrosos". Mas não é isso que quero dizer.

Ele apoiou os cotovelos no gradil e observou a movimentação dos atletas. Era como se estivessem dançando no ar.

– Selena, como é que vocês tratam os imigrantes da Terra aqui na Lua? Quer dizer, os imigrantes que pretendem permanecer aqui pelo resto da vida. Como eles não têm as verdadeiras habilidades lunares...

– Isso não faz diferença. Os imis são cidadãos. Não existe discriminação. Não discriminação legal.

– O que isso quer dizer? Discriminação legal não?

– Bom, foi você quem disse. Existem algumas coisas que eles não conseguem fazer. Há diferenças. Os problemas médicos são diferentes e, em geral, têm um histórico médico pior. Se eles chegam já na meia-idade, parecem velhos.

O terráqueo desviou os olhos, constrangido.

– Pode haver casamento entre eles? Quer dizer, entre imigrantes e lunares?

– Certamente. Quer dizer, podem gerar mestiços.

– Sim, era isso que eu estava dizendo.

– Claro. Não há razão pela qual um imigrante não possa ter alguns genes que valham a pena. Ora, caramba, o meu próprio pai foi imi, embora eu seja da segunda geração de lunares pelo lado materno.

– Imagino que seu pai tenha vindo quando ele ainda era... Meu Deus!!! – e o terráqueo ficou paralisado; depois soltou um suspiro e estremeceu. – Achei que ele ia errar a pegada.

– Sem chance – disse Selena. – Aquele é Marco Fore. Ele gosta de fazer isso, agarrar o apoio só no último instante. Na verdade, é mau desempenho fazer isso e um verdadeiro campeão não o faz. Mas... meu pai tinha 22 anos quando chegou.

– Imagino que seja desse jeito. Jovem o bastante para se adaptar. Sem complicações emocionais na Terra. Do ponto de vista de um macho terráqueo, imagino que tenha sido muito bom ter uma ligação sexual com uma...

– Uma ligação sexual! – A surpresa de Selena parecia mascarar uma sensação muito real de choque. – Você não está pensando que o meu pai fez sexo com a minha mãe, está? Se ela ouvir isso vai colocá-lo nos eixos em três tempos.

– Mas...

– Inseminação artificial era bom justamente por isso. Sexo com um terráqueo?

O terráqueo pareceu solene.

– Pensei que você tinha dito que não havia discriminação.

– Isso não é discriminação. É uma questão física. Um terráqueo não consegue lidar adequadamente com o campo gravitacional. Por mais que tenha prática, sob o estresse da paixão, ele pode retroceder aos seus antigos padrões. Eu não correria o risco. O bobão poderia torcer o braço ou a perna ou, pior ainda, torcer o meu braço ou a minha perna. Mistura de genes é uma coisa, sexo é outra.

– Desculpe, mas a inseminação artificial não é contra a lei?

Selena estava absorta, observando a ginástica.

– Aquele é Marco Fore de novo. Quando não está tentando fazer alguma coisa inutilmente espetacular, ele é realmente bom e a irmã dele é quase tão boa quanto. Quando trabalham juntos, é realmente um poema em movimento. Olhe só para eles. Virão juntos e vão girar em torno da mesma barra como se fossem um único corpo estendido de fora a fora. Às vezes ele exagera, mas não há como se criticar seu controle muscular... Sim, a inseminação artificial é contra a lei da Terra. Mas, quando há motivos médicos, é autorizada e, claro, isso costuma acontecer bastante; pelo menos é o que alegam.

Todos os acrobatas agora já tinham escalado até em cima e formavam um grande círculo logo abaixo do gradil; todos os vermelhos de um lado e os azuis, de outro. Todos os braços do lado do interior estavam erguidos e os aplausos foram vibrantes. Uma razoável multidão tinha se reunido em torno do gradil.

– A gente precisa providenciar um lugar para sentar – disse o terráqueo.

– De jeito nenhum. Isto não é um show. É exercício. Não incentivamos a presença de mais espectadores do que cabe com conforto em torno do gradil. Era para estarmos lá embaixo, não aqui em cima.

– Você quer dizer que consegue fazer essa espécie de coisa, Selena?

– De certo modo, sim. Qualquer lunar consegue. Não sou tão boa quanto eles. Não entrei em nenhum time. Agora vai ser a escaramuça, aberta a quem quiser. Essa é a parte realmente perigosa. Todas as dez pessoas estarão no ar e cada lado vai tentar fazer o outro cair.

– Cair mesmo.

– Da forma mais real possível.

– De vez em quando alguém se machuca?

– De vez em quando. Teoricamente, esse tipo de coisa é reprovado. Isso é considerado frívolo, e não temos uma população assim tão grande que possamos nos dar ao luxo de incapacitar alguém sem um verdadeiro motivo. Ainda assim, a escaramuça é popular e não podemos aumentar os votos contra ela.

– De que lado você vota, Selena?

– Ora, não importa! Olha isso!

O ritmo da percussão de repente cresceu até soar como uma tempestade, e cada pessoa dentro daquele imenso poço começou a subir como uma flecha, voando em todas as direções. Houve uma confusão alucinada em pleno ar, mas quando se afastaram de novo, cada uma delas estava firmemente presa a uma barra. Havia uma tensão de espera. Alguém se lançou; alguém seguiu, e o ar se encheu de corpos em disparada para todo lado. Isso aconteceu várias vezes.

Selena disse:

— A contagem é complicada. Cada lançamento conta ponto; cada toque, também. São dois pontos para cada erro causado a outro, e dez para aterrissar. E há diversas penalidades para vários tipos de falta.

— Quem faz a contagem?

— Há árbitros observando, os quais tomam as decisões preliminares; e há fitas de televisão para o caso de apelações. Muitas vezes as fitas não ajudam a decidir.

Houve um súbito grito de excitação quando uma menina de azul passou por um menino de vermelho e deu-lhe um sonoro tapa no lado do tronco. O menino atingido tinha se encolhido para escapar do golpe, mas não teve habilidade suficiente e, ao buscar uma barra na parede, embora desequilibrado, deu um encontrão desajeitado na superfície com o joelho.

— Onde estavam os olhos dele? — perguntou Selena, indignada. — Ele não viu que ela estava vindo?

A ação ficou ainda mais intensa e o terráqueo acabou se cansando de tentar entender aquele nó de acrobacias aéreas. Um ou outro atleta tentava segurar uma barra e não conseguia. Nesses momentos, todos os espectadores se inclinavam sobre o gradil como se estivessem prontos a se lançar no espaço, num gesto de solidariedade. Numa oportunidade, Marco Fore foi atingido no punho e alguém gritou "Falta!".

Fore errou a pegada e, longe da barra, começou a cair. Aos olhos do terráqueo, a queda dele, na gravidade da Lua, parecia lenta e o corpo ágil, elástico, e Fore girava e rodopiava, enquanto estendia a mão para tentar pegar uma barra após a outra, sem conseguir. Os outros esperavam, como se todas as manobras fossem suspensas durante uma queda.

Fore estava se movimentando bem depressa agora, embora duas vezes ele tivesse desacelerado sem conseguir exatamente manter a mão nas barras.

Estava quase no chão quando um repentino movimento que lembrou uma aranha lhe permitiu agarrar uma barra transversal com a perna direita e assim ele ficou suspenso, oscilando, de ponta-cabeça, a menos de três metros do fundo.

Com os braços abertos e estendidos ele parou, enquanto a salva de palmas o envolvia e ele se dobrava para cima para saltar de volta na posição ereta e escalar rapidamente a parede.

– Ele levou falta? – perguntou o terráqueo.

– Se Jean Wong realmente agarrou o punho de Marco em vez de empurrá-lo, foi falta. O árbitro decidiu que foi um bloqueio justo, e não acho que Marco vai apelar. Ele caiu muito mais fundo do que precisava. Marco gosta de se salvar nos últimos instantes e, algum dia, ele ainda vai errar o cálculo e acabar se machucando. Oh... oh...

O terráqueo olhou para o alto tentando entender, mas os olhos de Selena não estavam nele. Ela disse:

– Aquele lá é do escritório do Comissário e deve estar procurando por você.

– Por quê...

– Não sei por qual motivo ele viria aqui. Você é o único incomum neste lugar.

– Mas não há motivo... – começou o terráqueo.

O mensageiro, com o porte físico de um terráqueo ou de um imigrante da Terra, e ao que parece incomodado por ser o centro das atenções de umas doze pessoas magrinhas e quase nuas, dando a impressão de marcar sua repulsa com indiferença, veio diretamente até ele.

– Senhor – começou o mensageiro –, o Comissário Gottstein solicita que me acompanhe...

Os aposentos de Barron Neville eram ainda menos acolhedores do que os de Selena. Seus livros estavam audaciosamente à mostra, seu terminal de computador não ficava escondido em um canto e sua ampla escrivaninha estava em desordem. As janelas eram espaços vazios.

Selena entrou, dobrou os braços e disse:

— Se você vive como um maluco, Barron, como espera ter as ideias em ordem?

— Vou resolver isso — respondeu Barron, mal-humorado. — Por que você não veio com o terráqueo?

— O Comissário o chamou antes. O novo Comissário.

— Gottstein?

— Isso. Por que você não aprontou tudo mais cedo?

— Porque levei algum tempo até encontrá-la Não vou trabalhar no escuro.

— Bom, então, acho que só nos resta esperar — suspirou Selena.

Neville roeu uma unha e depois inspecionou gravemente o resultado.

— Não sei se é para gostar da situação ou não. O que você achou do terráqueo?

– Eu gostei dele – afirmou Selena, com convicção. – Ele foi muito agradável, considerando que é um terroso. Ele me deixou conduzi-lo. Estava interessado. Não fez julgamentos. Não me tratou como inferior. E eu também não me comportei mal, nem o insultei, nem nada.

– Ele perguntou mais alguma coisa sobre o síncrotron?

– Não, mas nem precisava ter perguntado.

– Por que não?

– Eu disse para ele que você queria vê-lo e que você é físico. Então imagino que ele irá lhe perguntar tudo que quiser, quando se encontrarem.

– Ele não achou esquisito conversar com uma mulher que é guia de turismo e que por acaso conhece um físico?

– Esquisito por quê? Eu disse que você era meu parceiro sexual. Atração sexual é uma coisa que não se explica, e um físico pode muito bem dar uma colher de chá para uma reles guia de turismo.

– Cale-se, Selena.

– Oh... olha, Barron, minha impressão foi que, se ele estava tramando alguma ideia fantasiosa, se ele se aproximou de mim porque planejava chegar até você me usando, ele teria demonstrado alguma ansiedade. Quanto mais complicado e idiota é o planinho, mais débil e mais ansioso quem o está arquitetando. Agi de maneira deliberadamente informal. Falei de tudo menos do síncrotron. Eu o levei a um show de ginástica.

– E?

– E ele ficou interessado. Descontraído e interessado. Seja o que for que tenha na cabeça, não é uma armação.

– Você tem certeza? Mas, ainda assim, o Comissário o laçou antes de mim. Você acha isso bom?

– E por que acharia ruim? Um convite aberto para uma reunião, transmitido na frente de uns vinte e tantos lunares, não é uma armação especial, é?

Neville se reclinou com as mãos entrelaçadas na nuca.

– Selena, por favor, não insista em fazer julgamentos, quando não lhe peço para fazer isso. É irritante. Para início de conversa, o sujeito não é físico. Ele lhe disse o que era?

Selena parou para pensar.

– Eu o chamei de físico. Ele não negou, mas também não lembro de ter confirmado. Contudo, mesmo assim, estou certa de que ele é.

– Isso é uma mentira por omissão, Selena. Ele pode ser um físico na cabeça dele, mas o fato é que não foi treinado como físico e não trabalha com isso. Ele teve alguma instrução científica, concordo; mas não está envolvido em nenhum emprego científico. Não conseguiu mais nenhum. Não existe um único laboratório na Terra que lhe ceda um gabinete de trabalho. Ele está na lista negra de Fred Hallam e durante muitos anos foi alguém de destaque lá.

– Você tem certeza?

– Acredite em mim, eu verifiquei. Você não acabou de me criticar por levar tanto tempo...? E parece ser bom demais.

– Por que bom demais? Não estou entendendo.

– Você não acha que devemos confiar nele? Afinal, ele tem um problema sério com a Terra.

– Sem dúvida, você pode colocar as coisas desse jeito, se tudo o que diz for verdade.

– Ah, o que digo é real, pelo menos é o que se encontra quando procuramos saber quem ele é. Mas talvez esperem que a gente argumente dessa maneira.

– Barron, isso é repulsivo. Como você pode arquitetar teorias tão conspiratórias sobre tudo? Ben não parecia...

– Ben? – indagou Neville, sarcástico.

– Ben! – repetiu Selena, com firmeza. – Ben não parecia uma pessoa com um problema sério nem alguém tentando me fazer pensar que era um sujeito com problema.

– Não, mas ele conseguiu fazer você pensar que ele era alguém a ser querido. Você chegou a dizer que gosta dele, não foi?

Com ênfase? Talvez isso seja exatamente o que ele está tentando fazer.

– Não é assim tão fácil alguém me enganar, e você sabe disso.

– Bom, acho que vou ter de esperar até que eu mesmo o veja.

– Vai pro inferno, Barron. Já conversei com milhares de terrosos de todas as espécies. É o meu trabalho. E você não tem absolutamente nenhum motivo para falar com sarcasmo dos meus julgamentos. Você sabe que tem todos os motivos do mundo para confiar neles.

– Certo, certo. Veremos. Não se zangue. Só que, agora, vamos ter de esperar... e, enquanto isso – ele ficou em pé num movimento ágil –, o que você acha que estou pensando?

– Não preciso achar – Selena se levantou com a mesma elasticidade. Com um deslizar quase invisível dos pés para o lado, afastou-se de Barron. – Mas você mesmo pode descobrir. Não estou a fim.

– Você ficou aborrecida porque eu impugnei seu julgamento?

– Estou aborrecida porque... oh, droga, por que você não deixa o quarto mais em ordem? – E, com isso, saiu.

— Gostaria de lhe oferecer algum luxo da Terra, doutor, mas, por uma questão de princípio, não me autorizaram a trazer nenhum deles. A boa gente da Lua não aprecia as barreiras artificiais impostas pelo tratamento especial dispensado aos homens da Terra. Parece melhor acalmar seus melindres adotando a conduta lunar tanto quanto possível, embora minha forma de andar ainda me denuncie. A gravidade deles confunde, é impossível – disse Gottstein.

O terráqueo respondeu:

— Também acho. Parabéns por sua nova designação.

— Não é muito minha, ainda.

— Mesmo assim, parabéns. No entanto, não posso me impedir de perguntar por que razão o senhor teria pedido para me ver.

— Viemos na mesma nave. Chegamos há pouco tempo, no mesmo transporte.

O terráqueo esperou, educadamente.

Gottstein completou:

— E eu o conheço há mais tempo ainda. Nós nos encontramos rapidamente alguns anos atrás.

— Acho que não lembro... – disse o terráqueo, em voz baixa.

– Isso não me surpreende. Não há motivo para você se lembrar. Por algum tempo, fui da equipe do senador Burt, que chefiava – ainda chefia, aliás – o Comitê de Tecnologia e Meio Ambiente. Naquela época, ele estava muito interessado em ficar em bons termos com Hallam, Frederick Hallam.

De repente, o terráqueo se sentou um pouco mais aprumado:
– O senhor conheceu Hallam?
– Você é a segunda pessoa a me perguntar isso desde que vim para a Lua. Sim, conheci, mas não intimamente. Conheci outras pessoas que o conheceram. De modo muito estranho, a opinião deles geralmente coincide com a minha. Para alguém que parece um ídolo no planeta todo, Hallam inspirava pouco afeto pessoal naqueles que o conheceram de perto.

– Pouco? Nenhum, eu diria – acrescentou o terráqueo.

Gottstein ignorou a interrupção.

– Naquela época, fazia parte do meu trabalho – ou, pelo menos, do trabalho que eu fazia para o senador – investigar a Bomba de Elétrons e ver se sua instalação e crescimento aconteciam com gastos e lucros particulares indevidos. Era uma preocupação legítima para um comitê que, essencialmente, tinha um papel de vigilância, mas o senador, cá entre nós, esperava encontrar alguma coisa para comprometer Hallam. Ele queria muito diminuir o tamanho da influência que aquele homem estava conquistando nos círculos científicos oficiais. Mas nisso ele fracassou.

– Isso é óbvio. Hallam agora está mais forte que nunca.

– Não havia nada de que se pudesse acusá-lo. Certamente, nada que pudesse ser atribuído a Hallam. O cara é rigidamente honesto.

– Nesse sentido, estou certo de que é mesmo. O poder tem seu próprio valor de mercado, que não necessariamente se mede em cartas de crédito.

– Mas o que interessava muito, na época, embora então eu não tivesse podido pesquisar mais tempo, foi que realmente topei com alguém cuja queixa não era contra o poder de Hallam, mas contra a Bomba de Elétrons em si. Eu estava presente a essa entrevista, mas não a conduzi. Você era a pessoa que fez a queixa, não era?

— Lembro-me do incidente ao qual você se refere, mas ainda não me lembro de você — respondeu o terráqueo, cauteloso.

— Naquela altura, fiquei pensando como era possível que alguém objetasse à Bomba de Elétrons apresentando motivos científicos. Você me impressionou o suficiente, tanto que, quando eu o vi na nave, algo se agitou dentro de mim. Depois, tudo acabou voltando à tona. Ainda não consultei a lista de passageiros, mas deixe-me verificar o que a minha memória me traz: você não é o dr. Benjamin Andrew Denison?

E o terráqueo suspirou.

— Benjamin *Allan* Denison. Sim. Mas por que isso agora? A verdade é, senhor Comissário, que não quero tratar dessas histórias do passado. Estou aqui na Lua e muito disposto a começar de novo; do começo, se necessário. Cheguei inclusive a considerar a ideia de mudar de nome.

— Isso não adiantaria. Eu reconheci o seu rosto. Não faço objeção à sua nova vida, dr. Denison. Não interferiria nela de maneira alguma. Mas gostaria de perguntar mais umas coisas, por motivos que não o envolvem diretamente. Não me recordo exatamente de qual era sua objeção à Bomba de Elétrons. Você poderia me explicar?

Denison baixou a cabeça. O silêncio se estendeu e Gottstein não o interrompeu. O Comissário, inclusive, abafou um rápido pigarro.

— Na realidade, não era nada. Eu tinha feito uma conjectura. Tinha um receio a respeito da alteração na intensidade do campo nuclear forte. Nada! — insistiu Denison.

— Nada? — Agora, Gottstein limpava bem a garganta. — Por favor, não se aborreça com a minha tentativa de entender isso. Eu lhe disse que, naquela época, você me interessou. Não pude seguir o assunto e duvido que agora possa cavar informações sobre aqueles registros. A coisa toda é confidencial: o senador se saiu muito mal naqueles tempos e não tem interesse em publicidade a respeito. Mesmo assim, alguns detalhes acabam retornando. Antigamente você foi colega de Hallam. Mas não era físico.

– Isso mesmo. Era um radioquímico. Ele também.

– Interrompa meu raciocínio se estiver errado, mas o início de sua carreira acadêmica foi muito bom, não foi?

– Havia critérios objetivos a meu favor. Eu não tinha ilusões a meu respeito. Era um trabalhador brilhante.

– É incrível como tudo está me voltando. Hallam, por outro lado, não era.

– Nada especial.

– No entanto, depois as coisas não deram mais tão certo para você. Aliás, quando o entrevistamos – acho que você se ofereceu para falar conosco –, estava trabalhando para um fabricante de brinquedos...

– De produtos cosméticos – disse Denison, com voz estrangulada. – Cosméticos para homens. Isso não me ajudou muito a ser respeitado na audiência.

– Não, não ajudou nada. Desculpe. Você era um vendedor.

– Gerente de vendas. Ainda era brilhante. Cheguei a vice-presidente antes de ter um colapso e vir para a Lua.

– E Hallam teve algo a ver com isso? Quer dizer, com você ter abandonado a ciência?

– Comissário – disse Denison –, por favor! Isso não importa mais. Foi lá que Hallam descobriu pela primeira vez a conversão do tungstênio, e foi quando se iniciou a cadeia de acontecimentos que chegou à Bomba de Elétrons. Exatamente o que teria acontecido se eu não estivesse estado lá, não posso saber. Hallam e eu poderíamos ter morrido por envenenamento radiativo um mês depois, ou por causa de alguma explosão nuclear seis semanas mais tarde. Não sei. Mas eu estava lá e, em parte por minha causa, Hallam é o que é hoje em dia. E, por causa da minha parte nessa história, sou o que

sou hoje. Para o diabo com os detalhes. Isso o satisfaz? Porque será só isso mesmo.
– Acho que me satisfaz. Você tinha uma briga pessoal com Hallam, naqueles tempos?
– Certamente naqueles tempos não sentia afeto por ele. E agora também não, por falar nisso.
– Então, diria que sua objeção à Bomba de Elétrons foi inspirada por sua ansiedade em destruir Hallam?
– Não concordo com essa linha de interrogatório – afirmou Denison.
– Por favor? Nada do que estou perguntando tem a intenção de ser usado contra você. É tudo para meu próprio benefício, pois estou preocupado com a Bomba por alguns motivos.
– Bom, então, suponho que possa processar uma dose de envolvimento emocional. Porque eu não gostava de Hallam e estava disposto a acreditar que sua popularidade e grandeza tinham bases falsas. Eu pensava na Bomba de Elétrons esperando achar algum defeito.
– Então, achou algum?
– Não – disse Denison, com ênfase, dando um murro no braço da poltrona e se suspendendo perceptivelmente do assento, no mesmo movimento. – E não. Encontrei um defeito, mas era um erro honesto. Ou assim me pareceu. Eu certamente não inventei o defeito apenas para perturbar Hallam.
– Ninguém está insinuando que inventou, doutor – comentou Gottstein, em tom apaziguador. – Nem sonho em insinuar algo assim. Mas todos sabemos que, quando se tenta determinar algo no limite do conhecimento, é necessário fazer suposições. Essas suposições podem ser feitas com base em amplas áreas de incerteza, que depois podem ser direcionadas em um sentido ou outro, com total honestidade, mas, digamos, de acordo com as emoções do momento. Você fez suas suposições, talvez, no limiar anti-Hallam do que era possível.
– Esta é uma discussão inútil, senhor. Naquele tempo, eu

achava que tinha um ponto válido. Mas não sou físico. Sou – era – um radioquímico.

– Hallam ainda é. Vinte e cinco anos defasado. Você nem tanto; deu duro para se tornar físico.

Denison ferveu.

– Você realmente me investigou.

– Eu lhe disse: você me impressionou. É surpreendente como as coisas estão voltando. Mas agora vou passar para outro assunto. Você conhece um físico chamado Peter Lamont?

– Eu o conheci – Denison reconheceu com relutância.

– Você diria que ele também era brilhante?

– Não o conheci o suficiente para dizer e detesto usar essa palavra quando alguém não merece.

– Você diria que ele sabia do que estava falando?

– Na falta de informações em contrário, diria que sim.

Com cuidado, o Comissário se reclinou no encosto da sua cadeira. Esta parecia muito frágil e, pelos padrões da Terra, não teria suportado seu peso. Ele perguntou:

– Você se importaria de me dizer como conheceu Lamont? Foi só de reputação ou se encontraram?

– Tivemos algumas conversas diretas. Ele estava planejando escrever uma história sobre a Bomba de Elétrons, sobre como começou, um relato completo de toda aquela bobagem lendária que se construiu em torno disso. Fiquei lisonjeado quando Lamont me procurou. Ele parecia ter descoberto algo sobre mim. Mas, que droga, Comissário. Fiquei lisonjeado porque ele sabia que eu existia, mas não pude dizer muito. Do que teria adiantado? Eu não teria ganhado nada além de algumas caretas e estou cansado disso. Cansado da masturbação mental. Cansado de morrer de pena de mim – desabafou Denison.

– Você sabe alguma coisa sobre o que Lamont tem feito nesses últimos tempos?

– No que está pensando, Comissário? – perguntou Denison, com cautela.

– Há mais ou menos um ano, talvez mais, Lamont falou com Burt. Não pertenço mais à equipe do senador, mas nos encontramos de vez em quando. Ele me falou a respeito. Estava preocupado. Achava que Lamont poderia ter levantado uma questão acertada contra a Bomba de Elétrons e, apesar disso, não encontrava uma maneira prática de suscitar a questão. Eu também fiquei preocupado...

– Quantas preocupações... – disse Denison, sarcástico.

– Mas agora estou pensando. Se Lamont tivesse conversado com você...

– Pode parar! Pode parar agora, Comissário. Acho que o senhor está entrando numa questão e não acho adequado fazer mais nenhum movimento nesse sentido. Se o senhor espera que eu lhe diga que Lamont roubou a minha ideia, que novamente estou sendo tripudiado, está enganado. Vou lhe dizer uma coisa com toda a convicção possível: eu não tinha uma teoria válida. Era estritamente uma conjectura. Eu me preocupava com aquilo. Pressentia. Não acreditaram em mim. Fiquei desanimado, e como não tinha maneira de demonstrar o valor da minha hipótese, desisti. Não a mencionei em minha conversa com Lamont; nunca fomos além dos primeiros dias da Bomba. O que veio à tona depois, por mais que lembrasse minha hipótese, foi algo a que se chegou por uma via independente. Parece muito mais sólido e baseado em uma rígida análise matemática. Não reivindico qualquer prioridade. De ninguém.

– Você parece saber algo da teoria de Lamont.

– Foi comentada em alguns círculos, recentemente. O colega não consegue ser publicado e ninguém o leva a sério, mas as notícias correram à boca pequena. Chegou inclusive até a mim.

– Entendo, doutor. Mas eu o levo a sério. Para mim, foi a segunda vez que soou o alarme, sabe? O relato do primeiro sinal de alarme – emitido por você – nunca chegou ao senador. Não tinha nada a ver com irregularidades financeiras, que eram sua prioridade naquela época. O verdadeiro diretor da comissão de inquérito – me perdoe – achou que não passava de um monte de bobagens. Eu não achei... Quando o assunto voltou à baila, fiquei incomodado. Era minha intenção me avistar com Lamont, mas vários físicos que eu consultei...

– Incluindo Hallam?

– Não, não falei com Hallam. Alguns físicos que consultei me alertaram para o fato de o trabalho de Lamont ser crassamente carente de fundamentos. Mesmo assim, continuava pensando em conversar com ele quando fui solicitado a aceitar este cargo e, portanto, aqui estou. E aqui está você. Assim, agora você entende por que eu tinha de vê-lo. Em sua opinião, existe algum mérito na teoria defendida por Lamont e por você mesmo?

– O senhor quer saber se a continuação do uso da Bomba de Elétrons irá fazer o Sol explodir ou talvez até mesmo um braço inteiro da galáxia? – respondeu Denison, com outra pergunta.

– Sim, é exatamente isso que quero dizer.

– Como posso saber? A única coisa que tenho é a minha própria hipótese, que justamente não passa de uma hipótese. Quanto à teoria de Lamont, não a estudei em detalhes. Não foi publicada. Se eu a lesse, talvez sua fundamentação matemática fosse mais do que posso acompanhar... E, além disso, que diferença faz? Lamont não vai convencer ninguém. Hallam o arruinou da mesma forma como tinha acabado comigo antes, e o público acharia, no geral, que essa teoria seria contrária aos seus interesses imediatos, mesmo que ele passasse por cima de Hallam. As pessoas não querem abrir mão da Bomba, e é muito mais fácil recusar-se a aceitar a teoria de Lamont do que tentar fazer algo com ela.

– Mas você continua preocupado a respeito, não é?

– No sentido de que acho que realmente poderíamos nos destruir e que eu não gostaria que isso acontecesse, é claro.

– Então, agora você veio para a Lua para fazer uma coisa que Hallam, seu velho inimigo, o impediria de fazer na Terra.

Denison disse, lentamente:

– O senhor também gosta de fazer conjecturas... – respondeu Denison.

– É mesmo? – disse Gottstein, com indiferença. – Talvez eu também seja brilhante. Minha suposição está certa?

– Pode ser. Ainda não desisti da esperança de voltar à ciência. No mínimo, se eu pudesse afastar o espectro do extermínio da humanidade, seja demonstrando que não existe essa possibilidade ou que existe e deve ser removida, eu realmente ficaria feliz.

– Entendo, dr. Denison. Mudando de assunto, meu predecessor, o Comissário Montez, que vai se aposentar, disse-me que a pesquisa de ponta em ciência está ocorrendo aqui, na Lua. Ele parece achar que temos aqui um contingente desproporcional de cérebros e iniciativas da humanidade.

– Ele pode estar certo – disse Denison. – Não sei.

– Ele pode estar – concordou Gottstein, pensativo. – Se for assim, não lhe parece que isso talvez seja inconveniente aos seus propósitos? Qualquer coisa que você realize, podem dizer e achar que foi alcançado por meio da estrutura científica da Lua. Talvez você conquiste pouco em termos de reconhecimento, por mais que os resultados que apresentar sejam valiosos... O que, evidentemente, seria injusto.

– Estou cansado de correr atrás de créditos, como um rato no labirinto, Comissário Gottstein. Quero trabalhar em algo interessante, mais do que posso encontrar no posto de vice-presidente da Ultrasonic Depilatories. Considerarei como um retorno à ciência. Se, aos meus próprios olhos, eu conseguir realizar algo, ficarei satisfeito.

– Digamos que para mim isso não seria suficiente. O crédito que você merecer, deverá receber. E, no papel de Comissário, deverá ser bem fácil para mim apresentar tais fatos à comunidade terrestre, preservando o que é seu. Seguramente, você é humano o bastante para querer o que é seu de direito.

– O senhor é generoso. E... em troca?

– Você é cínico. Mas entendo que seja. Em troca, quero a sua ajuda. O Comissário que está se aposentando, o sr. Montez, não está seguro quanto às linhas da pesquisa científica que estão desenvolvendo aqui na Lua. A comunicação entre os povos da Terra e da Lua não é perfeita, e a coordenação dos esforços em ambos os mundos geraria claros benefícios a todos. É compreensível que haja desconfiança, penso eu, mas, se você puder fazer alguma coisa para romper com essa desconfiança, isso será tão valioso para nós quanto seus resultados científicos.

– Certamente, Comissário, o senhor não acha que eu seja a pessoa ideal para testemunhar perante os lunares que as atividades científicas terrestres têm intenções legítimas e bem estruturadas?

– Não confunda um cientista vingativo com as pessoas da Terra como um todo, dr. Denison. Vamos dizer assim. Eu gostaria muito de ser informado de seus resultados científicos para poder ajudá-lo a preservar sua parcela devida de crédito. E, para compreender seus dados da forma mais adequada, pois, como sabe, não sou um cientista profissional, seria proveitoso se você os explicasse à luz do atual estado da ciência lunar. Estamos de acordo?

– O senhor me pede algo difícil. Resultados preliminares divulgados precocemente, tanto por excesso de entusiasmo como por descuido, podem causar um estrago monumental a uma reputação. Eu detestaria conversar com qualquer pessoa até estar seguro de onde estou pisando. Minha experiência anterior com o comitê no qual o senhor trabalhou certamente me ensinou a ser muito precavido.

– Entendo claramente – disse Gottstein, com convicção. – Deixo a seu critério decidir em que momento será benéfico que eu seja informado... Mas acabei tomando demais o seu tempo. Provavelmente você está querendo dormir.

Uma forma de despachá-lo, pura e simplesmente. Denison saiu e Gottstein ficou olhando para onde ele tinha ido, recolhido em seus pensamentos.

Denison abriu a porta com a mão. Havia um contato que a teria aberto automaticamente, mas, ainda sonolento, ele não conseguiu encontrá-lo.

O homem de cabelos escuros, com um rosto que de alguma maneira estava carrancudo, embora descansado, disse:

– Desculpe... Cheguei cedo?

Denison repetiu a última palavra a fim de ganhar tempo para assimilar o que estava acontecendo.

– Cedo?... Não. Eu... estou atrasado, acho.

– Eu telefonei. Marcamos um horário...

E agora Denison lembrava.

– Claro. O senhor é o dr. Neville.

– Isso mesmo. Posso entrar?

E avançou um passo enquanto falava. O quarto de Denison era pequeno, com uma cama desarrumada que ocupava praticamente todo o espaço disponível. O ventilador suspirava de manso.

– Espero que tenha dormido bem – disse Neville, com uma cortesia sem propósito.

Denison baixou os olhos para o próprio pijama e passou os dedos pelo cabelo desalinhado.

– Não – respondeu Denison, bruscamente. – Foi uma noite péssima. O senhor me dá licença para eu me arrumar um pouco?

– Naturalmente. Gostaria que eu preparasse o café da manhã enquanto isso? Talvez você não conheça o equipamento.

– Seria um favor – respondeu Denison. E reapareceu vinte minutos depois, banhado e barbeado, com calças e uma camiseta.

– Espero não ter estragado o chuveiro. Ele parou de repente e não consegui mais ligar.

– A água é racionada. Cada um recebe só um pouco. Esta é a Lua, doutor. Tomei a liberdade de preparar ovos atropelados e uma sopa quente para nós dois.

– Atropelados...

– Falamos assim. Acho que os terráqueos usam outra expressão.

Denison disse "Oh!" e se sentou com um entusiasmo bem econômico diante daquela substância amarela pastosa que, evidentemente, era o que o outro queria dizer com "ovos atropelados". Quando provou a comida tentou não fazer uma careta logo ao primeiro bocado e, depois, com muita dignidade, engoliu tudo e se preparou para a segunda garfada.

– Com o tempo vai acabar se acostumando – disse Neville –, e, além disso, é altamente nutritivo. Devo avisá-lo de que o alto teor de proteína e a baixa gravidade reduzirão sua necessidade de alimento.

– Melhor assim – concordou Denison, limpando um pigarro da garganta.

– Selena comentou que você pretende permanecer na Lua – comentou Neville.

– Essa era a minha intenção. – Denison esfregou um pouco os olhos. – Tive uma noite horrível; isso colocou minha decisão na berlinda.

– Quantas vezes você caiu da cama?

– Duas... pelo visto, isso é algo comum.

— Para os terráqueos é invariável. Quando está desperto, você consegue andar levando devidamente em conta a gravidade da Lua. Quando dorme, você se vira como se estivesse na Terra. Mas, pelo menos, cair aqui não dói tanto por causa da baixa gravidade.

— Depois da segunda vez, dormi no chão um tempo antes de acordar. Não me lembrei de ter caído. E vocês, o que fazem a respeito?

— Não se esqueça de suas avaliações periódicas do ritmo cardíaco, da pressão sanguínea, essas coisas, para ter certeza de que a mudança de gravidade não está impondo um estresse muito grande ao seu sistema.

— Fui amplamente alertado a esse respeito — disse Denison, com repulsa. — Aliás, já tenho consultas pré-agendadas para o mês que vem. E pílulas.

— Bem — disse Neville, como se estivesse descartando algo trivial —, dentro de uma semana provavelmente você não vai mais ter nenhum problema... Mas vai precisar de roupas adequadas. Essas calças não vão servir de jeito nenhum e essa camisetinha não presta para nada.

— Então deve haver algum lugar onde eu possa comprar alguma coisa.

— Claro. Se conseguir encontrá-la quando estiver de folga, Selena ficará feliz em ajudar, tenho certeza. Ela me garantiu que você é um sujeito correto, doutor.

— Fico muito contente que ela pense assim. — Depois de engolir uma colherada da sopa, Denison olhou para ela como se estivesse pensando no que fazer com o resto. De mau humor, seguiu em frente com a tarefa de colocar aquilo goela abaixo.

— Ela pensou que você fosse um físico, mas evidentemente se enganou.

— Minha formação é de radioquímico.

— Você também não trabalha nisso há muito tempo, doutor. Aqui em cima a gente pode estar longe das coisas, mas não tão longe assim. Você foi uma das vítimas de Hallam.

– São tantos assim, que vocês falam de um grupo?
– Por que não? A Lua inteira é uma das vítimas de Hallam.
– A Lua?
– Modo de dizer.
– Não entendo.
– Não temos Estações de Bomba de Elétrons na Lua. Aqui não foi instalada nenhuma porque não houve cooperação por parte do para-universo. Nenhuma amostra de tungstênio foi aceita.
– Certamente, dr. Neville, o senhor não está insinuando que isso tenha sido obra de Hallam.
– De uma forma negativa, sim. Por que apenas o para-universo deve ser capaz de iniciar uma Estação de Bomba? Por que nós não?
– Que eu saiba, não temos o conhecimento necessário para tomar a iniciativa.
– E continuaremos a não ter o conhecimento, se continuar proibida a pesquisa dessa questão.
– É proibido pesquisar? – Denison parecia um pouco surpreso.
– Na prática. Se nenhum dos trabalhos necessários a expandir o conhecimento nesse sentido obtém o grau necessário de prioridade para usar o síncrotron de prótons, ou nenhum dos outros grandes equipamentos – todos controlados pela Terra e todos sob a influência de Hallam –, então essa pesquisa está efetivamente proibida.

Denison esfregou os olhos.
– Acho que logo vou precisar dormir de novo... Me desculpe. Não quis dizer que você esteja me entediando. Mas, me diga, a Bomba de Elétrons é muito importante para a Lua? Com certeza as baterias solares são eficazes e suficientes.
– Elas nos atam ao Sol, doutor. Elas nos atam à superfície.
– Bom... mas por que o senhor acha que Hallam tem um interesse tão adverso por essa questão, dr. Neville?
– Você sabe disso melhor do que eu, pois o conhece pessoalmente e eu não. Ele prefere não deixar claro para o público em geral que toda a instalação da Bomba de Elétrons é um produto

dos para-homens e que nós somos apenas súditos dos mestres. E se, na Lua, progredirmos nossa pesquisa a ponto de nós mesmos sabermos o que estamos fazendo, então o nascimento da verdadeira tecnologia da Bomba de Elétrons datará do nosso momento e não do dele.

– Por que o senhor está me dizendo tudo isso? – questionou Denison.

– Para não perder tempo. Costumamos dar as boas-vindas aos físicos da Terra. Sentimos, aqui na Lua, que estamos à margem, que somos vítimas de uma política terrestre deliberadamente contra nós, e um físico visitante pode ser útil, mesmo que apenas para nos fazer sentir menos isolados. Um físico imigrante é ainda mais útil e gostamos de explicar para ele a situação e encorajá-lo a trabalhar conosco. Lamento muito que, afinal de contas, você não seja físico.

Denison retrucou com impaciência:

– Mas eu nunca disse que era.

– Mesmo assim, pediu para visitar o síncrotron. Por quê?

– É isso mesmo que o está preocupando? Prezado senhor, vou tentar explicar uma coisa. Minha carreira científica foi destruída há meia-vida. Decidi tentar algum tipo de reabilitação, alguma espécie de renovação do significado da minha vida tão longe de Hallam quanto me fosse possível, o que significa vir para cá, para a Lua. Minha formação foi como radioquímico, mas isso não me impede permanentemente de tentar algum outro campo de atuação. A para-física é, hoje, o grande campo de estudos, e eu fiz o melhor que pude para me instruir sozinho a respeito, imaginando que isso poderá me oferecer uma melhor esperança de reabilitação.

– Entendo – concordou Neville, mas com clara nuance de dubiedade na voz.

– A propósito, uma vez que o senhor mencionou a Bomba de Elétrons... ouviu falar das teorias de Peter Lamont? – perguntou Denison.

Neville o olhou com muita atenção.

– Não. Acho que não conheço essa pessoa.

– Sim, ele ainda não é famoso. E provavelmente jamais será, pela mesma razão que eu nunca serei: ele irritou Hallam... O nome dele foi citado há pouco tempo e fiquei pensando um pouco nisso. Foi uma forma de ocupar o tempo da noite passada. – E então, bocejou.

Impaciente, Neville perguntou:

– Sim, doutor? E o que tem esse homem? Qual é mesmo o nome dele?

– Peter Lamont. Ele tem umas ideias interessantes sobre a para-teoria. Ele acredita que, com o uso continuado da Bomba, a forte interação nuclear se tornará basicamente mais intensa no espaço do sistema solar e que o Sol lentamente irá aquecer e, em algum ponto crucial, passará por uma mudança de fase que provocará uma explosão.

– Besteira! Você sabe qual é a quantidade de mudança produzida em escala cósmica com o uso da Bomba em escala humana? Mesmo considerando que você é somente um físico autodidata, não deveria ter dificuldade para entender que a Bomba não tem como produzir uma mudança de grau apreciável nas condições gerais do universo durante a existência do sistema solar.

– O senhor acha?

– Claro que sim. Você não? – indagou Neville.

– Não estou certo. Lamont está numa campanha pessoal. Eu estive com ele por poucos instantes e me deu a impressão de ser um sujeito apaixonado, muito intenso. Considerando o que Hallam fez com ele, provavelmente está sendo consumido por uma raiva incontrolável.

Neville franziu a testa e questionou:

– Você tem certeza de que ele é adversário de Hallam?

– Sou especialista no assunto.

– Não lhe ocorreu que essa dúvida, de que a Bomba é perigosa, poderia ser usada como outro recurso para impedir a Lua de desenvolver a sua própria Estação?

— Ao custo de criar um estado universal de alarme e desânimo? Claro que não. Seria o mesmo que usar explosões nucleares para partir algumas nozes. Não, estou seguro de que Lamont é sincero. Aliás, em minhas tentativas vacilantes, eu mesmo alimentei noções similares, no passado.

— Porque você também é motivado pelo ódio a Hallam.

— Não sou Lamont. Imagino que não reagiria como ele. Na realidade, eu tinha uma tênue esperança de que pudesse investigar essa questão aqui na Lua, sem a interferência de Hallam e sem a emotividade de Lamont.

— Aqui na Lua?

— Aqui na Lua. Achei que talvez pudesse usar o síncrotron.

— E era esse o motivo de seu interesse por ele?

Denison concordou com a cabeça.

Neville então perguntou:

— Você realmente acha que conseguirá usa o síncrotron? Você tem alguma ideia do tamanho da pilha de solicitações para usar esse equipamento?

— Pensei que talvez pudesse obter a cooperação de alguns cientistas lunares — argumentou Denison.

Neville riu e balançou a cabeça.

— Temos quase tão pouca chance quanto você... No entanto, digo-lhe o que podemos fazer. Criamos nossos próprios laboratórios e podemos ceder-lhe espaço. Você pode até contar com alguns instrumentos secundários. Não sei dizer em que medida ou de que maneira nossas instalações lhe serão úteis, mas talvez você consiga fazer alguma coisa.

— Você acha que ali eu teria alguma chance de fazer observações úteis do ponto de vista da para-teoria?

— Vai depender em parte de sua engenhosidade, eu acho. Você espera comprovar a teoria desse Lamont?

— Ou desacreditá-la, quem sabe?

— Se conseguir algum resultado, vai negar essa ideia. Não tenho dúvida disso.

— Está bem claro – disse Denison – que não sou físico por formação, certo? Por que você me oferece um espaço para trabalhar, assim tão de imediato?

— Porque você é da Terra. Eu já disse que valorizamos isso, e talvez seu autodidatismo como físico tenha um valor adicional. Selena está do seu lado, e isso é algo a que dou mais importância do que deveria... quem sabe? E somos colegas de sofrimento nas mãos de Hallam. Assim, se você quer se reabilitar, nós o ajudaremos.

— Mas, me perdoe se sou cínico. O que espera ganhar com isso?

— A sua ajuda. Há certa dose de desentendimento entre os cientistas da Terra e os da Lua. Você é um terráqueo que veio voluntariamente para a Lua e poderia servir de ponte entre nós, para o benefício de todos. Você já teve um encontro com o novo Comissário e, talvez, se reabilitando, também possa nos reabilitar.

— Você quer dizer que a ciência lunar também se beneficiará caso o que eu faça enfraqueça a influência de Hallam.

— O que você puder fazer será seguramente útil... Mas talvez eu deva deixar que você recupere um pouco mais do seu sono. Procure-me em algum momento dos próximos dois dias e eu providencio um lugar para você num laboratório. E... – Neville deu uma olhada ao redor – um lugarzinho mais confortável para morar, também.

Depois de trocarem um aperto de mãos, Neville partiu.

— Imagino que, por mais aborrecida que sua posição possa ter sido, você hoje está se preparando para sair, mas lamentando um pouco a partida – disse Gottstein.

Montez encolheu os ombros num gesto eloquente.

— Lamento muito, quando penso no retorno à gravidade completa. A dificuldade para respirar... os pés que doem... a transpiração. Ficarei constantemente mergulhado como se fosse numa banheira de suor.

— Um dia vai ser a minha vez.

— Ouça o meu conselho. Nunca fique mais de dois meses direto. Não dou a menor atenção ao que os médicos dizem sobre os exercícios isométricos que nos obrigam a fazer. Volte à Terra a cada sessenta dias e fique pelo menos uma semana. Precisa manter viva a sensação de como é lá.

— Vou me lembrar disso... Oh, falei com o meu amigo.

— E que amigo é esse?

— O homem que estava na nave comigo, quando vim. Achei que me lembraria dele e lembrei: um sujeito chamado Denison, radioquímico. O que me veio à memória sobre ele era bem preciso.

– É?

– Eu me lembrava de que ele manifestava uma irracionalidade interessante e tentei provocar esse seu lado. Ele resistiu de maneira muito astuta. Pareceu racional, tão racional, aliás, que comecei a desconfiar. Existe um tipo de racionalidade atraente que alguns malucos acabam desenvolvendo. Como um mecanismo de defesa.

– Ai, meu Deus – disse Montez, claramente aflito. – Não estou certo de entender o que você está me dizendo. Se não se importa, vou me sentar por um instante. Entre decidir se tudo está devidamente empacotado e me lembrar da gravidade da Terra, fiquei sem fôlego... Que tipo de irracionalidade?

– Ele tentou nos dizer, uma vez, que havia riscos na operação da Bomba de Elétrons. Ele achava que ela poderia explodir o universo.

– Mesmo? E isso pode acontecer?

– Espero que não. Na época foi algo descartado com relativa hostilidade. Quando os cientistas trabalham num tópico na fronteira do conhecimento, ficam muito arredios, entende? Conheci um psiquiatra que uma vez chamou esse fenômeno de "quem sabe?". Se nada do que faz lhe trará o conhecimento de que você precisa, no fim você termina dizendo "Quem sabe o que vai acontecer?", e então a imaginação diz.

– Sim, mas se os físicos saem por aí dizendo coisas assim, mesmo que sejam poucos...

– Mas eles não fazem isso. Não oficialmente. Existe o que se chama de responsabilidade científica, e os periódicos são cuidadosos, não publicam artigos delirantes... Ou o que eles julgam ser delirantes. Na realidade, digo uma coisa, esse assunto tornou a ser comentado. Um físico chamado Lamont conversou com o senador Burt, com aquele messias autoproclamado do Chen, e mais alguns colegas. Ele também insiste na possibilidade de uma explosão cósmica. Ninguém acredita nele, mas a história se espalhou pelos bastidores e cada vez que é contada de novo fica melhor.

– E esse cara aqui na Lua, agora, acredita nisso.

Gottstein sorriu abertamente.

– Acredito que sim. A propósito, no meio da noite, quando não consigo pegar no sono – continuo caindo da cama–, até eu acredito. Ele provavelmente espera submeter a teoria a alguma prova experimental aqui.

– E?

– E vamos deixar que faça isso. Insinuei que iríamos ajudá-lo.

Montez sacudiu firmemente a cabeça.

– Isso é arriscado. Não gosto de encorajar oficialmente noções delirantes.

– Eu sei, é só uma vaga possibilidade de que esses caras não sejam delirantes totais, mas a questão nem é essa. A questão é que, se conseguirmos instalá-lo aqui, na Lua, talvez acabemos descobrindo, por meio dele, o que está acontecendo aqui. Ele está ansioso para se reabilitar, e eu sugeri que essa reabilitação viria por nosso intermédio se ele cooperasse... Vou providenciar para que você continue sendo discretamente informado a respeito desse assunto. Como um gesto entre amigos, entende?

– Obrigado – disse Montez. – E adeus.

Neville impacientou-se.

– Não, não gosto dele.

– Por que não? Porque é um terroso? – Selena espanou umas felpas de seu seio direito, apanhou-as, olhou-as com olhar crítico. – Isto não veio da minha blusa. Estou lhe dizendo: esta recirculação de ar está abominável.

– Esse tal Denison não presta pra nada. Não é um para-físico. É um autodidata na área, segundo o que diz, e prova, chegando aqui com noções pré-fabricadas, totalmente idiotas.

– Como o quê?

– Ele acha que a Bomba de Elétrons vai explodir o universo.

– Ele disse isso?

– Eu sei que ele acha isso... ah, conheço os argumentos. Já escutei isso um montão de vezes. Mas não é nada disso, e pronto.

– Talvez – disse Selena, levantando as sobrancelhas – você apenas não queira que seja como ele fala.

– *Nem* comece – cortou Neville.

Houve uma pausa breve antes que Selena perguntasse:

– Bom, e o que você vai fazer com ele?

– Vou dar a ele um espaço para trabalhar. Ele pode ser inútil como cientista, mas também será aproveitável do jeito dele. Será alguém muito visível. O Comissário já andou falando com ele.
– Eu sei.
– Bom, ele tem uma história romântica para alguém com uma carreira destruída que está tentando se reabilitar.
– Mesmo?
– Mesmo. Estou certo de que você vai adorar. Se você perguntar, ele lhe contará tudo. E isso é bom. Se temos um terráqueo romântico trabalhando aqui na Lua, num projeto delirante, ele se tornará o alvo perfeito das preocupações do Comissário. Servirá de isca, de vitrine decorada. E até pode ser que, por meio dele, quem sabe, poderemos justamente conseguir enxergar melhor como vão as coisas lá na Terra... Será melhor se você continuar amiga dele, Selena.

Selena riu e, no fone de ouvido de Denison, esse som parecia metálico. O corpo dela parecia perdido dentro do traje espacial que ela estava usando.

– Ora, ora, Ben, não há motivo para sentir medo – ponderou Selena. – Você já é um veterano: chegou aqui há um mês.

– Vinte e oito dias – resmungou Denison. Ele se sentia calcinado dentro do traje.

– Um mês – insistiu Selena. – Já passava bastante de meia Terra quando você veio. E agora já passou um pouco de meia Terra de novo. – Ela apontou para a curva brilhante da Terra no céu ao sul.

– Tudo bem, mas espere um pouco. Não sou tão corajoso aqui fora quanto lá embaixo. E se eu cair?

– Qual o problema? A gravidade é fraca, segundo o seu padrão, a ladeira é suave, seu traje é resistente. Se cair, apenas deslize e role. Aliás, é muito divertido fazer isso.

Denison deu uma olhada geral, cheio de dúvidas. A Lua se estendia linda à fria luz da Terra. Era preta e branca. Um branco delicado, suave, comparado às cenas iluminadas pelo Sol que tinha apreciado durante uma viagem, uma semana antes, destinada a inspecionar as baterias solares que se estendiam de um lado a outro do horizonte, rente ao solo do Mar de Chuvas. E o preto também se mostrava um pouco mais suave, dada a falta de um contraste forte com o dia propriamente dito. As estrelas surgiam sobrenaturalmente brilhantes, e a Terra – a Terra – era infinitamente convidativa com seus rodamoinhos de branco e azul e um vislumbre rápido de marrom.

– Bom – disse Denison –, se importa se eu me apoiar em você?

– Claro que não. E não vamos subir até o fim. Para você, vai ser somente a ladeira dos principiantes. Apenas tente manter o mesmo ritmo que eu. Vou andar devagar.

Os passos dela eram longos, lentos e dançantes, e ele tentava se manter sincronizado. O chão da encosta na subida sob seus pés era poeirento e, a cada passo, ele chutava uma fina camada de poeira que rapidamente voltava a assentar por causa da ausência de ar. Ele dava um passo a cada passo de Selena, com esforço.

– Bom – disse Selena, seu braço firmemente enganchado com o dele para estabilizar o movimento do terráqueo –, para um terroso, quer dizer, um imi, você está indo muito bem...

– Obrigado.

– Não me parece muito melhor falar imi, em vez de imigrante. É um insulto igual a "terroso", em vez de terráqueo. Acho que vou dizer somente que você é muito bom para alguém da sua idade.

– *Não!* Isso é muito pior.

Denison estava sentindo uma discreta dificuldade para respirar e sua testa já estava umedecendo quando Selena tentou orientá-lo melhor.

– Cada vez que você estiver quase apoiando o pé no chão, dê um leve empurrão com o outro pé. Com isso, a passada ficará mais larga e andar ficará mais fácil. Não, não... olhe só como estou fazendo.

Denison fez uma pausa, agradecido. Observava Selena, ainda

esguia e graciosa em seus movimentos, apesar do traje espacial grotesco, dando saltos baixos e extensos. Então ela voltou e se ajoelhou aos pés dele.

– Agora você dá um passo baixo, Ben, que vou bater no seu pé quando for para ele se mexer.

Tentaram várias vezes e Denison observou:

– Isso é pior do que correr na Terra. É melhor descansar.

– Tudo bem. É só porque seus músculos ainda não estão acostumados com a coordenação necessária. É você que está lutando, entende?, não a gravidade... Bom, sente e acalme a respiração. Não o levarei muito mais longe.

– Se eu me deitar no chão vou causar algum estrago ao equipamento nas costas? – perguntou Denison.

– Não, claro que não, mas não é uma boa ideia. Não no chão. A temperatura está a 120 K; ou aproximadamente 150ºC negativos, se você preferir, e, quanto menor for a área de contato, melhor. É melhor se sentar.

– Tudo bem. – Desajeitado, Denison se sentou, resmungando. Deliberadamente, virou-se para o norte, de costas para a Terra.

– Olhe para essas estrelas!

Selena se sentou de frente para ele, formando um ângulo reto. Ele conseguia ver o rosto dela de vez em quando, um pouco enevoado atrás do visor, quando a luz da Terra refletia ali com a inclinação necessária.

– Da Terra, vocês não veem as estrelas? – quis saber Selena.

– Assim não. Mesmo quando não há nuvens, o ar da Terra absorve parte da luz. As diferenças de temperatura na atmosfera fazem com que elas pisquem, e as luzes urbanas, mesmo distantes, apagam o brilho delas.

– Parece uma droga.

– Você gosta bastante daqui, Selena? Da superfície?

– Na verdade, não adoro de paixão, mas também não me importo muito, de vez em quando. Faz parte do meu trabalho trazer turistas até aqui, naturalmente.

– E agora você precisa fazer isso por mim.

– Será que não consigo convencê-lo de que não é a mesma coisa, de jeito nenhum, Ben? Para turistas temos um percurso fixo. É tudo muito padronizadinho, sem a menor graça. Você acha mesmo que a gente traria os turistas até aqui, nesta encosta? Isto é para os lunares – e os imis. A maioria dos imis, quer dizer.

– Isto aqui não parece muito popular. Não tem mais ninguém por perto.

– Ah, é que há dias especiais para esse tipo de coisa. Você devia vir aqui nos dias de corrida. Mas acho que não gostaria, então.

– Nem acho que gosto daqui *agora*. Deslizar é um esporte, especialmente para os imis?

– Muito comum. Os lunares em geral não gostam tanto da superfície.

– E o dr. Neville?

– Você quer saber o que ele acha da superfície?

– Sim.

– Olha, acho que ele nunca veio até aqui. Ele é realmente um sujeito urbano. Por que você quer saber?

– Bom, quando pedi permissão para acompanhar o turno da manutenção de rotina das baterias solares, ele se mostrou totalmente favorável à minha ida, mas ele mesmo não quis ir. Eu até pedi para ele ir também, acho, para poder ter alguém a quem fazer perguntas, se fosse o caso, e ele se recusou de uma maneira muito convicta.

– Espero que alguém o tenha acompanhado para lhe dar as respostas.

– Ah, teve, sim. Era um imi, também, agora que me lembro da situação. Talvez isso explique a atitude do dr. Neville a respeito da Bomba de Elétrons.

– O que você quer dizer?

– Bom – Denison se reclinou para trás, chutando as pernas alternadamente, vendo que subiam e desciam devagar, sentindo nisso certo prazer preguiçoso. – Olha só, não é nada mau. Olha, Selena... O que eu quis dizer é que Neville está muito interessado em construir uma Bomba de Elétrons aqui na Lua, mas as baterias solares são adequadas para a mesma necessidade. Na Terra, não poderíamos usar baterias solares, pois o Sol nunca tem em todos os comprimentos de onda a mesma emissão infalível, luminosa e radiante. No sistema solar, não existe um único corpo planetário, de qualquer tamanho que seja, mais adequado ao uso das baterias do que a Lua. Até Mercúrio é quente demais... só que usá-las prende você à superfície e, se você não gosta da superfície...

De repente, Selena se pôs em pé e disse:

– Ótimo, Ben, agora você já descansou o suficiente. De pé! De pé!

Ele lutou para se erguer e concluiu:

– Todavia, uma Estação da Bomba significaria que nenhum lunar jamais teria de vir até a superfície, se não quisesse...

– Ladeira acima, lá vamos nós, Ben. Vamos até aquele morro lá adiante. Está vendo, ali onde a luz da Terra atravessa numa linha horizontal?

Eles subiram em silêncio o trecho final do caminho. Denison percebia a área mais macia que se abria ao lado deles. Uma larga faixa de descida da qual tinha sido removida a maior parte da poeira.

– Aqui é muito liso para um principiante conseguir subir – disse Selena, respondendo ao que ele estava pensando. – Não seja muito ambicioso, senão vai querer que eu lhe ensine agora o salto do canguru.

Ela deu um salto desses enquanto falava, virou de frente quase no momento de tocar o chão de volta e disse:

– Aqui, aqui. Sente, eu vou ajustar...

Denison se sentou, de frente para a descida, e disse, olhando inseguro para a ladeira:

– Você consegue mesmo subir deslizando?

– Claro que sim. A gravidade é mais fraca na Lua do que na Terra, então, você empurra o chão com muito menos força e isso quer dizer que existe muito menos fricção. Tudo é mais escorregadio na Lua do que na Terra. É por isso que os pisos em nossos corredores e apartamentos deram-lhe a impressão de não ter acabamento. Você gostaria que eu lhe desse a minha pequena aula sobre o assunto? A que dou para os turistas?
– Não, Selena.
– Além disso, vamos usar deslizadores, claro. – Ela segurava um pequeno cartucho, dotado de grampos e de um par de tubos fininhos.
– O que é isso? – perguntou Ben.
– Somente um pequeno reservatório de gás líquido. Vou emitir um jato de vapor bem embaixo das suas botas. A fina camada de gás entre elas e o chão reduzirá a fricção a quase zero. Você se movimentará como se estivesse no espaço.
Denison disse, inquieto:
– Não aprovo. Seguramente é um desperdício usar gás assim, na Lua.
– Ai, ai, ai... Que gás você acha que usamos nesses deslizadores? Dióxido de carbono? Oxigênio? Para início de conversa, este é um gás reciclado. É argônio. Vem do solo da Lua, às toneladas, e resulta de bilhões de anos da dissolução de potássio 40... Isso também faz parte da minha aula, Ben... O argônio só tem alguns usos especializados na Lua. Poderíamos utilizá-lo por um milhão de anos sem esgotar o suprimento... Muito bem. Seus deslizadores já foram aplicados. Agora, espere que eu vou colocar os meus.
– Como funcionam?
– É tudo muito automático. Você apenas começa a deslizar, e isso vai acionar o contato e o vapor. Você tem apenas uns minutos de reserva. Mas é o quanto vai precisar.
Ela ficou em pé e o ajudou a se erguer.
– Fique de frente para a descida... Venha, Ben, é uma ladeira

tranquila. Olhe. Parece perfeitamente nivelada.

– Parece nada – respondeu Denison, emburrado. – Para mim parece um despenhadeiro.

– Que bobagem. Agora, ouça o que vou lhe dizer. Lembre-se sempre do que lhe disse: mantenha os pés 15 cm afastados, um pé só um pouquinho na frente do outro. Pode ser qualquer um. Fique com os joelhos dobrados. Não se incline para o vento porque não tem vento. Não tente olhar para cima, ou para trás, mas pode olhar para os lados, se precisar. Principalmente quando enfim chegar ao plano, não tente parar logo. Você estará indo mais depressa do que pensa. Apenas deixe o deslizamento cessar, e, então, a fricção fará você parar.

– Nunca vou me lembrar disso.

– Vai, sim. E eu estarei bem do seu lado para ajudar. E, se você cair e eu não conseguir apanhá-lo, não faça nada. Apenas relaxe e continue caído e deslizando. Aqui não temos rochas nas quais você possa bater.

Denison engoliu e olhou para a frente. A encosta voltada para o sul brilhava à luz da Terra. Desníveis mínimos capturavam mais luz do que lhes cabia, criando minúsculas manchas luminosas entremeando a escuridão, de sorte que a superfície ficava ligeiramente malhada. O protuberante meio círculo da Terra dominava o céu negro, quase que imediatamente à frente.

– Pronto? – perguntou Selena. A mão dela, enluvada, estava entre as espáduas dele.

– Pronto – Denison quase miou.

– Então, lá vai você – disse ela. E o empurrou. Denison sentiu-se começando a se mexer. No começo, seu movimento era lento. Ele se virou para ver Selena, balançando. – Não se preocupe. Estou bem do seu lado.

Ele sentia o chão sob os pés, mas de repente não conseguia mais sentir. O deslizador tinha sido ativado.

Por um instante, pensou que estava em pé, parado. Não havia o ar indo contra seu corpo, nenhuma sensação de nada que estivesse deslizando sob seus pés. Mas quando se virou de novo para Selena, notou que as luzes e sombras de um lado estavam se movimentando para trás numa velocidade lentamente maior.

– Fique olhando para a Terra – a voz de Selena chegou aos seus ouvidos – até você aumentar de velocidade. Quanto mais depressa estiver indo, mais estável ficará. Mantenha os joelhos dobrados... Você está se saindo superbem.

– Para um imi – arquejou Denison.

– Como está se sentindo?

– Voando – disse ele. O padrão de luz e escuridão do outro lado, agora, estava indo para trás como um borrão. Ele olhou rapidamente para um lado, depois para o outro, tentando transformar a sensação de que aquele ambiente voava para trás na sensação de que ele estava voando para a frente. Então, assim que conseguiu, descobriu que tinha de olhar de novo para a frente no mesmo instante, para recuperar o equilíbrio.

– Imagino que não seja uma boa comparação essa de voar no seu caso. Você não tem experiência em voar na Lua.

– Agora eu sei... Voar deve ser como deslizar – *isso* eu sei como é.

Ela o acompanhava com facilidade.

Denison estava indo depressa o bastante para ter a sensação do movimento, até quando olhava para a frente. O cenário lunar adiante estava aberto e passava por ele flutuando, dos dois lados. Ele então perguntou:

– Que velocidade você alcança deslizando?

– Uma boa corrida na Lua, já cronometrada, marcou velocidades superiores a 160 km/h, em encostas mais íngremes do que esta, claro. Você, provavelmente, chegaria a 50 ou 60 km/h.

– Só que parece muito mais depressa que isso.

– Bom, mas não é. Estamos quase parando agora, Ben, e você não caiu. Agora, só continue firme. O deslizador vai acabar e você sentirá a fricção. Não faça nada para ajudar. Só continue indo.

Selena mal tinha concluído suas instruções quando Denison

começou a sentir a fricção sob suas botas. Imediatamente percebeu a pressão absoluta da velocidade e cerrou os punhos com força para não jogar os braços para a frente num reflexo de proteção contra alguma colisão que não iria acontecer. Ele sabia que, se atirasse os braços desse jeito, daria uma cambalhota para trás. Apertou os olhos, segurou o fôlego até achar que os pulmões iriam explodir, e então Selena disse:

– Perfeito, Ben, perfeito. Nunca vi um imi fazer seu primeiro deslizamento sem cair, por isso, se cair agora, não será nada de mais. Nenhuma desgraça.

– Não pretendo cair – murmurou Denison. Ele inspirou fundo, aos arrancos, e arregalou os olhos. A Terra continuava tão tranquila como sempre, pacífica... Agora ele se deslocava mais devagar... mais devagar... mais devagar...

– Estou parado, Selena? – ele quis saber. – Não tenho certeza.

– Você está parado. Mas não se mexa. Você deve descansar antes de fazermos o percurso de volta até a cidade... Que droga, deixei por aqui, quando subimos.

Denison olhou para ela sem acreditar. Ela havia subido com ele e deslizado até aqui embaixo. E, enquanto ele estava semimorto de tão cansado e tensão, ela estava saltando no ar como um canguru! Dava a impressão de já estar a 100 metros quando disse:

– Achei! – e a voz dela soava tão alta nos ouvidos dele quanto se estivesse ao seu lado.

Ela voltou num instante, com um saquinho plástico dobrado sob o braço.

– Você se lembra – disse Selena – quando perguntou o que era isso, enquanto subíamos, e eu disse que íamos usar antes de descer?

Ela abriu o pacote e o espalhou pela poeirenta superfície da Lua.

– O nome completo disto é *Lunar Lounge* – explicou Selena –, mas a gente só fala *lounge*. Neste mundo, entendemos que o adjetivo é desnecessário

Então inseriu um cartucho e ergueu uma alavanca. Ele começou a encher. De algum modo, Denison esperava um ruído sibilante, mas naturalmente não havia ar para transmitir sons.

– Antes de você questionar nossas políticas de conservação, isso também é argônio – adiantou ela.

Aquilo se estufou até virar um colchão apoiado em seis pés redondos e curtos.

– Para sustentá-lo – disse Selena. – Na realidade, entra bem pouco em contato com o solo e o vácuo ao nosso redor conservará o calor.

– Não me diga que é aquecido? – indagou Denison, admirado.

– O argônio se aquece ao verter, mas só um pouco. A temperatura só sobe até 270 k, quase quente o bastante para derreter gelo, e quente o bastante para impedir que seu traje com isolamento perca calor mais depressa do que você é capaz de produzir. Prontinho. Pode se deitar.

Denison se deitou, com uma sensação de enorme conforto.

– Excelente! – disse ele, dando um longo suspiro.

– Mamãe Selena pensa em tudo.

Ela veio por trás, agora, deslizando em torno dele, com seus calcanhares rentes aos dele, como se estivesse sobre um *skate*, e então deixou que saíssem rapidamente de debaixo do seu corpo, enquanto caía elegantemente sobre os próprios quadris e cotovelos, assentando no chão ao lado de Denison.

Ele assoviou:

– Uau! Como você fez isso?

– Muita prática! E nem tente me imitar. Você vai quebrar o cotovelo. Mas te digo uma coisa: se eu ficar com muito frio, vou ter de me acomodar com você nesse *lounge*.

– O que é seguro o bastante, estando nós dois dentro destes trajes.

– Ah, assim é que se fala, meu corajoso libertino... Como se sente?

– Bem, eu acho. Que experiência!

– Que experiência? Você estabeleceu um recorde de não quedas! Se importa se eu contar para o pessoal da cidade que você não caiu?

– Não. Sempre gosto de ser valorizado... Você não espera que eu faça isso de novo, certo?

– Agorinha? Claro que não. Nem eu faria tudo de novo. Vamos descansar um pouco, garantir que seu coração está batendo normalmente outra vez, e então voltaremos para a cidade. Se você esticar as pernas na minha direção vou retirar os deslizadores. Da próxima vez, vou lhe mostrar como pôr e tirar os deslizadores sozinho.

– Não tenho certeza de que haverá uma próxima vez.

– Claro que haverá. Você não gostou?

– Um pouco. No meio do terror.

– Da próxima vez haverá menos terror. E menos ainda depois e, no fim de algum tempo, você só sentirá prazer e eu vou fazer de você um corredor.

– Não vai, não. Estou velho demais.

– Na Lua, não. Você só *parece* velho.

Denison conseguia sentir a profunda quietude da Lua difundindo-se em seu interior, enquanto continuava deitado ali. Desta vez, estava de frente para a Terra. Sua presença constante no céu, mais do que qualquer outra coisa, lhe dera uma sensação de estabilidade em sua recente experiência de deslizamento, e ele sentia gratidão por isso. Então disse:

– Você vem aqui sempre, Selena, quer dizer, sozinha, ou com mais uma ou outra pessoa? Quer dizer, quando é que fazem festa aqui?

– Praticamente nunca. A menos que tenha pessoas por aqui, isto é demais para mim. Estou surpresa de estar realmente fazendo isso.

– Aham – concordou Denison, objetivamente.

– Você não se surpreende?

– Eu deveria? Minha sensação é que cada pessoa faz o que faz ou porque quer ou porque é obrigada, e nos dois casos é problema dela, não meu.

– Obrigada, Ben. De verdade. Isso é bom de ouvir. Uma das coisas boas em você, Ben, é que, para um imi, você está deixando que a gente seja como é. Nós, lunares, somos pessoas dos subterrâneos, das cavernas, dos corredores. E o que tem de errado nisso?

– Nada.

– Não precisamos ouvir os terrosos falar. Sou uma guia de turismo e tenho de ouvir o que dizem. Não há nada que eles digam que eu já não tenha ouvido um milhão de vezes, mas o que eu mais escuto – e ela adotou então o sotaque entrecortado do típico terráqueo falando em língua planetária padrão – é: "Mas, querida, como é que vocês conseguem viver em *cavernas* o tempo inteiro? Não dá uma terrível sensação de *enterramento*? Vocês nunca sentem vontade de ver um céu azul, árvores, o mar, sentir o vento, o perfume das flores...?

– Ben, eu poderia seguir falando sem parar. Então, eles dizem: "Mas imagino que vocês não sabem o que é o céu azul, o mar e as árvores, por isso não sentem falta de nada disso...", como se não recebêssemos imagens da Terra, nem tivéssemos pleno acesso à literatura da Terra, tanto por via óptica como auditiva e, às vezes, olfativa também.

Denison estava achando aquilo tudo incrível. Então disse:

– Qual é a resposta oficial a comentários desse tipo?

– Nada de mais. Simplesmente dizemos que estamos "bastante acostumados, senhora". Ou "senhor", de repente. Geralmente é uma mulher que fala isso. Os homens estão excessivamente interessados em estudar as nossas blusas e ficam imaginando quando é que as despimos. Você sabe o que eu realmente gostaria de dizer a esses idiotas?

– Por favor, me diga. Já que você tem de continuar de blusa, pois está dentro do traje, pelo menos tire isso do peito.

– Que jogo de palavras mais engraçado!... Eu gostaria de dizer a eles algo assim: "Olha, minha senhora, por que é que eu deveria me interessar pelo seu maldito mundo? Não queremos ficar pendurados na periferia sideral de nenhum planeta, esperando despencar ou ser ejetados no hiperespaço. Não queremos que soprem seu ar poluído em nós nem que despejem sua água suja em nós. Não queremos seus malditos germes, nem sua grama fedida, nem seu céu azul de sempre e suas nuvens brancas tediosas. Podemos ver a Terra no nosso próprio céu quando queremos, e nem sempre queremos. A Lua é a nossa casa e é o que fazemos dela. Exatamente o que fazemos dela. Nós a possuímos e nela construímos a nossa própria ecologia, e não precisamos que sintam pena de nós por estarmos seguindo o nosso próprio rumo. Volte para o seu mundo e deixe que a gravidade faça seus peitos despencarem até os joelhos". Eu diria algo assim.

Denison ajudou:

– Muito bem. Sempre que estiver quase a ponto de dizer algo assim para um terroso, venha e diga para mim, tá bom? Você vai se sentir melhor.

– Sabe de uma coisa? De vez em quando, algum imi sugere que a gente construa um parque terrestre aqui na Lua. Um lugarzinho com mudas e sementes de plantas trazidas da Terra; talvez alguns animais. Um "toque de casa": é assim que eles costumam falar.

– Imagino que você seja contra.

– Claro que sou contra. Um toque da casa de quem? A *Lua* é a nossa casa. O imi, que tanto quer um toque de casa, faria melhor se voltasse para a casa *dele*. Às vezes os imis podem ser piores do que os terrosos.

– Vou me lembrar disso – acrescentou Denison.

– Mas não você, pelo menos até agora – disse Selena.

Houve um silêncio por um momento e Denison pensou se Selena iria sugerir que voltassem para as cavernas. Por um lado, não demoraria muito até que ele sentisse um desejo evidente de usar um banheiro; por outro, nunca tinha se sentido tão relaxado. Quanto tempo será que seu oxigênio ainda duraria?

Então, Selena disse:

– Ben, você se importa se eu perguntar uma coisa?

– De modo algum. Se é a minha vida privada que interessa, não tenho segredos. Tenho 1,87 m e peso 14 kg na Lua. Tive uma esposa há muito tempo, sou divorciado, tenho uma filha, adulta, casada, cursei a Universidade de...

– Não, Ben. Sério. Posso perguntar sobre o seu trabalho?

– Claro que sim, Selena. Só não sei quanto é que eu posso explicar.

— Bom, você sabe que Barron e eu...

— Sim, eu sei – interrompeu Denison, bruscamente.

— Nós conversamos, ele e eu, e de vez em quando ele diz umas coisas... Disse que você acha que a Bomba de Elétrons poderia fazer o universo explodir.

— Nossa seção do universo. Poderia transformar uma parte do nosso braço galáctico num quasar.

— Mesmo? Você realmente acha isso?

— Quando vim para a Lua, não tinha certeza. Agora tenho. Estou pessoalmente convencido de que isso vai acontecer.

— Quando você acha que vai acontecer?

— Isso não posso dizer com exatidão. Talvez daqui a poucos anos. Talvez em algumas décadas.

Um rápido silêncio se instalou entre eles. Depois, Selena disse, num tom de voz mais baixo:

— Barron não pensa assim.

— Eu sei que não. Não estou tentando convencê-lo. Não se combate uma recusa em crer desfechando um ataque frontal. Esse foi o erro de Lamont.

— Quem é Lamont?

— Desculpe, Selena, estou pensando em voz alta.

— Não, Ben, por favor, me diga. Estou interessada. Por favor.

Denison se virou para um lado, de frente para ela.

— Tudo bem. Não faço objeção a isso. Lamont, que era físico lá na Terra, tentou, desse modo, alertar o mundo para os perigos da Bomba. Fracassou. Os terráqueos querem a Bomba. Querem a energia de graça. Querem isso a ponto de se recusar a crer que não podem ter essa Bomba.

— Mas por que iriam querer o que significa a morte de todos eles?

— Para isso basta acreditar que a Bomba não significa morte. O caminho mais rápido para se solucionar um problema é negar que ele existe. Seu amigo, o dr. Neville, faz a mesma coisa. Ele não gosta da superfície, então se força a crer que as baterias solares não são boas – mesmo que, para qualquer observador imparcial, elas pareçam a fonte perfeita de energia para a Lua. Ele quer a Bomba porque assim pode ficar no subsolo da Lua, porque assim pode se recusar a crer que existe perigo nela.

Selena contestou:

– Não acho que Barron se recusaria a acreditar em algo se existem evidências válidas a respeito. Você realmente tem essas evidências?

– Acho que tenho. É a coisa mais extraordinária, Selena. A coisa toda depende de alguns fatores sutis, envolvendo as interações quark-quark. Você sabe o que isso significa?

– Você não precisa me explicar. Já conversei tanto com Barron sobre tantas coisas, que consigo acompanhar o seu raciocínio.

– Bom, eu pensava que precisaria do síncrotron de prótons da Lua para isso. Tem 40 km de lado, ímãs supercondutores e posso contar com energias de 20.000 Bev ou mais. Mas, o que surgiu, porém, foi que vocês aqui na Lua têm uma coisa chamada pionizador, que cabe numa sala de proporções moderadas e realiza todo o trabalho do síncrotron. A Lua deve ser parabenizada por esse avanço tecnológico admirável.

– Obrigada – disse Selena. – Em nome da Lua, quero dizer.

– Bom, então, meus resultados no pionizador podem evidenciar a taxa de aumento de intensidade da interação nuclear forte; e esse aumento é o que Lamont dizia que é, e não o que a teoria ortodoxa quer afirmar.

– E você já mostrou isso para Barron?

– Não. E, se mostrar, acho que Neville vai rejeitar os dados. Dirá que são resultados marginais. Dirá que cometi algum erro. Que não levei em conta todos os fatores. Que usei controles inadequados... Mas o que realmente estará dizendo é que quer a Bomba de Elétrons e que não vai desistir.

– Você está dizendo que não tem saída.

– Claro que tem, mas de modo indireto. Não como Lamont fez.

– E qual é?

– A solução de Lamont consiste em exigir o abandono da

Bomba, mas não se pode simplesmente voltar atrás. Não se pode fazer a galinha virar ovo outra vez, o vinho voltar a ser uva, o bebê entrar de novo no útero. Se você quer que a criancinha largue o seu relógio, não adianta explicar que ela deve soltá-lo. Você tem de oferecer alguma coisa que chame a sua atenção.

– E o que seria isso?

– Ah, é justamente o que eu não sei. Mas tenho uma ideia, uma ideia simples, talvez simples demais para dar certo, baseada no fato muito óbvio de que o número 2 é ridículo e não pode existir.

Houve um silêncio, que durou um minuto inteiro, ou um pouco mais, e depois a voz de Selena, tão absorta quanto a dele, se fez ouvir:

– Vou tentar decifrar o sentido disso.

– Não sei se tem algum sentido – alertou Denison.

– Vou tentar assim mesmo. Poderia fazer sentido supor que o nosso universo é o único que pode existir ou que existe, porque é o único em que vivemos e que conhecemos por experiência direta. Entretanto, assim que surgem evidências de que existe um segundo universo, esse que chamamos de para-universo, torna-se ridículo que haja dois e somente dois universos. Se é possível existir um segundo universo, então pode existir um número infinito deles. Entre 1 e o infinito, em casos assim, não existem números sensatos. Não somente o 2, mas qualquer número finito é ridículo e não pode existir.

– São essas justamente as minhas conjecturas... – completou Denison.

E, novamente, ficaram em silêncio.

Denison se suspendeu até conseguir ficar sentado e olhou para a moça enfiada naquele traje. Então disse:

– Acho que seria melhor voltarmos para a cidade agora.

– Estava pensando nisso – respondeu Selena.

– Não, não estava, mesmo. E fosse o que fosse, não era nenhuma frivolidade.

Barron Neville olhou intensamente para Selena, por alguns instantes sem saber o que dizer. Ela lhe devolveu calmamente o olhar. O panorama das janelas dela tinha mudado de novo. Agora, uma mostrava a Terra, um pouco mais do que meio cheia.

Finalmente, ele perguntou:

– Por quê?

– Foi um acidente; na verdade, entendi o ponto e estava entusiasmada demais para não falar. Já devia ter lhe contato há alguns dias, mas temia a sua reação – respondeu ela.

– Então, ele sabe. Sua *boba*!

Selena franziu a testa.

– Sabe o quê? Somente o que teria descoberto mais cedo ou mais tarde: que não sou realmente uma guia de turismo, que sou a sua intuicionista. Uma intuicionista que entende de matemática, pelo amor de Deus. E se ele sabe, qual o problema? O que importa se tenho intuição? Quantas vezes você mesmo me disse que minha intuição não tem valor até que seja comprovada pelo rigor matemático e por observações de experimentos? Quantas vezes você me disse que a intuição mais insistente poderia estar errada? Bom, então, que valor ele poderá dar ao intuicionismo?

Neville ficou branco, mas Selena não sabia dizer se era de raiva ou de apreensão.

– Você é diferente. Sua intuição sempre esteve certa, não é mesmo? Quando você soube com certeza? – quis saber Neville.

– Ah, mas ele não sabe, não é mesmo?

– Ele vai descobrir. Vai falar com Gottstein.

– E o que dirá a Gottstein? Ele ainda não tem ideia daquilo que realmente estamos buscando.

– Não?

– Não. – Selena se colocou em pé e deu alguns passos para se afastar. Agora, de frente para Neville, gritou:

– *Não!* E é uma baixaria de sua parte insinuar que eu trairia você e todos os outros. Se você não aceita a minha integridade, então aceite o meu bom-senso. Não faz sentido abrir o bico para ele. De que adiantaria para Ben, ou para nós, se todos nós seremos destruídos?

– Ora, Selena, por favor! – Neville acenou a mão com expressão de nojo. – Isso não.

– Não, não! Escute aqui! Ele falou comigo e descreveu o trabalho que faz. Você me esconde como se eu fosse uma arma secreta. Diz para mim que sou mais valiosa do que qualquer outro instrumento ou cientista comum. Você faz seu jogo de conspiração, insistindo que todos devem continuar a pensar que eu sou mesmo uma guia de turismo e nada mais, de modo que meu grande talento sempre esteja à disposição dos lunares. À *sua* disposição. E o que você consegue?

– Nós temos você, não temos? Quanto tempo você acha que continuaria livre se eles...

– Você está sempre dizendo esse tipo de coisa. Mas quem foi preso? Quem foi detido? Onde está a evidência da grande conspiração que você enxerga à sua volta? Os terráqueos mantêm você e sua equipe longe de seus equipamentos grandes muito mais porque vocês os enganam do que por má-fé da parte deles. E isso tem nos trazido vantagens em vez de danos, porque nos obrigou a inventar outros instrumentos, mais sutis.

– Com base em seus *insights* teóricos, Selena.

Ela sorriu.

– Eu sei. Ben elogiou muito os equipamentos.

– Você e esse seu Ben. Mas que diabos você tanto quer com essa porcaria de terroso?

– Ele é um imigrante. E o que eu quero é informação. Você me dá alguma informação? Você tem tanto pavor de que eu seja flagrada que não se arrisca a me deixar conversar com nenhum físico... Somente você. E você é meu... provavelmente, apenas por esse motivo.

– Caramba, Selena.

Neville tentou aparentar tranquilidade, mas havia um excesso de impaciência em seu tom de voz.

– Não, não ligo para isso, de verdade. Você me disse que eu tenho uma tarefa especial e tenho tentado me dedicar a ela. Às vezes, penso que sim, com ou sem matemática. Eu consigo visualizar o tipo de coisa que precisa ser feita... mas, depois, essa imagem escorrega. Mas de que vai adiantar se a Bomba vai nos destruir, afinal... Já não lhe disse que eu desconfiava da troca de intensidades de campos?

– Vou lhe perguntar mais uma vez. Você está preparada para me dizer que a Bomba *irá* nos destruir? Não quero saber de "pode ser", de "talvez". Quero saber se *irá* – pressionou Neville.

Selena sacudiu a cabeça com raiva.

– Não posso afirmar. É muito marginal. Não posso dizer que irá. Mas, num caso desses, um simples "talvez" não é suficiente?

– Oh, meu Deus.

– Não revire os olhos. Não faça essa cara de *desdém*! Você nunca testou a matéria. Eu lhe disse como ela poderia ser testada.

– Nunca você se preocupou tanto com isso até que começou a dar ouvidos a esse seu terroso.

– Ele é um *imigrante*. Você vai testar a matéria ou não?

– Não! Eu lhe disse que suas sugestões não eram práticas. Você não é uma experimentadora, e o que parece bom aos seus olhos não necessariamente funciona no mundo real dos instrumentos, da casualidade, da incerteza.

– O assim chamado mundo real do *seu laboratório*. – O rosto de Selena estava rubro de raiva, e ela estava com os punhos cerrados erguidos na altura do queixo. – Você perde tempo demais tentando chegar ao vácuo bom o bastante. Existe vácuo lá em cima, lá em cima, na superfície para onde estou apontando, com temperaturas que às vezes estão a meio caminho do zero absoluto. Por que você não realiza experimentos na superfície?

– Seria inútil.

– Como você *sabe*? Você nem quer tentar. Ben Denison tentou. Ele se deu ao trabalho de criar um sistema que poderia usar na superfície e o instalou ali quando foi inspecionar as baterias solares. Ele queria que você fosse e você não quis. Lembra-se disso? Era uma coisa muito simples, que até eu poderia ter descrito para você, agora que descreveram para mim. Ele fez o aparelho funcionar à temperatura diurna e novamente à noite, e isso foi o suficiente para levá-lo a uma linha totalmente nova de pesquisas com o pionizador.

– Você faz tudo isso parecer muito simples.

– *É* simples. Assim que descobriu que eu era intuicionista, ele falou comigo de um jeito que você nunca falou. Ele explicou seus motivos para pensar que a intensificação da interação nuclear forte está de fato se acumulando em níveis catastróficos, nas imediações da Terra. Serão apenas poucos anos até o Sol explodir e irradiar essa intensificação em ondas...

– Não, não, não, *não* – gritou Barron Neville. – Vi os resultados dele e não me impressionaram.

– Você *viu* os resultados?

– Claro que sim. Você acha mesmo que eu o deixo trabalhar em nossos laboratórios sem garantir que sei o que ele está fazendo? Vi os resultados dele e não valem *nada*. Ele trabalha com desvios mínimos, muito dentro das margens de erro experimental. Se ele quiser acreditar que esses desvios são significativos, e se você quiser acreditar neles, fiquem à vontade. Mas não será a crença de vocês que os tornará significativos se, de fato, não forem.

– Em que *você* quer acreditar, Barron?

– Quero a verdade.

– Mas você já não decidiu por antecipação que a verdade tem de caber dentro do *seu* evangelho? Você quer a Bomba de Elétrons na Lua, não é? Para não ter nada a ver com a superfície. Assim, qualquer coisa que possa atrapalhar isso não é verdade, por definição.

– Não vou discutir com você. Quero a Estação da Bomba e até mais do que isso – quero a outra. Uma não adianta nada sem a outra. Você está certa de que não...

– Não falei.

– Mas falará?

Selena rodopiou nos pés de novo, em movimentos tão rápidos que ficou saltitando no ar ao som de um estrépito raivoso.

– Eu não vou dizer nada para ele – afirmou Selena –, mas preciso de mais informações. Você não tem informações para mim, mas ele pode ter. Ou pode chegar a elas fazendo os experimentos que você não quer fazer. Preciso conversar com Ben e descobrir o que ele quer descobrir. Se você se enfiar entre Ben e mim, nunca terá o que quer. E não precisa ter medo de ele conseguir essas informações antes de mim. Ele está viciado no modo de pensar da Terra. Não dará o último passo, mas eu sim.

– Ótimo. E também não se esqueça da diferença entre a Terra e a Lua. Este é o seu mundo. Você não tem outro. Esse cara, Denison, Ben, esse *imigrante* que veio da Terra para a Lua pode voltar para lá, se resolver fazer isso. Já você, nunca poderá ir da Lua para a Terra. Nunca. Você é uma lunar, para sempre.

– Uma donzela da Lua – disse Selena, sarcasticamente.

– Donzela, não – disse Neville. – Embora talvez você tenha de esperar muito tempo até que eu consiga confirmar a matéria mais uma vez.

Ela não pareceu abalada com esse esclarecimento.

– E esse tal de grande perigo de uma explosão? Se o risco envolvido em mudar as constantes básicas de um universo é tão grande, por que os para-homens, até aqui tão mais avançados que nós em termos de tecnologia, ainda não pararam de bombear? – questionou Neville e saiu.

Selena ficou encarando a porta fechada com uma cara absolutamente amarrada.

– Porque as condições são diferentes para eles e para nós, sua grande besta. – Mas, agora, ela falava sozinha.

Selena deu um chute na alavanca que abaixava a cama e se atirou nela, fervendo. Será que estava mais perto do verdadeiro objetivo pelo qual Barron e os outros estavam se esforçando há tantos anos? Nem um pouco.

Energia! Todos buscavam energia! A palavra mágica. A cornucópia! A grande e soberana chave da abundância universal!... Mas energia não era tudo.

Se alguém descobria energia, podia descobrir a outra também. Se alguém descobria a chave para a energia, a chave para a outra ficaria óbvia. Ela *sabia* que a chave para a outra ficaria óbvia se apenas pudesse captar algum aspecto sutil que seria óbvio assim que fosse percebido. (Que barbaridade, tinha ficado tão contaminada pela desconfiança crônica de Barron que até em seus pensamentos continuava falando da "outra".)

Nenhum terráqueo perceberia esse ponto sutil porque nenhum deles tinha motivos para buscar isso. Ben Denison iria encontrá-lo para ela, então, sem encontrar a outra para si mesmo. Exceto que... se o universo iria mesmo ser destruído, o que importava qualquer coisa?

Denison tentou neutralizar seu constrangimento. Toda hora, fazia um movimento de recolher alguma coisa, como se estivesse suspendendo as calças que não estava usando. Estava só de sandálias e com o menor dos shorts, incomodamente apertado. E, é óbvio, estava carregando o cobertor.

Selena, em iguais condições, ria dele.

— Ora, Ben, não há nada errado com o seu corpo nu, exceto essa pequena flacidez. Aqui está totalmente na moda. Aliás, tire os shorts se estiverem impedindo que você se movimente.

— Não! — resmungou Denison. Ele pegou o cobertor para se cobrir da cintura para baixo e ela arrancou com um puxão.

— Ora, me dê essa coisa aqui. Que espécie de lunar você acha que será se continuar com todo esse puritanismo terráqueo? Você *sabe* que o pudor é somente o outro lado da lascívia.

— Eu ainda preciso me acostumar com isso, Selena.

— Você pode começar olhando para mim, de vez em quando, sem precisar resvalar o olhar como se eu estivesse besuntada em óleo. Eu já percebi que para outras mulheres você olha com muita eficiência.

– Se eu olhar para você...

– Então vai parecer interessado demais e vai ficar constrangido. Mas, se olhar com deliberação, acabará se acostumando e parará de reparar. Veja só, vou ficar parada e você vai me encarar. Vou tirar os meus shorts.

Denison gemeu:

– Selena, pelo amor de Deus, tem gente por todo lado e você está fazendo um pouco-caso insuportável de mim. Por favor, continue andando e deixe que eu me acostume com a situação.

– Tudo bem, mas espero que você perceba que as pessoas que estão passando não estão olhando para nós.

– Elas não olham para *você*. Mas, para mim, olham sim. Provavelmente nunca viram uma pessoa de aparência tão idosa e malcuidada.

– Provavelmente, não – Selena concordou, achando graça –, mas elas também terão de se acostumar com isso.

Denison continuou andando na maior infelicidade, consciente de cada pelo grisalho do seu peito e de cada balançada de seu abdome saliente. Foi apenas quando o corredor se estreitou e havia menos pessoas passando que ele começou a sentir um relativo alívio.

Agora estava olhando à sua volta com curiosidade, não mais tão consciente dos seios cônicos de Selena quanto antes nem de suas coxas macias. Aquele corredor não acabava mais.

– Até onde vamos? – perguntou Denison.

– Você está cansado? – Selena estava séria. – Poderíamos ter pegado uma *scooter*. Eu esqueço que você é da Terra.

– Espero que esqueça mesmo. Não é o ideal de todo imigrante? Não estou nenhum pouco cansado. Dificilmente cansado. O que estou é sentindo um pouco de frio.

– Só na sua imaginação, Ben – Selena disse com firmeza. – Você só acha que devia estar sentindo frio porque tem uma grande parte do corpo sem roupa. Tire isso da cabeça.

– Muito fácil de falar... Espero estar andando bem.

– Muito bem. Ainda vou lhe ensinar a dar pulos de canguru.
– E me fazer participar das corridas de deslizamento pelas encostas, na superfície. Lembre-se, sou um pouco avançado em termos de idade. Mas, de verdade, quanto já andamos?
– Três quilômetros e meio, mais ou menos.
– Meu Deus! Quantos quilômetros de corredores existem, ao todo?
– Acho que não sei. Os corredores residenciais são uma parte comparativamente pequena do total. Temos os corredores das minas, os geológicos, os industriais, os micológicos... Tenho certeza de que devem ser várias centenas de quilômetros no total.
– Vocês têm mapas?
– Claro que temos mapas. Não podemos trabalhar às cegas.
– Quero dizer, mapas pessoais.
– Bom, não aqui, comigo. Mas, para esta área, não preciso de mapas. Conheço bem tudo aqui. Costumava passear por esses lados quando criança. Estes são corredores antigos. A maioria dos novos, e acho que construímos 3,5 a 5 quilômetros por ano, fica ao norte. Eu não conseguiria achar o caminho neles sem um mapa, porém, nem por todo o dinheiro do mundo. Talvez nem com um mapa.
– Para onde estamos indo?
– Eu lhe prometi um visual incomum – não, não estou falando de mim; portanto, nem comece – e é isso que você vai ter. Trata-se da mina mais incomum da Lua e que fica completamente fora dos percursos habituais para turistas.
– Não me diga que vocês têm diamantes na Lua!
– Melhor que isso.
As paredes do corredor ali não eram acabadas; exibiam uma rocha cinza, parca mas suficientemente iluminada por placas de eletroluminescência. A temperatura era confortável e mantinha-se amena e estável, com uma ventilação tão suave e eficiente que não havia a sensação de vento. Era difícil dizer, aqui, que a uma questão de de 60 ou 70 metros acima estava uma superfície

submetida a ciclos alternados de congelamento e temperaturas escaldantes, conforme o Sol ia e vinha ao longo de sua grande gangorra quinzenal, de horizonte a horizonte, e depois sob a Lua e outra vez de volta.

– Tudo isso é hermético? – perguntou Denison, de repente, incomodamente ciente de que não estava muito longe do fundo de um oceano de vácuo que se estendia para cima e atravessava o infinito.

– É sim. Todas as paredes são impermeáveis. Também são sensíveis à pressão. Se a pressão do ar cai 10% que seja, em qualquer trecho dos corredores, as sirenes disparam numa tal algazarra que você acha que nunca ouviu tamanho barulho, e então setas luminosas começam a disparar avisos do caminho a tomar até locais seguros, numa intensidade que eu aposto que você nunca viu.

– E com que frequência isso acontece?

– De vez em quando. Não acho que ninguém tenha morrido por causa de falta de ar nos últimos cinco anos. – Depois, numa reação subitamente defensiva, acrescentou: – Vocês têm catástrofes naturais na Terra, terremotos fortes e tsunamis capazes de matar milhares de pessoas.

– Não estou discutindo, Selena – e Denison ergueu as mãos –, estou me rendendo.

– Tá bom – disse Selena. – Não queria que você ficasse excitado... você ouviu isso?

Ela estancou, parecendo atenta.

Denison ouviu também, e balançou a cabeça. De repente olhou em volta:

– Está muito silencioso. Para onde foram todos? Você tem certeza de que não nos perdemos?

– Esta não é uma caverna natural com passagens inexploradas. Na Terra isso existe, não é? Vi umas fotos.

– Sim, a maioria delas são cavernas de calcário, formadas pela água. Não pode ser a mesma coisa por aqui, pode?

– Então, não há como estarmos perdidos – disse Selena, sorridente. – Se estamos sozinhos, a culpa é da superstição.

– O quê? – Denison parecia aturdido e seu rosto se vincou numa expressão de incredulidade.

– Não faça isso – disse Selena. – Você fica cheio de rugas; isso mesmo. Solte o rosto. Você está com uma aparência bem melhor do que quando chegou, sabe? Efeito da baixa gravidade e de exercícios.

– E de tentar seguir moças despidas com uma quantidade anormal de tempo ocioso e uma notória falta de coisa melhor para fazer além de tirar folgas prolongadas.

– Agora você está me tratando de novo como guia de turismo e não estou nua.

– A propósito, até a nudez é menos assustadora do que o intuicionismo... Mas, e qual é essa história de superstição?

– Não se trata realmente de uma superstição, acho eu, mas a maioria das pessoas da cidade tende a evitar este setor do complexo de corredores.

– E por quê?

– Por causa de uma coisa que já vou lhe mostrar. – Eles estavam andando outra vez. – Está ouvindo agora?

Selena parou, e Denison abriu os ouvidos, buscando ansiosamente captar sons. Então disse:

– Você se refere a esse som de batidinhas – "tap-tap"? É isso que quer dizer? – interrogou Denison.

Ela correu adiante, em passadas lentas e largas, com a movimentação em câmera lenta dos lunares quando estão voando sem pressa. Ele a seguiu, tentando imitar aquelas passadas.

– Aqui... aqui.

Os olhos de Denison acompanharam o dedo de Selena que apontava insistentemente para um dado local.

– Meu Deus! – disse Denison. – De onde está vindo isso?

Havia gotas do que evidentemente era água. Um gotejar lento, em que cada gota batia numa pequena bandeja de cerâmica que chegava até a parede rochosa.

– Das rochas. Temos água na Lua, sim, você sabe. A maior parte obtemos assando gesso. Basta para os nossos propósitos, se a conservarmos direitinho.

– Eu sei, eu sei. Ainda não consegui tomar um banho completo de chuveiro. Como vocês conseguem ficar limpos, eu não faço ideia.

– Eu já lhe expliquei. Primeiro você se molha. Depois fecha a torneira e espirra um pouco de detergente na pele. Esfrega bem... ai, Ben, não vou falar tudo de novo. Afinal de contas, na Lua não há nada para se sujar... Mas não é disso que estamos falando. Em um ou dois pontos há, inclusive, reservatórios de água, geralmente na forma de gelo perto da superfície, na face de sombra da montanha. Se o localizarmos, ele vaza. Este lençol de água está pingando desde que o corredor foi aberto, há oito anos.

– Então, por que a superstição?

– Bom, evidentemente, a água é o grande recurso material do qual a Lua depende. Nós a bebemos, nos banhamos com ela, plantamos alimentos, fazemos nosso oxigênio a partir dela, tudo funciona por causa dela. Por isso, a água gratuita sempre nos inspira o máximo respeito. Assim que essa nascente foi descoberta, os planos para estender os túneis nesta direção foram abandonados até que, por fim, cessaram. As paredes dos corredores inclusive permanecem inacabadas.

– Isso parece mesmo superstição por aqui.

– Bom, uma espécie de deslumbramento, talvez. Não se esperava que essa água durasse mais do que alguns meses, como acontece com a maioria dessas minas. Mas, depois que esta completou seu primeiro aniversário, começou a parecer eterna, aliás, é como a chamamos: "a Eterna". Nos mapas ela até vem identificada com esse nome. Naturalmente as pessoas passaram a considerá-la importante. A sentir que, se ela secar, trará azar.

Denison riu. Então Selena disse, afetuosamente:

– Ninguém acredita *mesmo* nisso, mas um pouco, todos acreditam. Olha, não é realmente eterna e um dia vai secar. Aliás, a taxa de gotejamento hoje é apenas um terço do que era quando foi descoberta, de modo que está lentamente secando. Imagino que as pessoas pensam que se, de repente, ela parar de pingar justamente quando estiverem ali, também terão algum azar. Pelo menos, é essa a forma racional de se explicar a relutância das pessoas em virem até aqui.

– Pelo visto você não acredita nisso.

– Não importa se eu acredito ou não. O que acho com alguma certeza é que não vai parar assim tão de repente que alguém possa levar a culpa pelo fato. Essa mina continuará apenas pingando cada vez mais devagar, e ninguém conseguirá dizer o momento exato em que terá parado. Então, se preocupar para quê?

– Concordo com você.

– Entretanto – e essa foi uma transição que ela fez suavemente –, tenho outras preocupações. E gostaria de falar sobre elas com você, enquanto estamos sozinhos.

Selena estendeu o cobertor e se sentou nele, com as pernas cruzadas.

– Motivo pelo qual você realmente me trouxe até aqui? – Denison caiu sobre os quadris e os cotovelos, de frente para ela.

– Veja só, agora você consegue me olhar com facilidade. Está se acostumando comigo... E, de fato, houve com certeza épocas na Terra em que a quase nudez nem era capaz de causar tanto espanto – observou Selena.

– Épocas e lugares – concordou Denison –, mas não desde que a Crise passou. Na minha época...

– Bom, na Lua, fazer como os lunares é um bom princípio de comportamento.

– Será que você ainda vai mesmo me dizer por que me trouxe até aqui? Ou devo desconfiar de algum plano de sedução?

– Eu poderia ter tentado alguma sedução com mais conforto na minha casa, obrigada. Isto é diferente. Na superfície teria sido melhor, mas os preparativos para ir até lá teriam chamado muita atenção. Vir aqui não chama, e este é o único lugar na cidade onde podemos nos sentir razoavelmente seguros de não sermos interrompidos. – Selena hesitou.

– Bom? – pressionou Denison.

– Barron está zangado... Muito zangado, quer dizer.

– Não me surpreende. Eu lhe avisei que ele ficaria, caso você dissesse para ele que eu sabia que você é uma intuicionista. Por que você achou necessário falar disso com ele?

– Porque é difícil silenciar por muito tempo sobre qualquer coisa... para o meu companheiro. Provavelmente, ele não me considera mais assim.

– Sinto muito.

– Bom, de todo modo, estava ficando ruim, já havia durado o suficiente. O que me incomoda mais – muito mais – é que ele recusa violentamente a sua interpretação dos experimentos com o pionizador, aqueles que você fez depois das observações na superfície.

– Eu já tinha avisado que seria assim...

– Ele disse que viu seus resultados.

– Ele raspou os olhos por eles e grunhiu.

– É muito desanimador. Todos os outros só acreditam naquilo que ele permite?

– O maior tempo possível. Às vezes mais tempo.

– E você?

– Você quer dizer, se sou humano? Certamente. Não acredito que sou realmente velho. Acredito que sou bem atraente. Acredito que você procura a minha companhia porque pensa que sou encantador, mesmo quando insiste em desviar a conversa para o campo da física.

– Estou falando sério!

– Bom, desconfio que Neville lhe disse que os meus dados não eram significativos além da margem de erro, o que os torna duvidosos e isso é bem verdade... Mesmo assim, para início de conversa, prefiro acreditar que têm o significado que espero.

— Só porque você quer acreditar neles?

— Não só *por causa* disso. Veja bem: vamos supor que a Bomba não ofereça perigo, e eu insisto que há. Nesse caso, acabarei sendo o idiota e minha reputação científica sofrerá um grave abalo. Mas eu *sou* um idiota aos olhos dos formadores de opinião e não tenho reputação científica.

— Por que é assim, Ben? Você já insinuou pedacinhos dessa história, aqui e ali, várias vezes. Que tal me contar a história completa?

— Você vai se espantar com o pouco que há para contar. Aos 25 anos, eu ainda era tão infantil que tinha de me divertir insultando os idiotas apenas porque justamente eram idiotas. Como a maluquice deles não era sua culpa propriamente, fui ainda mais idiota de fazer o que fiz. Meu insulto provocou o idiota a um ponto que ele não poderia ter alcançado sozinho, de nenhuma outra maneira...

— Está se referindo a Hallam, por acaso?

— Sim, claro. E, quando ele subiu, eu caí. O que acabou me derrubando aqui na Lua.

— E isso é assim tão ruim?

— Não, acho até que foi bom. Então, vamos dizer que ele me fez um favor, pensando no longo prazo... e vamos voltar ao que eu estava falando. Acabei de explicar que, se acredito que a Bomba é perigosa e eu estou errado, não perco nada. Por outro lado, se acredito que a Bomba é inócua e estou errado, estarei ajudando a destruir o mundo. Sem dúvida, já vivi a maior parte da minha vida e suponho que posso me convencer a acreditar que não tenho muitos motivos para amar a humanidade. Entretanto, poucas foram as pessoas que me feriram e, se eu ferir todas as pessoas em troca, estarei sendo de uma inconsciência avarenta. Por isso, Selena, se você por acaso tiver uma razão menos nobre também, pense na minha filha. Pouco antes de eu partir para cá, ela se candidatou à autorização para ter um bebê. Provavelmente ela vai conseguir essa autorização, e não vai demorar até que eu

— se você não se importa que eu diga — vire avô. Eu gostaria muito de ver o meu neto levando uma vida normal. Então, prefiro acreditar que a Bomba é perigosa e agir com base nisso.

Selena prosseguiu, com intensidade:

— Mas esse é o meu ponto. A Bomba é perigosa ou não? Quer dizer, a verdade, e não a crença de alguém.

— Eu é que devia lhe perguntar isso. Você é a intuicionista. O que diz a sua intuição?

— Mas é isso que me incomoda, Ben. Não consigo ter certeza nem de uma coisa, nem de outra. Minha tendência maior é achar que a Bomba é perigosa, mas talvez seja porque quero acreditar que seja.

— Muito bem. Talvez você acredite que é. Por quê?

Selena sorriu com uma expressão serelepe e encolheu um pouco os ombros.

— Seria muito engraçado se Barron estivesse enganado. Quando ele acha que tem razão fica insuportavelmente convencido disso.

— Se... Você quer ver a cara dele quando ele for forçado a recuar. Sei muito bem como esse desejo pode ser intenso. Por exemplo, se a Bomba fosse perigosa e eu pudesse provar, é concebível que me saudassem como o salvador da humanidade, e, no entanto, eu juro que o meu maior interesse seria ver a expressão na cara do Hallam. Não me sinto orgulhoso de sentir isso; então desconfio de que me limitarei a insistir numa divisão igualitária do crédito com Lamont que, afinal de contas, também é merecedor. E vou me limitar ao prazer de contemplar a expressão de Lamont quando *ele* olhar para a cara de Hallam. A petulância então terá de desaparecer de pelo menos um lugar... Mas... estou começando a falar coisas sem sentido. Selena?

— Sim, Ben?

— Quando foi que você soube que era uma intuicionista?

— Não sei ao certo.

— Imagino que tenha estudado física na escola.

— Ah, sim. E um pouco de matemática também. Mas nunca fui boa nessa matéria. E nem em física, pensando bem. Eu costumava adivinhar as respostas quando ficava desesperada. Entende, eu achava que tentar adivinhar era como eu chegaria às respostas certas. Muitas vezes funcionava, e, então, pediam-me que explicasse por que tinha feito daquele jeito, e eu não sabia explicar direito. Eles desconfiavam que eu colava, mas também nunca provaram nada.

– Eles não suspeitaram que você fosse intuicionista?

– Acho que não. Mas eu também não, naquela época. Até que... bem, um dos meus primeiros parceiros sexuais era físico. Aliás, foi o pai do meu filho, supondo que ele realmente forneceu a amostra de esperma. Ele disse que estava com um problema de física e contou mais ou menos o que era quando estávamos deitados na cama, descansando, só para falar de alguma coisa, imagino. E então eu disse: "Você sabe o que isso me parece?", e expliquei. Ele tentou colocar aquilo em prática, só de farra, segundo ele, e funcionou. Aliás, aquele foi o primeiro passo para o pionizador, que você disse que era muito melhor do que o síncrotron de prótons.

– Você quer dizer que foi ideia *sua*? – Denison colocou o dedo sob o pingo d'água e parou antes de levá-lo à boca. – Essa água é potável?

– É perfeitamente estéril – disse Selena –, e entra no reservatório geral para ser tratada. Mas é saturada de sulfetos, carbonetos e outros itens. Você não vai gostar do sabor.

Denison esfregou o dedo nos shorts.

– *Você* inventou o pionizador?

– Não inventei; tive a ideia original. Foi preciso muito trabalho de desenvolvimento, e Barron foi quem praticamente fez a maior parte.

Denison sacudiu a cabeça.

– Sabe de uma coisa, Selena? Você é um fenômeno espantoso mesmo. Devia ser mantida sob observação por biólogos moleculares.

– Mesmo? Não é isso que eu imagino ser algo excitante.

– Há meio século, mais ou menos, a tendência da engenharia genética alcançou seu ponto máximo...

– Eu sei... e falhou e foi jogada de escanteio. Agora é ilegal – toda aquela área de estudos –, na medida em que pesquisas podem ser ilegais. Eu conheço algumas pessoas que continuam pesquisando, mesmo assim.

– Arrisco-me a dizer: pesquisando o intuicionismo?

– Não. Acho que não.

– Ah. Mas é isso que estou dizendo. No auge da campanha da engenharia genética, houve uma tentativa para estimular o intuicionismo. Praticamente todos os grandes cientistas tinham uma habilidade intuitiva, é claro, e havia a sensação de que essa era a grande chave-mestra da criatividade. Podia-se dizer que uma capacidade destacada para a intuição era resultado de uma específica combinação genética, e havia toda espécie de especulações a respeito de qual seria essa combinação.

– Acho que muitos tipos possíveis poderiam servir, no caso.

– E eu desconfio que se você estiver consultando a sua intuição, agora, estará com a razão. Mas também havia aqueles que insistiam que um gene, ou um pequeno grupo de genes relacionados, tinha uma importância especial para a combinação de tal sorte que se pudesse falar de um gene da intuição... então tudo foi por água abaixo.

– Como eu disse.

– Mas, antes de tudo se acabar – prosseguiu Denison –, houve tentativas de alterar os genes para aumentar sua intensidade de intuicionismo, e houve quem insistisse que se alcançou relativo sucesso. Os genes alterados entraram no plantel genético, estou certo disso, e se você por acaso os herdasse... Algum de seus avós participou desse programa?

– Não que eu saiba – disse Selena. – Mas não posso eliminar essa possibilidade. Um deles talvez tenha participado, é só o que posso dizer... e, se você não se importa, não vou investigar essa questão. Não quero saber.

– Talvez não. Esse campo de estudos tornou-se assustadoramente impopular aos olhos do público geral, e qualquer um que possa ser visto como produto da engenharia genética não seria exatamente acolhido com alegria... diziam, por exemplo, que o intuicionismo estava firmemente ligado a certas características indesejáveis.

– Ora, muito obrigada.

– *Eles* diziam isso. Ter intuição é inspirar inveja e inimizade nos outros. Até um intuicionista doce e pacífico como Michael Faraday despertou inveja e ódio em Humphry Davy. Quem pode dizer que não é preciso ter alguma falha de caráter para ser capaz de causar inveja? E, no seu caso...

– Certamente eu não desperto a sua inveja nem o seu ódio, desperto? – quis saber Selena.

– Acho que não. Mas, e quanto a Neville?

Selena ficou calada. Denison continuou:

– Na época em que você encontrou Neville já era conhecida como intuicionista, não era?

– Não *muito* conhecida, diria. Alguns físicos suspeitavam, disso eu sei. No entanto, eles não gostam muito de abrir mão de seus créditos, assim como na Terra, e acho que mais ou menos se convenceram de que as coisas que eu tinha dito a eles não passavam de uma suspeita infundada. Mas Barron sabia, naturalmente.

– Entendo – disse Denison. Seus lábios tremeram e ele se calou.

– De algum modo tenho a sensação de que você quer dizer: "E é por *isso* que ele se aborrece com você".

– Não, claro que não, Selena. Você é atraente o bastante para ser desejada por si mesma.

– Eu também acho isso, mas tudo, por menor que seja, ajuda, e Barron devia mesmo estar interessado no meu intuicionismo. Por que não estaria? Somente ele insistiu para que eu conservasse o emprego como guia de turismo. Disse que eu era um importante recurso natural da Lua e que ele não queria que a Terra me monopolizasse do jeito que tinham monopolizado o síncrotron.

– Que ideia esquisita. Mas talvez fosse porque, quanto menos pessoas soubessem de seu intuicionismo, menos pessoas desconfiariam de sua contribuição ao que, se não fosse por isso, seria unicamente creditado a ele.

– Agora é você que parece o Barron falando!

– É? E é possível que ele se aborreça com você quando seu intuicionismo começa a funcionar especialmente bem?

Selena deu de ombros.

– Barron é um sujeito desconfiado. Todos nós temos falhas.

– Então é sensato ficar sozinha comigo?

– Ora, não se ofenda porque eu o defendi. Ele realmente não suspeita da possibilidade de alguma conduta sexual imprópria entre nós. Você é da Terra. Para dizer a verdade, devo dizer-lhe que ele incentiva a nossa proximidade. Ele acha que posso aprender com você.

– E você tem aprendido? – indagou Denison, friamente.

– Sim... Mas embora essa possa ser a principal razão *dele* para incentivar a nossa amizade, não é a minha.

– E qual é a sua?

– Como você sabe muito bem – Selena disse –, mas quer me ouvir falar, eu gosto da sua companhia. Senão, poderia conseguir o que quero em pouquíssimo tempo.

– Muito bem, Selena. Amigos?

– Amigos! Com certeza.

– E o que você aprendeu comigo, então? Posso saber?

– Isso levaria mais tempo para explicar. Você sabe que a razão para não instalarmos uma Estação da Bomba em algum lugar que nos apeteça é não conseguirmos localizar o para-universo, embora eles possam nos localizar. Isso pode ser porque eles são muito mais inteligentes do que nós, ou muito mais avançados tecnologicamente...

– O que não é necessariamente a mesma coisa – resmungou Denison.

– Eu sei. É por isso que disse "ou". Mas também poderia ser

que não somos nem especialmente estúpidos, nem especialmente atrasados. Pode simplesmente ser porque eles sejam um alvo mais difícil. Se a interação nuclear forte é mais forte no para-universo, é provável que eles tenham sóis muito menores e, muito provavelmente, planetas muito menores. O mundo individual deles deve ser mais difícil de localizar que o nosso.

E ela prosseguiu:

– Ou, então, vamos supor que é o campo eletromagnético que eles podem detectar. O campo eletromagnético de um planeta é muito maior do que o planeta em si e muito mais fácil de localizar. Isso significa que, embora possam detectar a Terra, não conseguem detectar a Lua que, por assim dizer, não tem campo eletromagnético. Por isso, talvez não tenhamos conseguido montar uma Estação da Bomba. E se os pequenos planetas deles não têm um campo eletromagnético significativo, não podemos localizá-los.

– Eis uma ideia atraente – disse Denison.

– Agora, considere o intercâmbio entre universos em termos das propriedades, que serve para enfraquecer sua interação nuclear mais forte, esfriando os sóis deles ao mesmo tempo em que fortalece a nossa e aquece os nossos sóis. O que isso poderia implicar? Vamos supor que consigam coletar energia unidirecionalmente, sem a nossa ajuda, mas apenas em níveis de eficiência desastrosamente baixos. Em circunstâncias comuns, isso não seria nada prático. Eles precisariam da nossa ajuda para canalizar a energia concentrada na direção deles, fornecendo-lhes tungstênio 186 e aceitando, em troca, plutônio 186. Mas suponhamos que o nosso braço da galáxia implode e se torne um quasar. Isso produziria uma concentração de energia nas imediações do sistema solar enormemente maior do que a existente nos tempos atuais, e capaz de persistir por mais de 1 milhão de anos. Assim que esse quasar se forma, até uma eficiência desastrosamente baixa se torna suficiente. Não importaria para eles, portanto, que fôssemos destruídos ou não. Aliás, poderíamos dizer que seria mais seguro para eles se, de fato, explodíssemos. Até que isso nos aconteça, podemos acabar com a Bomba por uma variedade de motivos e eles seriam impotentes para acioná-la de novo. Após a explosão, estariam em casa, livres... e ninguém poderia interferir... Por isso é que as pessoas que dizem "se a Bomba é tão perigosa, por que esses para-homens tão incrivelmente espertos não interrompem seu funcionamento?", não sabem o que estão falando.

– Foi Neville quem ensinou a você esse argumento?
– Sim.
– Mas o para-sol continuaria esfriando, certo?
– E o que isso importa? – indagou Selena, com impaciência. – Com a Bomba, eles não dependeriam de seu próprio Sol para nada.

Denison inspirou fundo.

– Você não teria como saber disso, Selena, mas havia um boato na Terra de que Lamont recebera uma mensagem dos para-homens insistindo sobre o perigo da Bomba, mas que não eram capazes de interromper seu funcionamento. Ninguém levou isso a sério, claro, mas vamos supor que seja verdade. Vamos supor que Lamont tenha realmente recebido essa mensagem. Talvez alguns para-homens fossem humanitários o suficiente para não querer destruir um mundo em que existem inteligências cooperando com eles, e, assim, foram impedidos por uma maioria de criaturas "práticas".

Selena concordou com um sinal de cabeça.

– Vamos supor que isso seja possível... Tudo isso eu sabia, ou melhor, intuía, antes que você entrasse em cena. Mas então você disse que nada que existe entre o 1 e o infinito faz sentido, lembra?
– Claro.
– Muito bem. As diferenças entre o nosso universo e o para-universo concentram-se tão evidentemente na forte interação nuclear que, até agora, só isso foi estudado. Mas existe mais de uma interação. Existem quatro. Além da nuclear forte, há a eletromagnética, a nuclear fraca e a gravitacional, com razões de intensidade de $130:1:10^{-10}:10^{-42}$. Mas, se há quatro, por que não um

número infinito, sendo todas essas outras fracas demais para serem detectáveis ou influírem em nosso universo de algum modo?

— Se uma interação é fraca demais para ser detectável ou para exercer algum tipo de influência, então, por definição operacional, ela não existe — respondeu Denison.

— *Neste* universo — rebateu Selena, prontamente. — Quem sabe o que existe ou não existe no para-universo? Com um número infinito de interações possíveis, cada uma das quais pode variar infinitamente de intensidade, comparando com qualquer outra que lhe sirva de parâmetro, o número de possíveis universos diferentes que podem existir é infinito.

— Possivelmente, o infinito do contínuo: Aleph 1, em vez de Aleph zero.

Selena franziu a testa.

— E o que isso quer dizer?

— Não importa; prossiga.

Selena continuou:

— Então, em vez de tentar trabalhar com o para-universo que se impôs a nós e que talvez não atenda absolutamente às nossas necessidades, por que não tentamos, em vez disso, identificar qual universo, dentre todas as infinitas possibilidades, mais se ajusta a nós e mais facilmente pode ser localizado? Vamos nós *projetar* um universo — pois, afinal de contas, tudo que projetamos deve existir — e buscá-lo.

Denison sorriu.

— Selena, pensei exatamente a mesma coisa. E, embora não haja uma lei afirmando que não posso estar completamente errado, é muito improvável que alguém tão brilhante quanto eu possa estar completamente errado quando alguém tão brilhante como você chega exatamente à mesma conclusão, por vias independentes... Sabe de uma coisa?

— O quê? — indagou Selena.

— Estou começando a apreciar esta maldita comida da Lua. Ou a me acostumar com ela, no mínimo. Vamos voltar para casa, comer, e então poderemos começar a trabalhar nos nossos planos... E sabe de outra coisa?

– O quê?

– Uma vez que vamos trabalhar juntos, que tal um beijo, de um experimentalista numa intuicionista?

Selena pensou a respeito e respondeu:

– Nós dois já beijamos e fomos beijados muitas vezes, imagino. Que tal fazer isso como um homem e uma mulher?

– Acho que consigo... Mas o que tenho de fazer para não ficar uma coisa desajeitada? Quais são as regras da Lua para beijos?

– Seguir seu instinto – disse Selena, descontraída.

Com cuidado, Denison colocou os braços atrás das costas e se inclinou em direção a Selena. Então, depois de um tempo, passou-os pelas costas dela.

— E eu também o beijei – disse Selena, pensativa.
— É mesmo? – indagou Barron Neville, asperamente. – Bom, isso é que se chama fazer mais do que o necessário.
— Não sei. Não foi ruim. Aliás (e ela sorriu), ele se mostrou muito cuidadoso a esse respeito. Tinha receio de ser desajeitado e começou colocando os braços atrás das costas para não me apertar demais, imagino.
— Poupe-me dos detalhes.
— Ora, por quê? – disparou Selena. – Não é você o Senhor Platônico?
— Você quer fazer diferente? Agora?
— Não era preciso que você ficasse obedecendo tanto a tudo.
— Mas era você quem queria assim. E quando é que você acha que vai nos dar o que precisamos?
— Assim que for possível – disse ela, em voz monótona.
— Sem que ele saiba?
— Ele só está interessado na energia.
— E em salvar o mundo – zombou Neville. – E em ser herói. E em se exibir para todo mundo. E em beijá-la.
— Ele reconhece tudo isso. E você, reconhece o quê?
— Impaciência – disse Neville, com raiva. – *Muita* impaciência.

– Fico feliz – começou Denison, deliberadamente – que o dia tenha terminado. Estendeu o braço direito e olhou para ele, encapsulado em camadas de proteção. – O Sol lunar é uma coisa com a qual não consigo e não quero me acostumar. Até esta roupa me parece uma coisa natural, comparando com ele.
– Qual o problema com o Sol? – perguntou Selena.
– Não me diga que você gosta, Selena!
– Não, claro que não. Eu detesto. Mas também nunca o vi. Você é um... você está acostumado com o Sol.
– Não do jeito que é aqui, na Lua. Aqui, ele brilha contra um céu negro. Ofusca as estrelas em vez de diminuir o seu brilho. É quente, inclemente, perigoso. É um inimigo e, enquanto está no céu, não posso deixar de achar que não conseguiremos reduzir o campo de intensidade.
– Isso é superstição, Ben – disse Selena, com um tom distante de exasperação. – O Sol não tem nada a ver com isso. De todo modo, estávamos na sombra da cratera e era como a noite. Com estrelas e tudo.
– Não muito – discordou Denison. – Toda vez que a gente

olhava para o norte, Selena, enxergávamos o rastro da luz do Sol brilhando. Eu detestava olhar para o norte, mas essa direção ficava atraindo o meu olhar. Toda vez que eu virava os olhos nessa direção podia sentir o ultravioleta intenso saltitando no meu visor.

– Isso não passa de imaginação. Em primeiro lugar, não existe ultravioleta na luz refletida; depois, seu traje protege contra a radiação.

– Mas não contra o calor. Não muito, de todo jeito.

– Só que agora está de noite.

– Sim – concordou Denison, satisfeito – e gosto disso. Girou a cabeça, olhando à sua volta, demonstrando um contínuo deslumbramento. A Terra estava no céu, naturalmente, no seu lugar costumeiro. Um grande crescente, agora, com o bojo direcionado para sudoeste. A constelação de Orion estava visível acima dela, o caçador se erguendo da brilhante cadeira recurvada da Terra. O horizonte brilhava na borda da luz difusa do crescente da Terra.

– É lindo – disse ele. E depois acrescentou: – Selena, o pionizador está mostrando alguma coisa?

Selena, que estava olhando para o céu sem comentar nada, se afastou do labirinto de equipamentos que, ao longo das três últimas alternâncias de dia e noite, tinha sido montado ali, à sombra da cratera.

– Ainda não – disse ela –, mas na realidade isso é bom. A intensidade do campo está se mantendo logo acima de 50.

– Não é baixo o bastante... – comentou Denison.

– Pode abaixar mais. Estou certa de que todos os parâmetros são adequados.

– O campo magnético também?

– Não tenho certeza quanto ao campo magnético.

– Se aumentarmos esse campo, a coisa toda se torna instável.

– Mas não deveria. Eu sei que não deveria.

– Selena, confio na sua intuição mais do que em todos os fatos. Realmente *fica* instável. A gente já testou.

– Eu sei, Ben. Mas não muito, com esta geometria, quer dizer. Está se sustentando em 52 há um tempo fenomenalmente longo. Claro que, se começarmos a sustentar esse nível por horas em vez de minutos, devemos conseguir fortalecer o campo magnético dez vezes mais, por alguns minutos, em vez de por apenas segundos... Vamos experimentar.

– Ainda não – disse Denison.

Selena hesitou, depois deu um passo para trás, afastando-se.

– Você ainda não sente falta da Terra, sente, Ben?

– Não. O que é muito estranho... mas não. Antes achava que seria inevitável sentir falta do céu azul, da terra, do verde, da água corrente – todas aquelas combinações de adjetivos e substantivos mais comuns sobre a Terra. Não sinto falta de nada disso. Nem sonho com essas coisas.

– Esse tipo de coisa acontece, uma hora ou outra. Pelo menos, há imis que dizem que não sentem saudade de casa. São a minoria, claro, e ninguém nunca soube dizer ao certo o que há de comum aos integrantes dessa minoria. Sugerem desde uma séria deficiência emocional e incapacidade de sentir alguma coisa, até graves excessos emocionais, ou o medo de admitir essa falta de casa, para evitar um colapso completo.

– No meu caso, acho muito simples. A vida na Terra não era muito agradável há duas décadas ou mais, enquanto aqui eu finalmente trabalho num campo que eu mesmo criei. E conto com a sua ajuda... Mais do que isso, Selena, tenho a sua companhia.

– Você é gentil – observou Selena –, ao incorporar ajuda e companhia à nossa relação. Você não parece precisar de muita ajuda. É por fingimento que pede que eu o ajude, para ter a minha companhia?

Denison riu de leve.

– Não sei que tipo de resposta a elogiaria mais.

– Que tal a verdade?

– A verdade não é tão fácil assim de determinar quando valorizo tanto as duas coisas. – Denison se virou para o pionizador.

– A intensidade do campo continua se sustentando, Selena.

O visor dela fulgurou à luz da Terra. E então ela disse:

– Barron diz que essa ausência de saudade de casa é natural, é o sinal de uma mente saudável. Ele diz que, embora o corpo humano esteja adaptado à superfície da Terra e precise de um ajustamento à Lua, o cérebro humano não passa pelo mesmo processo. Em termos qualitativos, ele é tão diferente de todos os outros cérebros que pode ser considerado um novo fenômeno. Ainda não teve tempo para realmente se fixar na superfície da Terra e pode se ajustar a outros ambientes. Barron diz que o confinamento nas cavernas da Lua pode de fato ser o melhor ambiente para ele, uma vez que não passa de uma versão ampliada de seu confinamento na caverna óssea do crânio.

– Você acredita nisso? – indagou Denison, curioso.

– Quando Barron fala, ele consegue tornar a ideia muito plausível.

– Acho que também pode ser igualmente plausível afirmar que o conforto que se pode sentir nas cavernas da Lua resulta da realização da fantasia de retorno ao útero. A bem da verdade – acrescentou Denison, pensativo –, considerando a temperatura e a pressão controladas, a natureza e a digestibilidade da comida, eu poderia defender facilmente a noção de que colônia lunar... desculpe, Selena, a *cidade* lunar é uma reconstrução proposital do ambiente intrauterino.

– Não acho que Barron concorde com você nem por um instante – respondeu Selena.

– Tenho certeza que não – disse Denison. E olhou para o crescente da Terra, observando as camadas de nuvens distantes, na borda. Permaneceu silencioso, absorto na contemplação da paisagem e, embora Selena voltasse para o pionizador, ele continuou onde estava.

Admirava a Terra em seu ninho de estrelas, contemplando o horizonte serrilhado onde, de vez em quando, lhe parecia enxergar um anel de fumaça no ponto em que algum meteorito poderia ter aterrissado.

Ele já havia assinalado fenômenos similares para Selena, denunciando preocupação, durante a noite lunar anterior. Ela não se abalara nem um pouco.

– A Terra, sem dúvida, muda de leve no céu por causa da vibração da Lua e, de vez em quando, um jorro de luz da Terra cobre alguma leve encosta e cai num trecho de solo pouco além. Isso aparece aos olhos como um pouco de poeira em suspensão. É uma coisa comum. Não damos atenção – disse Selena.

– Mas uma vez ou outra poderia ser um meteorito. Será que nunca cai um meteorito? – indagou Denison.

– Claro que cai. Provavelmente você é atingido por vários deles toda vez que sai. O traje é feito para protegê-lo.

– Não me refiro a micropartículas de poeira. Falo de meteoritos mensuráveis, que realmente levantam poeira. Meteoritos capazes de matar.

– Bom, esses também caem, mas são poucos e a Lua é grande. Ninguém até hoje foi atingido por um deles.

E, enquanto Denison olhava para o céu noturno e pensava nisso, viu o que, em meio a suas preocupações de momento, interpretou como um meteorito. Fachos de luz cortando o céu, porém, só poderiam ser um meteorito na Terra, com sua atmosfera, e não no vácuo da Lua.

A luz que cruzava aquele céu era criada pelo homem, e Denison ainda não tinha decifrado suas impressões quando ela se tornou, muito distintamente, um pequeno foguete descendo rapidamente no solo ao lado dele.

Uma só criatura emergiu da nave, enquanto o piloto continuava dentro, uma mancha escura quase indistinta em meio aos faróis.

Denison aguardou. A etiqueta dos trajes espaciais exigia que o recém-chegado, ao se aproximar de qualquer outro grupo, se apresentasse primeiro.

– Aqui é o Comissário Gottstein – disse a voz nova –, como você provavelmente deve ter deduzido pelo meu móbile.

– Aqui é Ben Denison.
– Sim, pensei que fosse.
– O senhor veio até aqui para falar comigo?
– Sem dúvida.
– Numa nave espacial? Poderia...
– Poderia, sim – disse Gottstein – ter usado a saída P-4, que fica a menos de 100 metros daqui. De fato, mas não estava procurando somente por você.
– Bom, não vou pedir que esclareça o sentido do que acabou de dizer.
– Não tenho motivos para ser dissimulado. Certamente você não esperava que eu não me interessasse pelo fato de que você tem feito experimentos na superfície da Lua.
– Não tenho feito isso em segredo, e qualquer um pode manifestar interesse.
– Entretanto, ninguém parece conhecer direito os detalhes dos experimentos. Exceto, claro, que de algum modo você esteja trabalhando com algo que tem a ver com a Bomba de Elétrons.
– Suposição razoável.
– É? A mim parecia que esse tipo de experimento, para ter algum valor, exigiria uma instalação de vulto. Isso não é do meu conhecimento, você sabe. Consultei os que sabem. E é bem provável que você não esteja trabalhando com grandes equipamentos. Portanto, ocorreu-me que talvez você não seja o foco propriamente dito do meu interesse. Embora minha atenção se volte para você, outras pessoas podem estar realizando tarefas mais importantes.
– E por que eu estaria sendo usado como desvio de atenção?
– Não sei; se soubesse, ficaria menos preocupado.
– Então, tenho sido observado.
Gottstein deu uma risadinha, quase que só para si mesmo.
– Isso mesmo. Desde que chegou. Mas, embora tenha trabalhado aqui, na superfície, temos observado toda essa região, num raio de muitos quilômetros em todas as direções. O mais

estranho é que daria a impressão de que o senhor, dr. Denison, e sua companheira são os únicos na superfície lunar envolvidos somente nos mais rotineiros dos propósitos.

– E por que isso é estranho?

– Porque significa que você realmente acha que está fazendo alguma coisa com sua invenção maluca, seja lá o que for. Não posso acreditar que você seja incompetente, então acho que valia a pena ouvir o que você tem a dizer, se você me disser o que está fazendo.

– Estou fazendo experimentos em para-física, Comissário, precisamente como os boatos insinuam. A isso posso acrescentar que, até o momento, meus experimentos só têm tido um sucesso parcial.

– Imagino que sua companheira seja Selena Lindstrom L., uma guia de turismo.

– Sim.

– Uma escolha incomum para assistente.

– Ela é inteligente, rápida, interessada e extremamente atraente.

– E disposta a trabalhar com um terráqueo, claro.

– E muito disposta a trabalhar com um imigrante que será um cidadão lunar assim que o qualificarem para esse *status*.

Selena se aproximava, e sua voz retiniu nos ouvidos de Gottstein.

– Bom dia, Comissário. Eu teria preferido não ouvir o que vocês falaram e me intrometer dessa maneira numa conversa particular, mas dentro de um traje espacial é inevitável ouvir os outros em qualquer ponto do horizonte.

Gottstein se virou.

– Olá, srta. Lindstrom. Não achei que falava em sigilo. A senhorita se interessa por para-física?

– Bastante.

– Não parece desencorajada com os fracassos do experimento.

– Não são inteiramente fracassos – disse ela. – São menos um fracasso do que o dr. Denison acha, atualmente.

– O quê? – Denison girou prontamente nos calcanhares, quase perdendo o equilíbrio e criando um jato de poeira.

Todos os três estavam voltados para o pionizador, agora, e acima dele, a uma altura de 1,5 m mais ou menos, brilhava uma luz que lembrava uma estrela gorda.

– Aumentei a intensidade do campo magnético, e o campo nuclear permaneceu estável, depois começou a diminuir... – disse Selena.

– A vazar! – completou Denison. – Mas que droga! Não vi acontecer!

– Desculpe, Ben. Primeiro, você estava perdido em seus próprios pensamentos e, depois, o Comissário chegou e eu não consegui resistir à chance de tentar uma coisa por mim mesma.

– Mas exatamente o que é isso que estou vendo aqui? – perguntou Gottstein.

– Energia sendo espontaneamente liberada pela matéria, vazando de outro universo para o nosso – explicou Denison.

E, enquanto dizia isso, a luz piscou e apagou e, a muitas centenas de metros de distância, uma estrela menos brilhante surgiu simultaneamente.

Denison avançou para o pionizador, mas Selena, numa movimentação que era pura elegância lunar, se moveu adiante pela superfície com mais eficiência e chegou antes ao equipamento. Ela desligou a estrutura do campo, e a estrela distante se apagou.

– O ponto de vazamento não está estável, viu? – disse Selena.

– Não em pequena escala – afirmou Denison –, mas considerando que uma mudança de um ano-luz é tão possível teoricamente quanto uma mudança de uma centena de metros, uma mudança de poucas centenas de metros é apenas uma estabilidade milagrosa.

– Mas não milagrosa o bastante – disse Selena, friamente.

Nesse momento, Gottstein interrompeu:

– Vamos ver se entendi o que você falou: quer dizer que a matéria pode vazar por aqui, ou por lá, ou por qualquer ponto do nosso universo, aleatoriamente.

– Não tanto aleatoriamente, Comissário – corrigiu Denison. – A probabilidade de um vazamento cai com a distância relativa ao pionizador e de maneira abrupta, devo acrescentar. Essa diferença de queda depende de uma variedade de fatores e acho que já cercamos razoavelmente bem essa situação. Mesmo assim, um salto de algumas centenas de metros é muito provável e, a propósito, o senhor viu acontecer.

— E essa mudança poderia ter ocorrido em outro ponto, dentro da cidade, ou dos nossos capacetes, talvez.

Denison acrescentou, com impaciência:

— Não, não. Pelo menos com as técnicas que usamos, o vazamento depende fortemente da densidade da matéria já presente neste universo. São praticamente nulas as chances de que a posição de vazamento mude de um lugar de vácuo essencial para outro em que exista uma atmosfera mesmo que um centésimo mais densa do que a existente na cidade ou dentro dos nossos capacetes. Não seria prático esperar a ocorrência de um vazamento em qualquer outro local além de no vácuo, a princípio; razão pela qual tivemos de realizar uma tentativa aqui em cima, na superfície.

— Então, isso não é como a Bomba de Elétrons?

— De modo algum — respondeu Denison. — Na Bomba de Elétrons existe uma dupla transferência de matéria, e, aqui, temos um vazamento unidirecional. Assim como os universos envolvidos não são os mesmos.

Gottstein então lançou um convite:

— Gostaria de saber se você aceitaria jantar comigo hoje, dr. Denison.

Denison hesitou:

— Só eu?

Gottstein tentou inclinar-se educadamente na direção de Selena, mas só conseguiu uma paródia grotesca desse gesto, com aquele traje espacial.

— Eu ficaria encantado em contar com a companhia da srta. Lindstrom em outra oportunidade, mas desta vez devo conversar a sós com o senhor, dr. Denison.

– Ora, aceite – disse Selena, decidida, enquanto Denison continuava hesitando. – De qualquer forma, tenho uma agenda lotada para amanhã, e você vai precisar de algum tempo para se preocupar com a instabilidade do ponto de vazamento.

Mesmo inseguro, Denison respondeu:

– Pois, então... Selena, você me avisará quando será sua próxima folga?

– Mas eu sempre aviso, não é? E manteremos contato antes disso, de todo modo... Por que vocês dois não vão em frente? Eu cuido do equipamento.

Barron Neville mudava o apoio de um pé para o outro, pois era preciso por causa da falta de espaço naquele local e também da gravidade da Lua. Num aposento maior, sob um empuxo mais forte, ele teria andado rapidamente para a frente e para trás. Ali, saltitava de um lado para outro, num movimento repetitivo de ida e vinda.

– Então você tem certeza de que funciona, Selena? Certeza?

– Tenho certeza – confirmou Selena. – Já lhe disse cinco vezes, contadas.

Neville nem parecia estar ouvindo. Ele falou em voz baixa e rápida:

– Não teve importância o fato de Gottstein estar lá, não é? Ele não tentou interromper o experimento?

– Não, claro que não.

– Não houve nenhuma indicação de que ele tentaria usar de sua autoridade...

– Barron, por favor, que espécie de autoridade ele poderia exercer? A Terra vai enviar um destacamento policial? Além disso, ora, eles sabem que não podem nos deter.

Neville parou de se mexer, ficou imóvel por um momento.

— Eles não sabem? Ainda não sabem?

— Claro que não. Ben estava olhando para as estrelas e aí Gottstein chegou. Então procurei o local do vazamento, achei, e já tinha achado o outro. O equipamento de Ben... — contava Selena, mas foi interrompida.

— Não chame de "equipamento" agora. Pelo bem da Lua, não temos de usá-lo mais, temos? — perguntou Barron.

— Acho que posso reproduzir o suficiente dessa instalação para que nosso pessoal consiga completar a montagem.

— Muito bem, então. Vamos começar.

— Ainda não. Ora, Barron, ainda não.

— E por que ainda não?

— Nós também precisamos da energia.

— Mas temos isso.

— *Quase*. O ponto de vazamento está instável, muitíssimo instável.

— Mas isso pode ser resolvido. Você disse.

— Eu disse que *achava* possível.

— Para mim é quanto basta.

— Ainda assim, seria melhor que Ben acertasse os detalhes e o estabilizasse.

Houve um silêncio entre eles. O rosto fino de Neville se contorceu numa expressão que chegava perto de ser hostil.

— Você acha que não sou capaz disso? Que não posso fazer uma coisa dessas, é?

— Você subiria até a superfície para trabalhar nisso comigo? — ironizou Selena.

Novo silêncio. Neville, nervoso, só pôde dizer:

— Não gosto do seu sarcasmo. E não quero ter de esperar muito.

— Não posso comandar as leis da natureza. Mas acho que não vai demorar muito... Agora, se você não se importa, preciso dormir. Tenho um grupo de turistas amanhã.

Por um momento, Neville pareceu prestes a gesticular na direção de sua própria cama-alcova, num movimento de hospitalidade, mas se havia uma intenção de gesto e era essa a ideia, nem chegou realmente a nascer, e Selena não deu a entender que tinha captado ou antecipado nada. Apenas balançou a cabeça, indicando seu profundo cansaço, e saiu.

– Para ser sincero – disse Gottstein, sorrindo enquanto servia a sobremesa, uma substância grudenta e adocicada –, eu tinha achado que nos veríamos mais vezes.

– Muito gentil da sua parte ter tanto interesse pelo meu trabalho – disse Denison. – Se a instabilidade do vazamento puder ser corrigida, acho que a minha realização, e a da srta. Lindstrom, será muito significativa.

– Você fala com cuidado, como um cientista... Não vou insultá-lo oferecendo-lhe o equivalente lunar de um licor; essa é a única equivalência com a culinária terrestre que simplesmente decidi não tolerar. Em termos leigos, você poderia me dizer o que torna tão significativa sua realização?

– Posso tentar – iniciou Denison, cautelosamente. – Vamos supor que começamos com o para-universo. Ele tem uma interação nuclear forte, mais intensa do que a do nosso universo, que massas relativamente pequenas de prótons no para-universo podem sofrer uma reação de fusão capaz de suportar uma estrela. Massas equivalentes a nossas estrelas explodiriam violentamente no para-universo, que tem muito mais estrelas, mas bem menores, do que o nosso. Vamos supor, agora, que tivéssemos uma interação nuclear forte muito menos intensa do que a que prevalece no nosso universo. Nesse caso, imensas massas de prótons teriam uma tendência tão pequena a se fundir que uma massa muito grande de hidrogênio seria necessária para sustentar uma estrela. Um antipara-universo assim – em outras palavras, o oposto do para-universo – consistiria num número consideravelmente menor de estrelas maiores do que as do nosso universo. Na realidade, se a interação nuclear forte se tornasse suficientemente fraca, existiria um universo consistindo numa única estrela, contendo toda a massa desse universo. Seria uma estrela muito densa, mas relativamente não reativa e não emitindo mais radiação do que o nosso Sol único emite, talvez.

Gottstein comentou:

– Estou enganado, ou não é essa a situação que existia em nosso próprio universo antes do Big Bang – um vasto corpo contendo toda a massa universal?

– Sim – disse Denison –, e, a propósito, o antipara-universo que estou descrevendo consiste no que alguns chamam de o ovo cósmico, o "ovósmico". O universo ovósmico é o que precisamos para poder sondar o vazamento unidirecional. O para-universo que estamos usando agora, com suas estrelas minúsculas, é praticamente espaço vazio. Você pode sondar, sondar e sondar e ainda assim não se encostar em nada.

– Mas os para-homens nos alcançaram.

– Sim, possivelmente rastreando os campos magnéticos. Há certa razão em se pensar que não existem campos magnéticos planetários significativos no para-universo, o que nos priva da vantagem que eles têm. Por outro lado, se sondarmos o universo ovósmico, não podemos fracassar. O ovósmico é, em si, o universo inteiro e, onde sondarmos, ali encontraremos matéria.

– Mas como se sonda uma coisa dessas? – quis saber Gottstein.

Denison hesitou.

– Essa é a parte difícil de explicar. Os píons são as partículas mediadoras da interação nuclear forte. A intensidade dessa interação depende da massa dos píons, e essa massa, sob determinadas condições especializadas, pode ser alterada. Os físicos lunares desenvolveram um instrumento que chamam de pionizador, e que pode ser ajustado para realizar justamente isso. Assim que a massa de píons é diminuída, ou neste caso aumentada, ela efetivamente se torna parte de outro universo; torna-se um portão de saída, um ponto de cruzamento. Se diminuir o suficiente, pode ser levada a integrar o universo ovósmico, e é isso que buscamos.

– Você pode atrair matéria do universo ovósmico? – perguntou Gottstein.

– Essa é uma parte fácil. Assim que se forma o portal, o influxo é espontâneo. A matéria entra, com suas próprias leis, e é estável quando chega. Aos poucos, as leis do nosso próprio universo se instalam nela, a interação forte se torna mais forte e a matéria se funde, começando a emanar uma enorme energia.

– Mas, se é superdensa, por que simplesmente não se expande e se torna um jato de fumaça? – indagou Gottstein.

– Isso também emanaria energia, mas dependeria do campo eletromagnético e, nesse caso, a interação forte tem precedência porque nós controlamos o campo eletromagnético. Custaria muito tempo mesmo explicar isso.

– Bom, então, o globo de luz que eu vi na superfície era material ovósmico se fundindo?

– Sim, Comissário.

– E essa energia pode ser canalizada para fins úteis?

– Certamente. Em qualquer quantidade. O que o senhor viu foi a chegada, no nosso universo, de massas do ovósmico em micromicrogramas. Teoricamente, não há nada que nos impeça de trazê-las às toneladas.

– Bom, então, ela pode ser usada para substituir a Bomba de Elétrons.

Denison balançou a cabeça.

– Não. O uso da energia ovósmica também altera as propriedades do universo em questão. A interação forte se torna gradualmente mais intensa no universo ovósmico e menos intensa no nosso, conforme as leis da natureza se interpenetram. Isso quer dizer que o ovósmico aos poucos vai sendo fundido, em ritmo mais acelerado, e se aquecendo. Com o tempo...

– Com o tempo – completou Gottstein, cruzando os braços no peito e estreitando os olhos, numa expressão reflexiva –, explode num Big Bang.

– É o que eu penso.

– Você acha que foi isso que aconteceu com o nosso universo há dez bilhões de anos?

– Talvez. Os cosmogonistas têm se perguntado por que o ovo cósmico original explodiu em algum ponto do tempo e não em outro. Uma resposta foi imaginar um universo oscilante, no qual o ovo cósmico foi formado e então explodiu *de uma vez*. A possibilidade de um universo oscilante foi eliminada e atualmente a conclusão é que o ovo cósmico teve de existir durante um longo período e então sofreu alguma crise de instabilidade, iniciada por algum motivo desconhecido.

– Mas que pode ter resultado de alguma sondagem de sua energia através dos universos.

– Possivelmente, mas não necessariamente por força de alguma inteligência. Talvez tenham havido vazamentos esporádicos espontâneos.

– E quando o Big Bang acontece, ainda podemos extrair energia do universo ovósmico? – perguntou Gottstein.

– Não tenho certeza, mas seguramente esta não é uma preocupação imediata. O vazamento de nosso campo de interação forte no universo ovósmico deve, muito provavelmente, prosseguir por milhões de anos antes de ultrapassar seu ponto crítico. E devem haver outros universos ovósmicos. Em número infinito, quem sabe?

– E quanto às mudanças em nosso próprio universo?

— A interação forte se enfraquece. Devagar, muito devagar, o nosso Sol esfria.

— Podemos usar a energia ovósmica para compensar isso?

— Não seria necessário, Comissário — disse Denison, com convicção. — Enquanto a interação forte, aqui em nosso universo, se enfraquece em resultado da bomba ovósmica, ela se fortalece por meio da ação da Bomba de Elétrons comum. Se ajustarmos as produções de energia das duas, então, embora as leis da natureza mudem no universo ovósmico e no para-universo, não mudam no nosso. Somos uma via expressa, mas não o terminal em nenhuma das duas direções. Também não precisamos nos preocupar por causa de terminais. Os para-homens, do lado deles, podem ter-se ajustado ao resfriamento de seu Sol, o que pode ter sido muito incrível, para início de conversa. Quanto ao universo ovósmico, não há motivo para suspeitar de que exista vida ali. Aliás, é pela indução das condições necessárias ao Big Bang que talvez estejamos constituindo um novo tipo de universo que, com o tempo, terminará se tornando hospitaleiro à vida.

Por algum tempo, Gottstein não disse nada. Seu rosto rechonchudo, em repouso, parecia desprovido de emoções. Balançava sua cabeça para si mesmo, como se estivesse acompanhando seu próprio fio de pensamentos.

Finalmente, disse:

— Sabe de uma coisa, Denison, acho que é isso que vai chamar a atenção do mundo. Qualquer dificuldade de se persuadir a liderança científica de que a Bomba de Elétrons está destruindo o mundo deverá agora desaparecer.

— A relutância emocional em aceitar isso não existe mais. Será possível apresentar o problema e a solução ao mesmo tempo — respondeu Denison.

— Quando você estará disposto a preparar um artigo a esse respeito, se eu garantir que publico rapidamente?

— Você pode garantir isso?

– Num panfleto publicado pelo governo, se não houver outro meio.
– Eu preferia tentar neutralizar a instabilidade do vazamento antes de relatar o fato.
– Naturalmente.
– E acho sensato providenciar que o dr. Lamont fosse o coautor – acrescentou Denison. – Ele pode fazer os cálculos matemáticos rigorosamente, o que para mim é impossível. Além do mais, foi por meio do trabalho dele que enveredei pelo rumo em que me encontro. Mais uma coisinha, Comissário...
– Sim...
– Eu gostaria de sugerir que os físicos lunares participassem. Um deles, o dr. Barron Neville, poderia muito bem ser o terceiro autor.
– Mas por quê? Será que agora você não está criando complicações desnecessárias?
– Foi o pionizador deles que tornou tudo isso possível.
– Podemos fazer uma menção apropriada a isso... Mas o dr. Barron realmente trabalhou no projeto com você?
– Não diretamente.
– Então, por que envolvê-lo?
Denison baixou os olhos e deslizou a mão, pensativo, sobre as pernas das calças, e então disse:
– Porque seria um gesto diplomático. Precisaríamos instalar a bomba ovósmica aqui na Lua.
– Por que não na Terra?
– Em primeiro lugar, precisamos de vácuo. Temos aqui uma transferência unidirecional e não bidirecional, como no caso da Bomba de Elétrons, e as condições necessárias para torná-la prática são diferentes nos dois casos. A superfície da Lua tem seu vácuo pronto para uso, em vastas quantidades. Preparar o mesmo ambiente na Terra custaria um esforço imenso.
– Mesmo assim, poderia ser feito?
– Em segundo lugar – prosseguiu Denison –, se temos duas

vastas fontes de energia vindas de direções opostas, estando o nosso próprio universo no meio, ocorreria algo parecido com um curto-circuito se as duas saídas ficassem próximas demais. A separação instalada por um vácuo de 4 milhões de quilômetros, com a Bomba de Elétrons operando apenas na Terra e a bomba ovósmica aqui na Lua, seria a montagem ideal, aliás, indispensável. E, já que vamos operar na Lua, seria sensato, até mesmo decente, levar em consideração as expectativas dos físicos lunares. Devemos uma parcela a eles.

Gottstein sorriu e indagou:

– A conselho da srta. Lindstrom?

– Sim, mas essa sugestão é razoável o suficiente para ter-me ocorrido.

Gottstein se pôs em pé, alongou-se e depois saltou no lugar duas ou três vezes, naquela estranha lentidão imposta pela gravidade lunar. Dobrou os joelhos em cada uma das vezes em que saltou. Sentou-se então novamente e questionou Ben:

– Alguma vez já experimentou fazer isso, dr. Denison?

Denison negou.

– Dizem que ajuda a circulação das extremidades inferiores. Faço isso toda vez que sinto minhas pernas começando a dormir. Vou para a Terra para uma visita curta, daqui a poucos dias, e estou tentando não me sentir muito acostumado à gravidade da Lua... Vamos falar da srta. Lindstrom, dr. Denison?

Denison disse num tom de voz bastante diferente:

– O que tem ela?

– Ela é uma guia de turismo.

– Sim, e você já disse isso antes.

– E, repetindo, ela é uma estranha assistente de físico.

– Na realidade, sou somente um físico amador, e suponho que ela seja uma assistente amadora.

Gottstein não estava mais sorridente.

– Sem joguinhos comigo, doutor. Já me dei ao trabalho de descobrir o possível a respeito dela. O prontuário de Selena é bastante revelador, ou teria sido, se tivesse ocorrido a alguém estudá-lo antes. Acho que ela é uma intuicionista.

Denison respondeu:

– Muitos de nós o são. Não tenho dúvidas de que o senhor mesmo é um intuicionista, de certo modo. Certamente sei que sou também, ao meu modo.

– Há uma diferença, doutor. Você é um cientista profissional, e eu, um administrador profissional... Mas, embora a srta. Lindstrom seja uma boa intuicionista, útil aos seus projetos de física teórica avançada, na realidade, ela é uma guia de turismo.

Denison hesitou.

– Ela não teve muito treinamento formal, Comissário. O intuicionismo dela acontece num nível incomumente elevado, mas funciona com pouco controle consciente.

– Ela é o resultado do antigo programa de engenharia genética?

– Não sei. Mas não ficaria surpreso se fosse.

– Você confia nela?

– Em que sentido? Ela tem me ajudado.

– Você sabe que ela é esposa do dr. Barron Neville?

– Existe uma ligação emocional, não legal, me parece.

– Aqui na Lua nenhuma ligação é chamada de legal. Trata-se do mesmo Neville que você quer convidar para ser o terceiro coautor do artigo que vai escrever?

– Sim.

– Seria mera coincidência?

– Não. Neville estava interessado na minha vinda e acredito que tenha pedido a Selena para me ajudar no trabalho.

– Ela lhe disse isso?

– Ela disse que ele estava interessado em mim. Achei isso muito natural.

– Alguma vez lhe ocorreu, dr. Denison, que ela poderia estar trabalhando por interesse próprio ou sob instruções do dr. Neville?

– De que maneira o interesse deles seria diferente do nosso? Ela tem me ajudado sem restrições.

Gottstein mudou de posição e mexeu os ombros como se estivesse fazendo exercícios com pesos. Então disse:
– O dr. Neville deve saber que uma mulher tão próxima a ele é uma intuicionista. Como ele não a usaria? Por que ela continuaria sendo uma guia de turismo, senão para disfarçar sua habilidade por um motivo?
– Compreendo que o dr. Neville costuma pensar assim com frequência. Acho difícil suspeitar de conspirações inúteis.
– Como você sabe que são inúteis?... Quando meu veículo espacial estava sobrevoando a superfície da Lua, logo antes da bola de radiação se formar no seu equipamento, eu estava olhando para você. Você não estava no pionizador.
Denison pensou naquele momento.
– Não, estava olhando para as estrelas. Uma forte tendência em mim, quando estou na superfície.
– E o que a srta. Lindstrom estava fazendo?
– Não vi; ela disse que tinha aumentado o campo magnético e que finalmente o vazamento tinha aparecido.
– É comum que ela manipule o equipamento sem a sua supervisão?
– Não. Mas posso entender esse impulso dela.
– E teria existido algum tipo de ejeção?
– Não entendo o que o senhor está dizendo.
– Acho que nem eu mesmo entendo. Houve um tênue lampejo na luz da Terra, como se alguma coisa estivesse voando pelo ar. Não sei o quê.
– Nem eu – disse Denison.
– Você não consegue pensar em nada que poderia naturalmente ter alguma ligação com o experimento que...
– Não.
– Então, o que ela estava fazendo?
– Continuo sem saber.
Por um instante, o silêncio pesou entre eles. Então o Comissário disse:

– Na minha forma de ver, você vai tentar corrigir a instabilidade do vazamento e estará pensando em preparar o artigo. Na outra ponta, vou mexer os meus pauzinhos e, durante a minha próxima breve visita à Terra, tomarei providências para que o artigo seja publicado; também alertarei o governo.

Era uma clara forma de encerrar a conversa. Denison se levantou, e o Comissário disse, suavemente:

– E pense sobre o dr. Neville e a srta. Lindstrom.

Era uma estrela de radiação mais gorda, mais pesada, mais brilhante. Denison pôde sentir o calor dela no seu visor e recuou. Havia ali um evidente teor de raio x na radiação e, embora o capacete pudesse proteger, não havia necessidade de se expor.

– Acho que não podemos duvidar disso – disse Denison, baixinho. – O ponto de vazamento está estável.

– Tenho certeza – disse Selena, calmamente.

– Então, vamos desligar isto aqui e voltar para a cidade.

Movimentaram-se devagar, e Denison sentiu uma estranha aflição. Não havia mais incerteza nem empolgação. Desse ponto em diante, não havia chance de fracassar. O governo estava interessado; cada vez mais, isto estaria fora de suas mãos.

– Acho que agora posso começar o artigo – disse Denison.

– Acho que sim – concordou Selena, cautelosamente.

– Você falou com Barron, novamente? – perguntou Denison.

– Sim, falei.

– Alguma diferença na atitude dele?

– Nenhuma. Ele não quer participar. Ben...

– Sim?

– Eu realmente acho que não adianta nada falar com ele. Ele não vai cooperar em nenhum projeto que envolva o governo da Terra.

– Mas você explicou a situação para ele?
– Completamente.
– E, mesmo assim, ele não vai.
– Ele pediu para falar com Gottstein, e o Comissário concordou em recebê-lo após retornar da Terra. Precisaremos aguardar até lá. Talvez Gottstein possa ter alguma influência sobre ele, mas duvido muito.

Denison deu de ombros, uma manobra inútil dentro de seu traje espacial.

– Eu não o compreendo.
– Eu, sim – disse Selena, suavemente.

Denison não respondeu de modo direto. Enfiou o pionizador e seu dispositivo no abrigo rochoso e perguntou:

– Pronta?
– Sim.

Deslizaram então da superfície, penetrando pela abertura da saída P-4 em silêncio. Denison desceu a escada do acesso. Selena foi caindo ao lado dele, interrompendo a queda com rápidos movimentos de mãos nas alças de apoio. Denison tinha aprendido a fazer isso, mas estava tão desanimado, que foi descendo numa espécie de recusa rebelde a aceitar sua aclimatação.

Retiraram os trajes na área de transição e guardaram nos respectivos armários. – Você me acompanharia para o almoço, Selena? – perguntou Denison.

Ela respondeu, constrangida:
– Você parece aborrecido. Tem alguma coisa errada?
– Reação, eu acho. Almoço?
– Claro.

Comeram nos aposentos de Selena. Ela insistiu, dizendo:
– Quero conversar com você e não posso fazer isso do jeito que preciso se formos à lanchonete.

E, quando Denison estava mastigando lentamente algo que lembrava muito de longe carne de vitela temperada com amendoim, ela disse:

— Ben, você não disse nada, e já faz uma semana que está assim.

— Não é verdade — respondeu, enrugando a testa.

— É, sim — e Selena olhou-o nos olhos, preocupada. — Não tenho certeza de quanto a minha intuição funciona fora da física, mas imagino que há alguma coisa que você não quer me contar.

Denison encolheu os ombros.

— Estão fazendo um tremendo barulho por causa disso tudo, lá na Terra. Gottstein anda mexendo os pauzinhos dele, como se fossem cabos de aço, antes de viajar de volta para cá. O dr. Lamont está sendo tratado como uma celebridade e querem que eu volte para lá assim que o artigo estiver concluído.

— Para a Terra?

— Sim. Parece que agora eu também virei herói.

— E deve ser, mesmo.

— Uma reabilitação completa — disse Denison, pensativo — é o que estão me oferecendo. Está claro que terei um cargo em qualquer universidade ou agência do governo que eu queira na Terra.

— Não era isso que você queria?

— É o que eu imagino que Lamont queira e apreciaria e com certeza terá. Mas eu não.

— O que você quer, então? — perguntou Selena.

— Quero continuar na Lua.

— Por quê?

— Porque é a coisa mais avançada para a humanidade, e quero fazer parte desse conhecimento de ponta. Quero trabalhar com o estabelecimento de bombas ovósmicas, o que só acontecerá aqui, na Lua. Quero trabalhar com a para-teoria, usando aqueles instrumentos com os quais você pode sonhar e manipular, Selena... Quero estar com você, Selena. Mas você ficará comigo?

— Tenho tanto interesse na para-teoria quanto você.

– Mas agora Neville não vai tirar você do emprego? – perguntou Denison.
– Barron? Me demitir? – interrogou, agressiva. – Você está tentando me ofender, Ben?
– De modo algum.
– Bom, então, devo ter entendido mal o que você disse. Você está sugerindo que estou trabalhando porque Barron me mandou fazer isso?
– Ele não mandou?
– Sim, mandou. Mas não é por isso que estou aqui. Eu *resolvi* estar aqui. Ele pode achar que manda em mim, mas ele só vai até onde as ordens dele coincidem com a minha vontade, como aconteceu no seu caso. Não gosto que ele ache que pode mandar em mim além disso, assim como não gosto que você também pense assim.
– Vocês dois são parceiros sexuais.
– Fomos, sim, mas o que isso tem a ver com o resto? Pela lógica desse argumento, eu posso mandar nele com a mesma facilidade.
– Bom, então você pode trabalhar comigo, Selena?
– Com certeza, se eu resolver que sim – Selena afirmou, com frieza.
– E você resolveu que sim?
– Até agora, sim.
Denison sorriu.
– A possibilidade de você talvez resolver que não, ou eventualmente não poder querer, foi o que realmente andou me afligindo a semana passada, eu acho. Eu temia pelo fim do projeto, se isso significasse o fim com você. Desculpe, Selena, não pretendo assediá-la com apegos sentimentais de um terroso velhinho...
– Bom, não há nada de terroso ou velho na sua cabeça, Ben. Há outros apegos além do sexual. Gosto de estar com você.
Houve uma pausa, e o sorriso de Denison se desfez, mas depois voltou, talvez de um modo levemente mais mecânico.
– Fico feliz por ter essa cabeça.

Ele desviou os olhos, sacudiu um pouco a cabeça, depois se virou. Ela o olhou com atenção, quase com ansiedade.

Denison então disse:

– Selena, há mais do que energia envolvida nos vazamentos entre universos. Acho que você já pensou sobre isso.

O silêncio se alongou, dolorosamente agora, e por fim ela disse:

– Ah, isso...

Por algum tempo, os dois ficaram se olhando. Denison, constrangido. Selena, quase furtiva.

– Ainda não estou muito com pernas "lunares", mas isto não é nada comparado com o que me custa reaver minhas pernas "terrestres". Denison, será melhor você nem sonhar em voltar. Você não iria conseguir – disse Gottstein.
– Não tenho a menor intenção de voltar, Comissário.
– Por um lado, é uma lástima. Seria imperador por aclamação. Quanto a Hallam...
Denison cortou:
– Gostaria de ter visto a cara do sujeito, mas essa é uma ambição pequena.
– Lamont, evidentemente, está recebendo a parte do leão. É o foco de todas as atenções.
– Não me importo. Ele merece muito... Você acha que Neville realmente se juntará a nós?
– Sem dúvida. Ele está vindo para cá neste exato momento... Ouça – e a voz de Gottstein baixou até parecer um conspirador falando com outro. – Antes que ele chegue, você gostaria de comer um pedaço de chocolate?
– O quê?

– Chocolate. Com amêndoas. *Uma* barra. Eu trouxe.

O rosto de Denison, antes expressando confusão, de repente se iluminou ao compreender.

– Chocolate *de verdade*?

– Sim.

– Alguns... – e o rosto de Denison se fechou. – Não, Comissário.

– Não?

– Não! Se eu provar o sabor do chocolate de verdade, então, por alguns minutos, na minha boca, estarei na Terra. E vou sentir falta de tudo que tem lá. Não posso me dar a esse luxo. Não quero... Nem me mostre. Não me faça sentir esse cheiro, nem ver essa barrinha.

O Comissário pareceu desconcertado.

– Você tem razão. – E fez uma óbvia tentativa de mudar de assunto.

– Na Terra, a empolgação com todo esse assunto é um verdadeiro ciclone. Claro que fizemos um esforço considerável para salvar a pele de Hallam. Ele continuará tendo algum cargo de importância, mas terá muito pouca influência.

– Está sendo tratado com mais consideração do que a que demonstrou por outras pessoas – comentou Denison, resignado.

– Não pelo bem dele. Não se consegue destruir uma imagem pessoal que alcançou esse nível de importância; isso se refletiria sobre a própria ciência. O bom nome da ciência é mais importante do que Hallam, de todo modo.

– Discordo disso, em princípio – disse Denison, com ênfase. – A ciência deve levar os golpes que merece.

– Tudo na sua hora e lugar... Mas aqui está o dr. Neville.

Gottstein recompôs a expressão de sua fisionomia. Denison arrastou sua cadeira para ficar de frente para a entrada.

Barron Neville entrou solenemente. De alguma maneira, sua figura transmitia menos da delicadeza lunar do que em qualquer outra oportunidade anterior. Neville cumprimentou os dois secamente, sentou-se e cruzou as pernas. Evidentemente estava esperando que Gottstein falasse primeiro.

O Comissário disse:
– Fico feliz em vê-lo, dr. Neville. O dr. Denison me disse que o senhor se recusou a incluir seu nome no artigo que, estou certo, se tornará um clássico sobre a bomba ovósmica.
– Não era necessário fazer isso – disse Neville. – O que acontece na Terra não me interessa.
– O senhor está a par dos experimentos com a bomba ovósmica? Das implicações desses experimentos?
– De tudo. Conheço a situação tão bem quanto vocês dois.
– Então, prosseguirei sem mais delongas. Acabo de voltar da Terra, dr. Neville, e está muito bem estabelecido qual será o curso dos futuros procedimentos. Grandes estações da bomba ovósmica serão instaladas em três pontos diferentes da superfície lunar, de tal modo que uma sempre esteja na sombra da noite. Metade do tempo, duas delas estarão. As que estiverem na sombra noturna estarão constantemente gerando energia, a maior parte da qual simplesmente irradiará pelo espaço. Seu propósito não será tanto usar a energia para fins práticos, mas sim contrabalançar as mudanças nas intensidades de campo introduzidas pela Bomba de Elétrons.
– Durante algum tempo – interrompeu Denison – teremos de contrabalançar a Bomba de Elétrons para recuperar nossa seção do universo até o ponto em que se encontrava antes que essa bomba começasse a funcionar.
– A Cidade Lunar terá alguma utilidade nesse sentido? – perguntou Neville.
– Se for necessário. Achamos que as baterias solares provavelmente fornecerão o que for preciso, mas não existem objeções a suplementações.
– Isso é muito gentil da sua parte – disse Neville, sem se dar ao trabalho de disfarçar o sarcasmo. – E quem vai construir e supervisionar a operação das estações da bomba ovósmica?
– Operários lunares, espero – respondeu Gottstein.
– Os operários lunares, claro – repetiu Neville. – Os da Terra

seriam por demais desastrados para trabalhar na Lua com alguma eficiência.

– Sabemos bem disso – concordou Gottstein. – Confiamos que os homens da Lua cooperem.

– E quem decidirá quanta energia gerar, quanta aplicar para fins locais e quanta irradiar para o espaço? Quem decide a política de uso do equipamento? – perguntou Neville.

Gottstein então esclareceu:

– O governo terá de fazer isso. É uma questão de decisão planetária.

– Ora, então, serão os lunares que farão o trabalho e os terráqueos que comandarão o espetáculo.

Gottstein continuou calmamente:

– Não. De todos os envolvidos, trabalharão os que o fizerem melhor, administrará o trabalho quem souber avaliar a totalidade da questão.

– Ouço essas palavras – disse Neville – mas, no fundo, sempre resulta que somos nós trabalhando e vocês decidindo... Não, Comissário. A resposta é não.

– Você quer dizer que não vai construir as estações da bomba ovósmica?

– Vamos construí-las, Comissário, mas elas serão nossas. Nós iremos decidir quanta energia produzir e a que uso destiná-la.

– Isso dificilmente seria eficiente. Você teria de enfrentar o governo da Terra o tempo todo, uma vez que a energia da bomba ovósmica terá de neutralizar a energia da Bomba de Elétrons.

– Acho mesmo que isso vai acontecer, mais ou menos, mas temos outras coisas em mente. Agora vocês até já podem saber quais são. A energia não é o único fenômeno conservado que se torna ilimitado quando os universos se entrecruzam.

Denison interrompeu o diálogo:

– Há algumas leis da conservação. Sabemos disso.

– Fico feliz com isso – comentou Neville, com um olhar hostil na direção dele. – Entre elas, a do movimento linear e a do movimento angular. À medida que qualquer objeto responder ao campo gravitacional em que está imerso, e apenas a ele, estará em queda livre e poderá conservar sua massa. A fim de se mover de qualquer outro modo que não a queda livre, deverá acelerar de maneira não gravitacional e, para que isso ocorra, uma parte dele deverá sofrer uma mudança oposta.

– Como num foguete – disse Denison –, que deve ejetar massa numa direção a fim de que o resto possa acelerar na direção oposta.

– Estou certo de que você entende, dr. Denison – atenuou Neville –, mas explico isso por causa do Comissário. A perda de massa pode ser minimizada se sua velocidade aumentar imensamente, uma vez que o impulso é igual à massa multiplicada pela velocidade. Apesar disso, por maior que seja a velocidade, uma parte da massa deve ser descartada. Se a massa que deve ser acelerada é enorme, em primeiro lugar, então a massa a ser descartada também é enorme. Se, por exemplo, a Lua...

– A Lua! – explodiu Gottstein.

– Sim, a Lua – Neville continuou calmamente. – Se a Lua tivesse de ser deslocada de sua órbita e expulsa do sistema solar, a conservação desse movimento significaria um empreendimento colossal e, provavelmente, inviável. Se, porém, o movimento puder ser transferido para o ovósmico em outro universo, a Lua poderia acelerar numa velocidade conveniente qualquer, sem a menor perda de massa. Seria como rebocar uma balsa rio acima, para oferecer um exemplo tirado de um livro da Terra que li uma vez.

– Mas por quê? Quer dizer, por que você iria querer mover a Lua?

– Acho que isso é bem óbvio. Por que precisamos da presença sufocante da Terra? Temos a energia de que precisamos. Temos um mundo confortável por meio do qual temos espaço para nos expandir durante alguns séculos pela frente, pelo menos. Por que não seguir o nosso próprio rumo? De todo modo, faremos isso. Vim até aqui para lhes dizer que vocês não podem nos deter e insistir para que não interfiram. Iremos transferir o movimento e iremos sair para o espaço sideral. Nós, da Lua, sabemos precisamente como fazer para construir as estações da bomba ovósmica. Usaremos a energia que precisarmos para as nossas necessidades e produziremos um excedente, a fim de neutralizar as mudanças que as suas próprias estações de bombeamento estão gerando.

Denison, com ironia, disse:

– Muito cortês da sua parte produzir energia excedente em nosso benefício, mas não é por isso, evidentemente. Se nossas Bombas de Elétrons explodirem o Sol, isso vai acontecer muito antes de vocês conseguirem sequer ultrapassar o âmbito interno do sistema solar, e vocês serão transformados em vapor, onde quer que estejam.

– Talvez – disse Neville –, mas, de todo modo, produziremos um excesso, de forma que isso não acontecerá.

– Mas vocês não podem fazer isso – disse Gottstein, exaltado. – Não podem se retirar do sistema solar. Se vocês se afastarem muito, a bomba ovósmica não será mais capaz de neutralizar a Bomba de Elétrons, certo, Denison?

Denison encolheu os ombros.

– Assim que estiverem mais ou menos à distância de Saturno, pode haver algum problema, se puder confiar num cálculo mental que acabei de fazer. Entretanto, decorrerão muitos anos até que cheguem a essa distância e, nessa altura do processo, certamente teremos construído estações espaciais na órbita que antigamente era da Lua e ali colocaremos as estações ovósmicas. Na realidade, não precisamos da Lua. Ela pode partir – mas não o fará.

Neville sorriu brevemente.

– E o que o faz pensar que não iremos embora? Não podemos ser detidos. Não há maneira de os terráqueos imporem sua vontade a nós.

– Vocês não irão embora porque não tem sentido fazer isso. Para que arrastar a Lua inteira para fora de seu percurso? Serão necessários anos e anos para acumular acelerações respeitáveis, no que se refere à Lua. Vocês vão engatinhar tempo demais. Em vez disso, construam naves estelares com quilômetros de comprimento, alimentadas pela energia ovósmica e com ecologia independente. Com um movimento impulsionado ovosmicamente, vocês então poderão operar maravilhas. Se levar vinte anos para construir as naves, mesmo assim elas irão acelerar numa velocidade que lhes permitirá chegar aonde a Lua os levaria no intervalo de um ano, mesmo que a Lua começasse a acelerar hoje. As naves serão capazes de mudar de curso numa fração do tempo da Lua.

– E as bombas ovósmicas desequilibradas? O que isso causaria ao universo?

– A energia exigida por uma nave, ou por algumas delas, será muito menor do que a exigida por um planeta e será distribuída através de grandes porções do universo. Transcorrerão milhões de anos antes que se instale alguma mudança significativa. Isso vale muito a pena em relação à facilidade de manobra que vocês conseguirão. A Lua se movimentará tão devagar que pode muito bem permanecer no espaço.

Neville disse, zombando:

– Não temos pressa em ir a parte alguma – exceto para longe da Terra.

– Há vantagens em ter uma vizinha como a Terra. Você tem a chegada de imigrantes. Intercursos culturais. Um mundo planetário com dois bilhões de pessoas, logo ali, na linha do horizonte. Vocês querem abrir mão disso tudo? – questionou Denison.

– Com muita satisfação.

– Isso é válido para a população da Lua em geral? Ou só para você? Há uma intensidade em você, Neville, que nem vai até a superfície. Outros lunares vão. Não que gostem, mas vão. O interior da Lua não é o útero deles, como no seu caso. Não é sua prisão, como para você. Em você existe um componente neurótico, ausente na maioria dos lunares, ou pelo menos consideravelmente mais brando. Se você arrastar a Lua para longe da Terra, fará com que ela se torne uma prisão para todos. Ela se tornará uma prisão mundial da qual ninguém – não só você – poderá sair, nem mesmo se desejar visitar algum outro mundo existente no céu. Talvez seja isso o que você quer.

– Quero independência. Um mundo livre, intocado de fora.

– Você pode construir quantas naves quiser. Pode se distanciar sem dificuldade a velocidades que se aproximam da velocidade da luz, assim que transferir o movimento para o ovósmico. Pode explorar o universo inteiro numa única existência. Você não gostaria de estar a bordo dessa nave?

– Não – respondeu Neville, com asco evidente.

– Não mesmo? Ou não poderia fazer isso? Será que o problema é que você tem de arrastar a Lua com você para onde for? Por que todos os outros são obrigados a aceitar a sua necessidade?

– Porque é assim que tem de ser – arrematou Neville.

A voz de Denison continuou normal, mas suas bochechas ficaram vermelhas.

– Quem lhe deu o direito de dizer isso? Há muitos cidadãos na Cidade Lunar que podem ter uma opinião diferente.

– O que não é nada da sua conta.

– Mas isso é *justamente* da minha conta. Sou um imigrante que em breve se candidatará a obter a cidadania lunar. Não quero que a minha escolha seja feita por uma pessoa que não pode chegar à superfície e que quer que sua prisão pessoal seja transformada numa prisão para todos. Deixei a Terra para sempre, mas apenas para vir para a Lua, para ficar a 4 milhões de quilômetros do planeta-lar. Não assinei nenhum contrato concordando em ser levado numa viagem eterna por uma distância ilimitada

– Então volte para a Terra, ainda dá tempo – disse Neville, com azeda indiferença.

– E os outros cidadãos da Lua? Os outros imigrantes?

– A decisão já foi tomada – afirmou Neville.

– Não foi, não!... Selena!

Selena entrou, com expressão solene, um olhar levemente desafiador. As pernas de Neville se descruzaram. Seus dois sapatos ecoaram em cheio no chão.

– Há quanto tempo você estava esperando na outra sala, Selena? – perguntou Neville.

– Desde antes de você chegar, Barron.

Neville olhou de Selena para Denison e para ela de novo.

– Vocês dois... – ele começou, com o dedo apontando de um para o outro.

– Não sei o que você quer dizer com "vocês dois" – disse Selena –, mas Ben descobriu essa questão do movimento há um bom tempo.

– Não foi culpa de Selena – explicou Denison. – O Comissário viu alguma coisa voando numa hora em que ninguém poderia ter sabido que ele estava observando. A mim pareceu que Selena poderia estar testando algo que não fazia parte dos meus pensamentos e, com o tempo, acabou me ocorrendo a noção da transferência do movimento. Depois...

– Bom, então, você sabia – disse Neville. – Não faz diferença.

– Faz, Barron – cortou Selena. – Conversei com Ben sobre isso. Descobri que eu nem sempre tinha de aceitar o que você dizia. Talvez eu nunca possa ir a Terra. Talvez eu nem queira fazer isso. Mas descobri que gosto dela ali no céu onde posso vê-la, se eu quiser. Eu não quero um céu vazio. Então fui conversar com outras pessoas do grupo. Nem todos querem partir. A maioria das pessoas prefere construir as naves e deixar que partam os que quiserem ir, ao mesmo tempo permitindo que fiquem os que quiserem ficar.

Neville estava com a respiração pesada.

– Você *falou* sobre isso? Quem lhe deu o direito de...

– *Eu* me dei o direito, Barron. Além disso, não importa mais. Você foi derrotado pelos votos.

– Por causa de... – Neville se pôs em pé e deu um passo ameaçador na direção a Denison.

O Comissário disse:

– Por favor, dr. Neville, não se exalte. O senhor pode ser da Lua, mas não acho que seja capaz de dar uma surra em nós dois.

– Em nós três – acrescentou Selena. – E eu também sou da Cidade Lunar. Fui eu que fiz isso, Barron; não eles.

Então Denison explicou:

– Olha, Neville, pela Terra, a Lua pode ir sem problemas. A Terra pode construir suas estações espaciais. São os cidadãos da Cidade Lunar que importam. Selena se importa, eu me importo e todos os demais. Você não está sendo impedido de ir para o espaço, de fugir, de buscar sua liberdade. Vinte anos depois de estarem no espaço exterior, todos que quiserem ir, irão, inclusive você, se conseguir sair do útero. E os que quiserem ficar, ficarão.

Devagar, Neville tornou a sentar. Seu rosto estava marcado pela sensação da derrota.

No apartamento de Selena, todas as janelas tinham uma vista diferente da Terra. Ela disse:

– Os votos foram contra ele, Ben, você sabe. A franca maioria.

– Mas eu duvido que ele vá desistir. Se houver algum atrito com a Terra durante a construção das estações, a opinião pública na Lua pode recuar e favorecer Barron.

– Não precisa haver atrito.

– Não, não precisa. De todo modo, não há finais felizes para a história, somente momentos de crise que passarão. Este nós passamos com segurança, penso eu, e nos preocuparemos com os próximos quando acontecerem e à medida que puderem ser antecipados. Assim que as naves estelares forem construídas, a tensão certamente diminuirá consideravelmente.

– Isso nós viveremos para ver, sem dúvida.

– *Você* viverá, Selena.

– E você também, Ben, não precisa exagerar o drama da idade. Você só tem 48 anos.

– Você iria numa dessas naves, Selena?

– Não. Eu já estarei velha demais e ainda não iria querer

perder de vista a Terra no céu. Meu filho talvez vá... Ben?
– Sim, Selena.
– Pedi autorização para ter meu segundo filho. Aceitaram. Você contribuiria?
Os olhos de Denison se ergueram e ele olhou direto nos olhos dela. Ela não desviou o olhar.
Ele perguntou:
– Por inseminação artificial?
– Claro... Essa combinação de genes seria interessante – respondeu Selena.
Os olhos de Denison abaixaram.
– Ficaria lisonjeado, Selena.
Ela disse, defensiva:
– É só uma questão de bom-senso, Ben. É importante ter boas combinações. Não há nada errado com um pouco de engenharia genética *natural*.
– Nem um pouco.
– Isso não quer dizer que eu não quero também por outros motivos... Porque eu gosto de você.
Denison concordou com a cabeça, mas ficou quieto.
– Bom, o amor é mais do que sexo – disse Selena, quase com raiva.
– Concordo com isso. Pelo menos, eu amo você, mesmo sem sexo – desabafou Denison.
– E, a propósito, o sexo é mais do que acrobacias.
– Concordo com isso também.
– Além disso... mas que droga, você podia tentar aprender – acrescentou Selena.
– Se você quiser tentar ensinar...
Com leve hesitação, ele se aproximou dela. Ela não se afastou. Ele, então, parou de hesitar.

TIPOLOGIA:	Caslon [texto]
	Sharp Grotesk [entretítulos]
PAPEL:	Pólen Soft 80g/m² [miolo]
	Cartão Supremo 250g/m² [capa]
IMPRESSÃO:	Paym Gráfica [março de 2021]
1ª EDIÇÃO:	setembro de 2010 [5 reimpressões]